Schmutzige Tränen

Ilona Bulazel

Schmutzige Tränen
von Ilona Bulazel

Copyright © 2016 Ilona Bulazel
Alle Rechte vorbehalten.

Anschrift der Autorin:
Ilona Bulazel
Sinzheimer Str. 40b
76532 Baden-Baden
Deutschland
E-Mail: kontakt@autorib.de
www.autorib.de

1. Auflage: Juni 2016

Korrektorat:
Schreib- und Korrekturservice Heinen
www.sks-heinen.de

Umschlaggestaltung: Anne Gebhardt,
papierprintit GmbH, Konstanz
Verwendete Fotos von shutterstock

ISBN-10: 1534850880
ISBN-13: 978-1534850880

Weitere Informationen zum Druck:
siehe Buchende

FÜR SASCHA

INHALTSVERZEICHNIS

KAPITEL 1	1
KAPITEL 2	10
KAPITEL 3	17
KAPITEL 4	38
KAPITEL 5	47
KAPITEL 6	71
KAPITEL 7	94
KAPITEL 8	104
KAPITEL 9	111
KAPITEL 10	126
KAPITEL 11	150
KAPITEL 12	170
KAPITEL 13	193
KAPITEL 14	222
KAPITEL 15	252
EPILOG	268
SCHLUSSWORT UND ANMERKUNGEN	270
WEITERE TITEL DER AUTORIN	272

ÜBER DAS BUCH

Hauptkommissar Christian Feinbach entspricht nicht dem Bild des typischen Polizisten. Er ist unberechenbar, nimmt kein Blatt vor den Mund und liebt die Frauen und den Alkohol mehr, als gut für ihn ist. Trotzdem scheint er der Richtige, um den rätselhaften Mord an einem Stricher aufzuklären. Schnell wird klar, dass der Täter ein gefährliches Spiel mit den Ermittlern treibt, und schon bald gibt es ein weiteres Opfer.

Auch die junge Lisa Braul gerät in das Netz aus Lügen und Intrigen. Ihr Leben ändert sich durch die schrecklichen Ereignisse auf tragische Weise. Selbst zehn Jahre nach den Morden lässt sie die Erinnerung daran nicht los. Und als hätte sie eine dunkle Vorahnung gehabt, beginnt der Albtraum plötzlich von Neuem ...

In dem Psychothriller »Schmutzige Tränen« begibt sich der Leser mitten hinein in ein Katz-und-Maus-Spiel, bei dem die Abgründe der menschlichen Psyche die Regeln bestimmen.

KAPITEL 1

März 2006

Warum war er schon wieder hier? Er war doch eigentlich gar nicht *so*. Oder doch?

Das Prasseln des Regens übertönte seine Schritte auf dem Pflaster. Wie ein Dieb schlich er durch die Nacht. Den Mantelkragen hochgestellt, die Schultern verkrampft, hob er nur gelegentlich seinen Kopf. Schnell warf er den Blick auf eine der mageren Gestalten, die in ihrer Not trotz des ungnädigen Wetters auf ein Geschäft hofften.

Für ihn war diese Nacht jedoch geradezu ideal. Die Dunkelheit und der Regen waren wohlwollende Kumpane. Sie halfen ihm, unentdeckt der Versuchung gegenüberzutreten. Immer wieder zog es ihn hierher. Es war wie ein Spiel. Er kam, schlich um die Bushäuschen mit ihren zerschlagenen Scheiben, drehte eine Runde durch den ungepflegten Park und ging dann an den alten Gebäuden vorbei. Einst dienten sie den Arbeitern als Unterkunft, aber mittlerweile warteten sie nur noch auf die Abrissbirne.

Noch nie war er stehen geblieben, warum auch? Er kam schließlich nur, um sich zu beweisen, dass er stärker war als seine Lust.

Jetzt kreisten seine Gedanken um die eigene Kindheit. Sagte man nicht, dass dort der Schlüssel zu allem sei? Aber bei ihm gab es einfach nichts. Dabei hätte ein entsprechendes Erlebnis so vieles leichter gemacht, davon war er mittlerweile überzeugt.

Seine Eltern hatten ihn gut versorgt. Die Mutter war stets liebevoll, manchmal streng, aber doch nie dominant gewesen.

Und der Vater hatte ihr die Erziehung überlassen, hielt sich im Hintergrund und war überwiegend mit seiner Arbeit beschäftigt. Nie war er sich bevormundet oder eingesperrt vorgekommen. Alles in allem ein Leben in absoluter Normalität. Und dann hatte dieses Gefühl der Leere eingesetzt. Als hätte man ihm einen Teil seiner Seele genommen. Seither war er rastlos, ein Suchender. Er wollte diesen Teil zurück. Wenn er hier durch die Straßen ging, dann glaubte er, ihn finden zu können.

»He, mein Hübscher!«

Er hatte nicht aufgepasst, war nicht rechtzeitig ausgewichen, als sich der Körper des jungen Mannes aus dem Schatten löste.

»Na, so einsam heute Nacht?«

Er schluckte, konnte nichts antworten und wollte wegrennen, aber aus irgendeinem Grund versagten ihm seine Beine den Dienst.

Der andere kam nun näher. Wie sollte er ihn nennen? Das Wort »Stricher« gefiel ihm nicht, das klang so ... schmutzig.

»Ich kann dir helfen, die Einsamkeit zu vergessen!«

»Wie heißt du?«, fragte er schließlich mit krächzender Stimme.

Verblüfft sah ihn sein Gegenüber an. »Spielt das denn eine Rolle?« Dann grinste der Kerl und entblößte dabei gelbe Zähne. Im Schein der Laterne konnte man sehen, dass er eine große Zahnlücke hatte. Sein Atem roch nach Bier und Tabak. »Verstehe«, sagte er nun mit einem Augenzwinkern, »wohl das erste Mal hier?«

»Ich ...« Er brach ab, wollte sich umdrehen und gehen.

»Du kannst mich Jo nennen«, rief der andere schnell und hielt seinen vermeintlichen Freier am Arm fest.

Wenige Minuten später verschwanden die beiden in einem heruntergekommenen Gebäude, an dessen Eingangstür mindestens zwanzig Klingelknöpfe angebracht waren. Allerdings gab es so gut wie keine Namensschilder und die Haustür hing nur noch schräg in den Angeln. Der Gang war dunkel und im Treppenhaus funktionierte lediglich eine der Neonröhren. Diese flackerte jedoch so stark, dass man nur mühsam die abgetretenen Stufen erkennen konnte.

Im dritten Stock kauerte jemand auf dem Boden.

Als Jo mit seinem *Gast* an der Gestalt vorbeiging, sagte er nebenbei: »Hi Reggi!«

Das Bündel brummte etwas Unverständliches, bewegte sich aber nicht.

Die Männer mussten die Treppe noch weiter nach oben steigen.

Er bereute bereits, mitgekommen zu sein. Denn jetzt war das Spiel in die nächste Runde gegangen. Wie weit würde es heute Nacht gehen? Der Gedanke an das Unbekannte, an die neue Erfahrung, verursachte ihm ein wohliges Prickeln. Er spürte bereits seine körperliche Erregung.

Endlich hielt Jo vor einer Tür, die er mit einem Ruck öffnete, woraufhin ihnen ein Schwall abgestandene Luft entgegenschlug. Es roch nach Müll und Körperausdünstungen, alten Kippen und ranzigem Käse. Als das Licht anging, sagte Jo: »Ist zwar kein Palast, aber besser als im Regen ficken.«

Jetzt wäre die letzte Gelegenheit, doch noch zu verschwinden – warum tat er es nicht? Warum stieß ihn dieser stinkende Kerl mit den schlechten Zähnen, der grauen Haut, den alten Akne-Narben und den großen Mitessern auf der Nase nicht ab? Dieses »Liebesnest« war ekelhaft. Das kleine Zimmer stand vor Dreck.

Es gab ein breites Bett, zwei verschlissene Sessel, eine Spüle, in der sich schmutziges Geschirr stapelte, und überall lag Unrat herum.

Aber anstatt zu gehen, fragte er: »Hast du etwas zu trinken?«

Jo nickte und wollte gerade zum Sprechen ansetzen, als ihn sein Gast unterbrach: »Ich zahle natürlich.« Damit griff er in die Hosentasche und zog zweihundert Euro heraus.

Der Stricher riss die Augen auf. »Ich habe nur Topinamburschnaps und Bier, aber ich kann noch mal los …«

»Das wird nicht nötig sein, *Topi* und Bier sind perfekt.« Der Fremde versuchte, ruhig zu bleiben, kramte in seiner Jacke nach einer Zigarette und zündete sie an. Dann schloss er die Tür hinter sich. Es war also entschieden. Er würde bleiben und das Spiel vorantreiben. Aber war das nicht eines Tages sowieso zu erwarten gewesen?

Jo starrte immer noch auf das Geld in der Hand seines neuen Freiers. »Ich erfülle auch Sonderwünsche«, sagte er anzüglich und näherte sich dem Mann.

Der sah verlegen zur Seite.

»Was könnte dir gefallen?«, rätselte Jo und fing an, seine völlig durchnässte Kleidung auszuziehen. Sein Körper war ausgemergelt. Als er die Unterhose herunterzog, wandte sich sein Gast beschämt ab.

»Das geht dir zu schnell?«, fragte der Stricher deshalb und griff nach einem abgewetzten Frotteebademantel. »Vielleicht sollte ich mich für dich zuerst etwas hübsch machen.«

Als Antwort kam nur ein Nicken und Jo grinste zufrieden. Das Geld würde ihn durch die nächsten Tage bringen. Eilig machte er eine Sitzgelegenheit frei und reichte seinem Freier eine Dose warmes Bier und die angebrochene Schnapsflasche. Danach platzierte er sich auf dem Bett mit dem fleckigen Laken. Immer darauf bedacht, dass der Bademantel in Höhe seiner Scham auseinanderfiel und so mehr preisgab, als er verbarg.

Der Mann in dem verschlissenen Sessel beobachtete jede Bewegung des Prostituierten, der einen Schminkkoffer vor sich aufgestellt hatte. Als Erstes griff er nach einem grellroten Lippenstift und benutzte ihn so, wie Frauen das taten.

Diese Beobachtung erinnerte den Besucher an den Ehering, den er immer noch trug. In diesem Moment schien es ihm richtig, ihn vom Finger zu streifen und in der Manteltasche verschwinden zu lassen.

Jo auf dem Bett schien das nicht bemerkt zu haben, denn jetzt schob er akribisch Watte zwischen seine Zehen und begann, die Fußnägel zu lackieren. Das tat er anscheinend öfter, denn man konnte noch die Reste der vorherigen Bemalung sehen. Das Rot, das er jetzt auftrug, sollte wohl zu dem Lippenstift passen. Die geschminkten Lippen machten das Gesicht des jungen Mannes noch abstoßender.

Der zahlende Zuschauer nahm einen großen Schluck Topinambur, aber der Alkohol schaffte keine Linderung. Die Erregung wurde immer größer. Der Wunsch, diesen widerlichen Kerl zu berühren, sich mit ihm auf den fleckigen Laken zu rekeln, ihn auf den widerwärtigen Mund zu küssen und jede einzelne seiner lackierten Zehen mit der Zunge abzulecken, war nun unbeschreiblich groß.

»Wo ist das Badezimmer?«, fragte er deshalb heiser.

Jo grinste erneut anzüglich. »Willst dich wohl frisch machen, mein Hübscher?«

Er wünschte sich, der Mann auf dem Bett würde nicht solche Sachen zu ihm sagen – gleichzeitig sehnte er sich nach mehr davon.

»Hinter der Tür ist das Klo. Waschen kannst du dich in der Spüle.« Schnell fügte er noch an: »Ich kann das Geschirr rausräumen!«

»Nein, schon gut. Ich muss nur auf die Toilette«, antwortete ihm sein Kunde und verschwand hinter der verschrammten Tür.

Jo sah ihm grinsend nach. Was für ein Glückstag! Wenn er es jetzt richtig anstellte, hätte er künftig vielleicht einen wohlhabenden Stammfreier. Er stand auf und bewegte sich leise zu dem nassen Mantel, den sein Neuer auf dem Sessel hatte liegen lassen. Flink durchsuchten seine Finger die Taschen. Als Erstes stieß er auf den Ehering. Sein Grinsen wurde noch breiter, als er ihn sich über den Ringfinger seiner rechten Hand streifte. Verheiratete waren die besten. Die hatten so viel Schiss, dass etwas von ihrem heimlichen Laster nach außen dringen könnte, dass sie für schweigsame Liebesknaben ordentlich in die Tasche griffen. Er beeilte sich und suchte weiter.

In dem kleinen Toilettenraum roch es nach Urin und Kot. Eigentlich hätte er sich an so einem Ort niemals erleichtert, aber im Moment störte ihn das nicht. Seine Gedanken kreisten nur noch um das, was gleich kommen sollte. Und warum auch nicht? Er würde es einmal versuchen, vermutlich wäre er danach für immer kuriert. Schließlich war er schon öfter so vorgegangen: Man probierte alle möglichen Dinge aus, um dann festzustellen, dass man sie eigentlich nicht mochte. Wenn er heute nach Hause fahren würde, dann mit dem guten Gefühl, die ganze Zeit das Opfer einer Irrung gewesen zu sein.

Da die Toilettenspülung kaputt war, hörte Jo nicht, wie sein Gast zurückkam. Fasziniert durchforstete er noch dessen Brieftasche und war mit dem, was er dort fand, äußerst zufrieden.

»Was tust du da?«, erklang plötzlich die Stimme des Mannes. Jegliche Unsicherheit war daraus verschwunden.

Jo zuckte zusammen, fasste sich aber sofort und hob bedauernd die Hände in die Höhe. »Sorry, aber ich muss doch wissen, mit wem ich es zu tun habe. In meinem Gewerbe trifft man auf viele Spinner. Ehrenwort, ich wollte nichts klauen. Ich bin auf mich allein gestellt.« Er deutete auf einen alten Baseballschläger in der Ecke. »Mehr habe ich nicht zu meinem Schutz! Aber vor dir habe ich keine Angst und ich wollte wirklich nichts abgreifen.«

»Und was ist mit dem Ring?« Die Schärfe, mit der diese Frage gestellt wurde, hatte etwas Bedrohliches.

»Ach das?« Jo warf die Brieftasche lässig auf den Sessel und hob seine rechte Hand in die Höhe. Elegant bewegte er einen Finger nach dem anderen und säuselte: »Ob du mir eines Tages auch so einen ansteckst?«

»Gib ihn sofort zurück, du mieses Stück Scheiße!«

Jos Gesichtsausdruck veränderte sich. »Reg dich ab …«

Aber der andere kniff die Augen zusammen und zischte erneut: »Gib ihn mir, du Dreckschwein!«

»Du solltest nicht vergessen, dass ich jetzt weiß, wer du bist; also behandle mich nicht so von oben herab. Ich denke, dass es sicher von Vorteil für dich wäre, wenn deine kleine Vorliebe unter uns bleiben würde.«

Erst schien es, als wollte Jos Gast handgreiflich werden. Dann veränderten sich jedoch seine Züge und er lächelte. »Du hast recht, tut mir leid. Ich stehe gewaltig unter Strom.«

Jetzt entspannte sich auch Jo. »Dann sollten wir etwas für deine Lockerung tun …«

Mit einer schnellen Handbewegung żog er den Bademantel aus und trat auf seinen Gast zu.

Als er anfing, dessen Hose zu öffnen, sagte dieser: »Ich mache das selbst. Los, knie dich aufs Bett!«

»Oh, plötzlich scheinst du zu wissen, was du willst«, entgegnete Jo mit einem Schulterzucken und brachte sich auf der Matratze in eine eindeutige Position. »Auf dem Tisch liegen Gleitcreme und Kondome.«

Sein Freier murmelte etwas Unverständliches und näherte sich ihm. Seine Hände strichen sanft über den Rücken des Strichers, wanderten über dessen Hüften und streiften die Innenseiten seiner Schenkel.

Jo stöhnte, wie es normalerweise von ihm erwartet wurde, und freute sich auf das Geld. Was hinter seinem Rücken vor sich ging, konnte er nicht sehen. Er dachte, sein Kunde würde sich bereit machen, und rief auffordernd: »Ich kann es kaum erwarten, na los, mein Hübscher!«, als er mitten im Satz abbrach. Der Schlag auf den Hinterkopf war so heftig, dass Jo sofort das Bewusstsein verlor.

Der nächtliche Gast hatte die Kontrolle über das *Spiel* zurückgewonnen. Er schlug wie ein Besessener mit dem Baseballschläger auf den Prostituierten ein. Sein Atmen war dabei laut und keuchend. »Du mieses Schwein. Hast wohl geglaubt, ich lasse mich von dir erpressen?« Wieder schlug er zu. Jedem Hieb folgte ein grober Fluch. Ihm war nicht bewusst, dass er gerade dabei war, jeden einzelnen Knochen im Leib seines Opfers zu brechen. Haut platzte auf und Blut durchtränkte die Laken. »Das hast du jetzt davon, du elender kleiner *Stricher*!« Dieses Mal gefiel ihm das Wort. Jetzt passte es: Es war schmutzig.

Jo wollte ihn betrügen. Zuerst war er unterwürfig gewesen und hatte ihn, den neuen Kunden, in Sicherheit gewogen. Aber dann war die Maske gefallen und dahinter hatte sich das Schwein gezeigt.

Er holte aus und zielte erneut auf den zerschlagenen Hinterkopf des Mannes. Das dunkle Blut passte zu dem Rot der lackierten Fußnägel. Was für eine lächerliche Figur. Nein, er wollte niemals so werden, er wollte niemals ...

»Jo? Alles o. k.?«, rief jemand vor der Tür und klopfte gegen das Holz. Die Sätze hörten sich schleppend und heiser an. »Geht's dir gut? Bist du da? Ich bin es, Reggi.«

Er hielt inne, seine Gedanken überschlugen sich. Reggi? Er erinnerte sich an die kauernde Gestalt im Gang. War es wahrscheinlich, dass dieses zerlumpte Geschöpf überhaupt irgendetwas mitbekam?

Seine Vermutung wurde bereits im nächsten Moment bestätigt, als die Stimme lallend sagte: »Na ja, ich muss los, also tschau ...« Schlurfende Schritte entfernten sich.

Ein erleichtertes Grinsen huschte über sein Gesicht. Das war wie ein Wink des Schicksals. Als würde eine höhere Institution sagen: »Keine Sorge, du hast alles richtig gemacht. Ich bin auf deiner Seite!«

Plötzlich wurde seine Miene ernst. Genug gespielt, jetzt galt es, aufzuräumen.

* * *

KAPITEL 2

Saskia Trensch war eine hübsche Frau Mitte zwanzig. Schon als junges Mädchen hatte sie sich für eine Laufbahn bei der Polizei entschieden. Gebürtig aus Pforzheim war sie erst seit vier Wochen in der Fächerstadt Karlsruhe. Noch war alles fremd, selbst die eigene, kleine Wohnung.

Ihr Chef, Hauptkommissar Christian Feinbach, betrat gerade das Büro. Bisher hatte er sich noch nicht allzu viel Zeit für die Neue genommen. Saskia befürchtete, dass er lieber einen Mann auf der freien Stelle gesehen hätte, und das jetzt an ihr ausließ. Umso mehr war sie überrascht, als er in dem für ihn üblichen knappen Tonfall sagte: »Kommissarin Trensch, mitkommen!«

Sie wusste nicht, um was es ging, sprang aber, ohne zu fragen, sofort auf und folgte ihrem Vorgesetzten. Ihre Kollegen hoben noch nicht einmal die Köpfe, als sie eilig hinter dem Hauptkommissar herging.

Feinbach war ein äußerst gut aussehender Mann. Es gab allerlei Gerüchte um seine außerehelichen Aktivitäten und Saskia war versucht, sie alle zu glauben. Wie immer sah er auch heute wie aus dem Ei gepellt aus. Er trug einen Anzug und glänzende Schuhe. Er rauschte durch die Gänge der Behörde, als wären diese alten, zugigen Räume sein privater Palast. Die Kollegen nickten ihm zu. Der ein oder andere machte eine witzige Bemerkung, die Feinbach schlagfertig erwiderte.

Erst auf dem Parkplatz kam die Kommissarin dazu, ihren Chef nach dem Grund des Ausfluges zu fragen.

»Wir haben einen Mord«, sagte der Vorgesetzte und stieg ein.

»Einen Mord?«

Langsam drehte er ihr den Kopf zu. »Sie sind hier, um etwas zu lernen. Gratuliere, heute haben Sie Ihren ersten Mordfall!«

Saskia reckte unbewusst das Kinn etwas nach vorne.

Wow, nun wird es ernst, dachte sie aufgeregt.

Feinbach war einer der besten Ermittler bei der Kriminalpolizei. Obwohl er erst dreiundvierzig Jahre alt war, sprach man über ihn wie von einem Mythos. Dass er sie jetzt in den Fall einbezog, zeigte einmal mehr, wie schwer man diesen Mann einschätzen konnte. Aus irgendeinem Grund fühlte sich Saskia tatsächlich geehrt. Falls er ihre Gefühlslage registriert hatte, ließ er sich das nicht anmerken.

»Ein männlicher Prostituierter«, sagte er nun zu seiner Mitarbeiterin. »Scheint übel zugerichtet worden zu sein. Falls Ihnen schlecht wird, gehen Sie einfach hinaus.«

»Mir wird nicht schlecht«, erwiderte Saskia trotzig, während Feinbach den Wagen durch ein Labyrinth aus Einbahnstraßen lenkte.

Für einen Moment sah er sie mit seinen strahlend blauen Augen an, um die sich ein feines Netz aus Lachfalten gebildet hatte, kommentierte ihre Bemerkung jedoch nicht.

Saskia Trensch überlegte immer noch, ob sie nicht besser geschwiegen hätte, als sie den Tatort erreichten.

»Wo sind wir hier?«, entfuhr es der jungen Kommissarin, die nicht verbergen konnte, welches Unbehagen ihr diese heruntergekommene Gegend verursachte. Sie war manchmal so. Sagte, was ihr in den Sinn kam, ohne daran zu denken, dass man das missverstehen könnte. Die meisten Beamten hätten ihr jetzt vielleicht einen Vortrag darüber gehalten, dass nicht jeder vom Leben begünstigt war, und sie als arrogant bezeichnet, aber Feinbach war eben nicht wie die meisten. Er schien sie sogar zu verstehen.

»An solche Ecken muss man sich erst gewöhnen«, antwortete er müde. »Hier hausen Junkies, Prostituierte, Strichjungen, Ausreißer und sonstige Gestrandete. Ein Stück weiter haben wir die Bordelle und den Straßenstrich, Spielhallen, Wettbüros und Nachtklubs. Nichts Spektakuläres, nur das, was es in jeder Stadt gibt.« Die Beamten stiegen aus und Feinbach sagte: »Gehen wir rein!« Er passierte mit einem Gruß in Richtung der Kollegen von der Streife die Absperrung.

Obwohl es bereits elf Uhr vormittags war, lag das Treppenhaus im Dunkeln. In den verschiedenen Stockwerken standen einige der Hausbewohner, die durch den Krach neugierig geworden waren, vor ihren Türen. Ein alter Mann im Bademantel, mit Bierflasche in der Hand stellte sich ihnen in den Weg.

»He, wo wart ihr, als es den Jungen erwischt hat?«, blökte er wütend.

Ein Polizist von der Streife wollte schon dazwischengehen, aber Feinbach kam ihm zuvor. Der Hauptkommissar fühlte sich nicht nur nicht beleidigt, sondern zeigte sich zudem auch noch verständnisvoll.

»Sie haben ja recht«, wandte er sich an den Alten. »Ich wünschte, wir könnten so etwas verhindern.« Der Beamte steckte sich eine Zigarette an und hob die Schachtel in Richtung des Mannes, der sie gerne entgegennahm. »Ich bin Hauptkommissar Feinbach. Vielleicht können wir uns nachher noch unterhalten?«

Widerwillig murrte der Alte: »Von mir aus. Ich bin hier, wo sollte ich auch sonst hin.« Er reichte Feinbach die Zigarettenschachtel zurück.

Der machte eine abwehrende Handbewegung. »Ich hole sie später bei Ihnen ab, bedienen Sie sich ruhig.«

Saskia schwieg, als sie die Treppe weiter nach oben gingen. Sie hatte gehört, dass Christian Feinbach ein streitbarer Geist war, wenn es um die Zusammenarbeit mit seinen Vorgesetzten ging. Gleichzeitig war ihr erzählt worden, dass er jedoch immer den richtigen Ton traf, wenn es sich um eine Zeugen- oder Verdächtigenbefragung handelte. Eben hatte die Kommissarin sich davon selbst überzeugen können.

Christian Feinbach sah heute nicht das erste Opfer einer Gewalttat. Trotzdem verhärteten sich seine Züge, als er den Leichnam auf dem Bett entdeckte.

Saskia Trensch neben ihm wurde blass und hörte das Rauschen des eigenen Blutes in den Ohren. Schnell wandte sie sich ab und trat auf den Gang. Der schlechte Geruch hier draußen half ihr nicht wirklich, aber wenigstens musste sie nicht auf diesen Körper starren, der im eigenen Blut lag. Sie atmete heftig ein und aus und versuchte, sich zusammenzureißen. Wie sah das denn aus, wenn die Frau Kommissarin nicht einmal den Anblick einer Leiche ertragen konnte?

Als sie erneut das kleine Zimmer betrat, war Feinbach bereits ins Gespräch mit dem Gerichtsmediziner vertieft. Dessen Assistent, der in einen weißen Schutzanzug gehüllt war und eine Gesichtsmaske trug, hob gerade die rechte Hand des Opfers in die Höhe. Ein Kriminaltechniker machte ein Foto davon. Wieder musste Saskia die aufsteigende Übelkeit niederkämpfen. An der Stelle, an der eigentlich der Ringfinger hätte sein müssen, fiel ihr der ausgefranste Stumpf auf.

»Man hat ihm den Finger abgeschnitten?«, fragte sie überflüssigerweise.

»Ja, mit dieser Geflügelschere«, antwortete jemand und zeigte auf das blutverschmierte Küchenutensil.

»Was ist mit ihm passiert?«, wandte sie sich jetzt an ihren Vorgesetzten und probierte dabei, nicht auf die Leiche zu blicken.

Feinbach sah sie an, als wollte er sich vergewissern, dass es ihr auch gut ging, dann fasste er zusammen, was sie bisher wussten: »Vermutlich mit dem Baseballschläger totgeschlagen, dann hat man ihm den Finger abgeschnitten.«

»Der Ringfinger der rechten Hand«, überlegte Saskia laut. Langsam gelang es ihr, die schlechte Luft und den Blutgeruch zu ignorieren. »Das ist der Finger, an dem man den Ehering trägt.«

»Stimmt«, sagte Feinbach. »Das könnte etwas bedeuten. Machen Sie weiter«, ermunterte er seine Mitarbeiterin, mit den Spekulationen fortzufahren.

Saskia zwang sich erneut, den Toten zu begutachten. Dieses Mal ging sie so vor, wie sie es gelernt hatte. »Bei einem Fuß sind die Nägel lackiert. Hier liegt noch der Nagellack und Watte. Der Mann ist nackt. Vielleicht hat er sich für einen Freier zurechtgemacht und bekam unerwartet Besuch?«

»Das wäre möglich. Und dann?«, versuchte Feinbach, seine junge Kollegin weiter aus der Reserve zu locken.

»Vielleicht ist das mit dem Finger ein Ritual, etwas, das mit der Ehe zu tun hat, ein geschiedener Mann, ein Witwer, ein unglücklich Verheirateter ...«

»Ein weites Feld«, murmelte der Gerichtsmediziner hinter Saskias Rücken und ärgerlich bemerkte sie, wie daraufhin ein Lächeln über das Gesicht ihres Chefs huschte.

Der wurde allerdings sofort wieder ernst. »So oder so, der Mord ist hier geschehen. Vielleicht haben wir Glück und jemand im Haus hat etwas gesehen.«

In diesem Moment hörten sie laute Stimmen auf dem Gang. Eine Frau rief »Jo?« und ein Polizist sagte: »Sie können da jetzt nicht hinein.«

Feinbach trat, gefolgt von Saskia Trensch, in den dunklen Flur.

»Was ist hier los?«, wollte der Hauptkommissar wissen.

»Jo? Ich bin eine Freundin ... Die sagen, er sei tot.«

Wieder war es Feinbachs Fingerspitzengefühl zu verdanken, dass sich die Frau beruhigte.

»Wohnen Sie hier?«

Die Zeugin nickte und ließ sich überreden, mit den Beamten in ihrer Wohnung, die neben der des Toten lag, zu sprechen. Das Zimmer glich dem von Jo, allerdings herrschte hier keine Unordnung. Die Frau, die vermutlich nicht älter als Saskia war, aber aussah, als hätte sie die vierzig bereits überschritten, schien keinerlei Besitztümer zu haben. Auf dem Boden lag eine alte Matratze, auf die sich ihre Zeugin nun setzte, die Beine anzog und die Arme darum schlang.

Ihr ungepflegtes schwarzes Haar stand struppig von ihrem Kopf ab. Sie trug eine viel zu große Jeans und einen dicken Rollkragenpullover, dessen Ärmel bereits ausgeleiert waren.

Im Raum gab es noch einen wackeligen Schemel und einen Pappkarton, der offensichtlich als Kleiderschrank diente. An einer der Wände entdeckte Saskia große dunkle Flecken. Im trüben Licht ließ sich nicht genau erkennen, was das war, aber dem Geruch nach zu urteilen, saß hier der Schimmel.

»Sie kannten Jo?«, stellte Feinbach seine erste Frage.

»Ja«, schluchzte die Frau, die sich als Reggi vorstellte.

»Haben Sie irgendeine Ahnung, was gestern passiert ist?«

Ruckartig hob sie den Kopf. »Was? Ich weiß nichts! Sie glauben doch nicht, dass ich etwas damit zu tun habe?«, sagte sie jetzt bestürzt.

»Natürlich nicht«, erwiderte der Hauptkommissar freundlich, »aber vielleicht ist Ihnen etwas aufgefallen?«

»Nein«, antwortete sie kopfschüttelnd und machte dabei ein Gesicht, als wäre sie gerade in einem Traum gefangen. Die Beamten hatten längst bemerkt, dass ihre Zeugin unter Drogen stand.

»Waren Sie gestern Abend in Ihrer Wohnung?«, hakte Feinbach behutsam nach.

»Weiß nicht«, erwiderte Reggi und runzelte die Stirn.

»Haben Sie gestern mit Jo gesprochen?«

Wieder folgte ein »Weiß nicht!«, aber dann schien sich Reggi doch noch zu erinnern. »Ich glaube, es war gestern, da habe ich etwas gehört, bevor ich raus bin.«

Feinbach war plötzlich angespannt und musste sich beherrschen, nicht die Geduld zu verlieren. »Was haben Sie gehört?«

Wieder dachte Reggi angestrengt nach. »Ich dachte, es hätte Streit gegeben. Ja, das war gestern.« Sie freute sich über die plötzliche Erinnerung und strahlte über das ganze Gesicht. »Ich bin dann an Jos Tür und habe geklopft, wollte wissen, ob alles in Ordnung ist …«

»Und, war alles in Ordnung?«

»Es war still, ich hatte mich wohl getäuscht und dann musste ich auch wieder los.«

»Haben Sie irgendwen gesehen?«, versuchte es der Hauptkommissar erneut.

Sie schüttelte nur unglücklich den Kopf und die Beamten verabschiedeten sich.

* * *

KAPITEL 3

Die Nacht war lang gewesen, aber der Morgen hatte dafür etwas Frisches und Reines gehabt. Es war, als wäre er wieder zusammengesetzt worden, als hätte das fehlende Teil seiner Seele zu ihm zurückgefunden. Zugegeben, Jos Tod hatte ihm anfangs Angst gemacht. Was, wenn man ihm auf die Spur käme? Aber je mehr er darüber nachdachte, desto sicherer konnte er eigentlich sein, dass das nie passieren würde.

Er erinnerte sich daran, wie diese Reggi an der Tür geklopft hatte und wieder verschwunden war. Dann hatte er den Baseballschläger und alle Gegenstände, mit denen er in Berührung gekommen war, von Fingerabdrücken befreit.

Er war völlig methodisch dabei vorgegangen: Zuerst säuberte er den stinkenden Toilettenraum, dann nahm er sich den schäbigen Sessel und den Tisch vor. Schließlich packte er seine Zigarettenkippen, die Schnapsflasche und die Bierdose ein, die er unterwegs entsorgen wollte. Beinahe hätte er den Ehering vergessen, der ihn vor eine letzte Herausforderung stellen sollte. Das goldene Edelmetall ließ sich nur ein Stück nach oben schieben. Er rutschte aber nicht über das Fingergelenk, sondern saß fest und konnte keinen Millimeter mehr bewegt werden. Er erinnerte sich an seine Mutter, wie sie manchmal im Sommer über anschwellende Finger geklagt hatte.

»Seife«, flüsterte er leise und scannte die wackeligen Regale und die dreckige Spüle. Aber es gab nichts dergleichen! Sein Blick wanderte zurück. Zwischen den Tellern lag eine alte Geflügelschere, die musste genügen. Ohne sich von dem knackenden Geräusch irritieren zu lassen, trennte er umständlich den Ringfinger seines Opfers unterhalb des Eherings vom Rest der Hand ab.

Dann hielt er plötzlich inne – vor dem Haus hörte er Stimmen. Ein Mann und eine Frau, die sich lauthals stritten. Das war nicht gut. Womöglich rief gerade heute jemand die Polizei und machte diesen von Gott wahrhaft verlassenen Ort zum Zentrum der allgemeinen Aufmerksamkeit. Er musste verschwinden. Das Spiel war beendet, er hatte gewonnen. Der dunkle Mantel würde die Blutspuren auf seiner Kleidung verdecken, den Finger steckte er in der Hektik, und ohne nachzudenken, ein.

Jetzt musste alles sehr schnell gehen. Die beiden da unten schienen sich keine Ruhe zu gönnen, sondern kreischten die übelsten Schimpfworte, wobei sich ihre lallenden Stimmen überschlugen.

Er löschte das Licht und schlich ins Treppenhaus, die Neonröhre hatte mittlerweile den Dienst eingestellt. Es war stockdunkel, niemand begegnete ihm und er gelangte unbemerkt auf die Straße. Er hatte recht daran getan, sich zu beeilen – tatsächlich konnte er in einiger Entfernung die Sirenen eines Polizeifahrzeuges hören. Gut möglich, dass der Wagen auf dem Weg hierher war. Er registrierte noch, wie eine Flasche zu Bruch ging; offensichtlich ging der Streit des aufgebrachten Pärchens in die nächste Runde. Allerdings war das splitternde Geräusch das Letzte, was er von der Auseinandersetzung noch mitbekam. Hinter dem nächsten Häuserblock verstummten die Stimmen und er fühlte sich in Sicherheit.

Ganz in der Nähe war die Hauptstraße, noch hielt sich der Verkehr in Grenzen. In einer regnerischen Nacht wie dieser waren nur jene unterwegs, die unbedingt mussten. Er beschleunigte sein Tempo und hastete zum Auto.

Minuten später fuhr er auf einen einsamen Feldweg, zog den Ring von dem abgetrennten Finger und wechselte seine Kleider.

Zum Glück hatte er Sportsachen im Kofferraum gehabt.

Anschließend hatte die Phase des In-sich-Hineinhörens begonnen. War es vorbei? Hatte sich diese seltsame, ungesunde Neigung nach dieser Erfahrung von selbst verflüchtigt?

Auch jetzt, am Morgen, belauerte er sich selbst – wie die Schlange das Kaninchen. Vorerst schien es zumindest so, dass er doch stärker als seine Lust war.

* * *

Nach dem Gespräch mit Reggi und einer kurzen Beratung mit dem Gerichtsmediziner, der versprach, schnellstmöglich einen vorläufigen Bericht zu schicken, wollte Christian Feinbach noch den alten Mann vernehmen, der sie vorhin auf der Treppe angehalten hatte.

Dieser stand immer noch im Hausgang, ganz offensichtlich hatte er auf die Beamten gewartet. Schnell kramte er die Zigarettenschachtel aus der Tasche seines Bademantels und wollte sie dem Hauptkommissar zurückgeben.

Feinbach winkte ab. »Ich sollte sowieso weniger rauchen.«

Der Mann, der sich als Karl Müller vorstellte, führte die Polizisten nun in seine Wohnung. Die Wohnung bestand ebenfalls lediglich aus einem Zimmer und dem Toilettenraum. Allerdings hatte sich der Nachbar von Reggi und Jo mehr Mühe dabei gegeben, ein Heim daraus zu machen. Die Möbel waren zwar abgenutzt und zusammengewürfelt, aber alles wirkte sauber und aufgeräumt. Das Fenster ließ das Tageslicht herein und ein heller Teppich sorgte dafür, dass das Zimmer einen freundlichen Eindruck machte.

Auf der Spüle stand das Geschirr in einem Abtropfgestell und Karl Müller bot seinen Gästen Kaffee an.

»Hab aber nur Löslichen«, sagte er ein wenig angriffslustig, was Feinbach dazu veranlasste zu entgegnen: »Hauptsache schwarz, dann ist mir jeder Kaffee recht.«

Der Gastgeber grunzte zufrieden und schaltete den Wasserkocher ein.

»Setzen Sie sich. Sie sehen ja, dass ich in bescheidenen Verhältnissen lebe.« Er griff sich eine Zigarette aus dem geschenkten Päckchen und ließ seinen Frust ab. »Mein ganzes Leben habe ich gearbeitet, und als ich in Rente ging, da haben die mir gesagt, mehr als ein paar Hundert Euro gibt es nicht. Tja!« Er lachte bitter auf. »Und jetzt bin ich auf Sozialhilfe angewiesen.«

Feinbach war klug genug, darauf nichts zu erwidern. Denn er wusste, es hätte entweder plump oder arrogant geklungen.

Der Alte fuhr fort: »Und dann diese vielen jungen Leute, denen es noch schlechter geht. Das ist nicht recht.« Dieses Mal überschattete ein trauriger Zug sein Gesicht.

»Sie kannten Joachim Lisske also?« Feinbach hatte den Namen des Opfers verwendet und bemerkte, dass der Zeuge damit nichts anfangen konnte. »Ich meine Jo. Sie kannten ihn?«, formulierte er seine Frage um.

»Wie man sich eben in so einem Haus kennt. Der war eigentlich ein netter Kerl. Hat immer gegrüßt. Wir haben nicht viel miteinander gesprochen, aber trotzdem, das war kein schlechter Mensch. Ein Jammer.«

»Wussten Sie, welcher Beschäftigung Jo nachging?«, hakte Feinbach behutsam nach.

Wieder ein bitteres Auflachen. »Ich bin nicht zimperlich, Herr Kommissar, ich weiß, dass der Junge auf den Strich ging.«

Er hob die Brauen und blickte den Beamten an. »Ich heiße das nicht gut!«, sagte er mit Nachdruck, »aber ich verurteile auch keinen.«

»Haben Sie vielleicht mitbekommen, wer gestern Abend bei Jo war?«

Karl Müller schüttelte den Kopf.

»Gab es jemanden, mit dem er Streit hatte?«

Der Alte überlegte. »Na ja, hier in der Gegend gibt es immer irgendwo Streit. Gestern Abend zum Beispiel, da haben sich zwei in den Haaren gelegen, bis Ihre Kollegen anrückten.«

Feinbach nickte Saskia zu, die sich das sofort notierte. Sie würden sich umgehend mit den Beamten von der Streife in Verbindung setzen.

»Und Jo, mit wem lag der sich in den Haaren?«

Ihr Zeuge zuckte mit den Schultern. Er stand auf, ging zur Spüle und goss das heiße Wasser über das Kaffeepulver. Schließlich schlurfte er mit zwei Bechern zurück. »Wie gesagt, hier streiten sich die Leute und dann vertragen sie sich auch wieder. Ich möchte niemanden in Schwierigkeiten bringen.«

»Tun Sie nicht«, beruhigte ihn der Beamte. »Aber jemand hat den Jungen totgeschlagen und ich will herausfinden, wer das war. Und ehrlich gesagt glaube ich, dass Sie auch möchten, dass derjenige bestraft wird.«

Karl Müller drückte die Zigarette aus und lehnte sich in seinem Sessel zurück.

Unglücklich erwiderte er: »Sie haben recht. Aber ich glaube nicht, dass der arme Tropf Jo umgebracht hat.« Er rang noch immer mit sich.

»Von wem sprechen Sie?«, ließ Feinbach nicht locker.

»Jan Zeiler, das ist ein Junge aus der Gegend. Ich weiß nicht viel über ihn, außer dass er wohl das ist, was Sie als Spanner bezeichnen würden.«

»Wie alt ist der *Junge*?«

»Keine Ahnung. Anfang zwanzig vielleicht?«

»Und der hat Jo belästigt?«

Karl Müller schüttelte ungeduldig den Kopf. »Wie sich das anhört! Wenn Sie den Kerl sehen, werden Sie verstehen, warum ich Zweifel daran habe, dass der jemandem etwas antun könnte.« Er machte eine wegwerfende Handbewegung und fuhr fort: »Jedenfalls schlich Jan immer hinter Jo her, bis der ihn vor knapp einer Woche zur Rede gestellt hat.«

»Waren Sie dabei?«

»Ja, es war unten vor der Tür. Ich hatte gerade meinen Müll rausgebracht. Irgendwann am Nachmittag.«

»Und wie endete der Streit?«

»Jo hat ihm Schläge angedroht für den Fall, dass sich der Junge künftig nicht von ihm fernhalten würde.«

»Und wie hat Jan Zeiler reagiert?«

»Der ist davongetrottet wie ein geprügelter Hund.«

»Wissen Sie, wo er sich aufhält?«

»Soviel ich weiß, haust der auf dem alten Bahngelände. Aber sicher bin ich mir nicht. Wenn Sie nach dem Jungen fragen, finden Sie ihn bestimmt. Er ist in der Gegend bekannt.«

»Sie meinen als Spanner?«

Karl Müller verzog unglücklich das Gesicht. »Ja. Aber bisher habe ich noch nie gehört, dass er gewalttätig geworden wäre ...«

»Einmal ist immer das erste Mal«, murmelte Feinbach nachdenklich.

Sie tranken ihren Kaffee und verabschiedeten sich von Karl Müller, dem sie eine Visitenkarte in die Hand drückten.

Woraufhin der alte Mann versprach, sich zu melden, falls ihm noch etwas einfallen würde.

* * *

Zurück auf dem Revier setzte Hauptkommissar Feinbach seine Mitarbeiter darauf an, mehr über das Umfeld des Toten herauszufinden. Man hatte bereits einen Beamten zu Jos Vater geschickt. Zwei Teams machten sich auf den Weg, um alle einschlägigen Örtlichkeiten abzuklappern, die der Tote eventuell aufgesucht haben könnte. Währenddessen ging Feinbach mit Saskia zu den Kollegen von der Streife.

In dem alten Gebäude musste man Acht geben, dass man sich nicht verlief, deshalb war die Kommissarin froh, dass sie nicht alleine unterwegs war.

»Sie wissen ja, dass wir bald ein neues Domizil bekommen«, sagte Feinbach gerade.

»Ja, dann bin ich wenigstens, was die Orientierung angeht, den anderen gegenüber nicht mehr im Nachteil«, scherzte Saskia und ihr Vorgesetzter lachte.

»Keine Sorge, Sie fühlen sich bald auch hier zu Hause.«

Die Kollegen erwarteten Feinbach schon und reichten ihm das Protokoll vom Vorabend.

»Typischer Streit unter *Liebenden*«, sagte der Diensthabende und rollte mit den Augen. »Die waren so was von besoffen, ich kann mir nicht vorstellen, dass die sich überhaupt noch an irgendetwas erinnern.«

»Wie ging die Sache aus?«, fragte Saskia interessiert.

»So wie immer. Die beiden sind bekannt. Er schlägt sie, sie schlägt ihn. Dann wollen sie sich gegenseitig die Kehle durchschneiden und sowie wir auftauchen, sind die zwei ein Herz und eine Seele und machen sich vom Acker.«

»Kann ich mit den Kollegen sprechen, die gestern Dienst hatten?«

»Willst du anrufen oder soll ich sie herbestellen? Die sind noch zu Hause ...«

Feinbach ließ sich die Nummern geben und telefonierte mit den beiden verschlafenen Polizisten. Er ermittelte schließlich in einem brutalen Mordfall, da konnte man keine Rücksicht auf den Schichtplan nehmen. Je früher er alle Hinweise kannte, desto besser. Allerdings konnten auch die Kollegen keine weiteren Anhaltspunkte liefern. Feinbach würde noch einen seiner Mitarbeiter zu dem Pärchen schicken. Aber eigentlich glaubte er nicht, dadurch auf interessantes Beweismaterial zu stoßen.

Anschließend machte sich Feinbach allein auf den Weg zu seinem Vorgesetzten.

Er begegnete dem Mann bereits im Flur. Der erste Kriminalhauptkommissar Franz Blach war gerade im Gespräch mit einem Mann Mitte fünfzig. Dieser hatte eine sehr attraktive Blondine von höchstens fünfundzwanzig Jahren an seiner Seite.

»Ah, Kollege Feinbach!«, begrüßte Blach seinen Mitarbeiter und winkte ihn her.

»Darf ich vorstellen, Herr Jelot und seine Tochter Antje Jelot.« Er drehte sich zu dem Hauptkommissar. »Mein bester Ermittler, Christian Feinbach!«

Während ihn Jelot mit einer gewissen Überheblichkeit musterte, sah seine Tochter gelangweilt zur Seite. Feinbach entging nicht, dass sie unter der eleganten schwarzen Bluse keinen BH trug. Er fragte sich, nicht ohne ein Prickeln im Unterleib zu spüren, ob sie wohl auch auf das Höschen unter dem Rock ihres Kostüms verzichtet hatte.

Die folgende Bemerkung ihres Vaters riss den Hauptkommissar jedoch aus seinen schlüpfrigen Gedanken. »Wäre es nicht wünschenswert, wenn man solche Verbrechen, wie den Mord an diesem Strichjungen, von vorneherein verhindern könnte?« Er näselte beim Sprechen und stieß jetzt auch noch einen arroganten Lacher aus. »Ich wünschte mir, die Polizei würde sich endlich als präventive Einrichtung begreifen, das würde doch vieles leichter machen.«

Feinbach wusste genau, wen er vor sich hatte. Kurt Jelot mischte in der Politik mit, hatte verschiedene Pöstchen, überall Freunde und hoffte auf einen Sitz im Landtag. Dazu verfügte er noch über jede Menge Geld; er war Großindustrieller in der dritten Generation.

Der Hauptkommissar hasste solche Sprüche und auch heute konnte er eine Erwiderung nicht herunterschlucken. »Oh, solche Wünsche verstehe ich nur zu gut«, entgegnete er scheinbar unterwürfig. »Ich zum Beispiel wünsche mir, mit mehr Menschen zu tun zu haben, die auch etwas von Polizeiarbeit verstehen und nicht unwissend darüber schwadronieren.«

Jelot klappte der Unterkiefer herunter.

Blach versuchte, die Situation zu retten, indem er sagte: »Ja, Fachkenntnisse sind unverzichtbar«, und dann seinen Mitarbeiter mit den Worten, »warten Sie doch in meinem Büro, ich begleite die Herrschaften noch hinaus«, aus der Schusslinie brachte.

Feinbach deutete eine winzige Verbeugung in Richtung des Vaters an. Die Tochter überging er geflissentlich. Allerdings war er sich bewusst, dass deren Desinteresse längst verflogen war. Als er sich umdrehte und zum Büro seines Vorgesetzten marschierte, konnte er ihre Blicke in seinem Rücken regelrecht spüren. Mit einem anzüglichen Grinsen dachte er an Antje Jelots grüne Katzenaugen. Was für eine interessante Frau.

»Herrgott, Christian!«, blaffte Franz Blach, als er sein Büro betrat. Wenn sie allein waren, duzten sich die Männer. Blach war ein ruhiger Typ mit beachtlichem Bauch und grauen Haaren. Er hatte sich seinen Posten hart erarbeitet und wurde von allen Mitarbeitern sehr geschätzt.

Mit hochgezogenen Augenbrauen sah er zu Feinbach. »In ein, zwei Jahren, vielleicht sogar früher, wird dieser Stuhl hier frei. Ich würde dich gerne als meinen Nachfolger vorschlagen, das weißt du. Aber ...« Er brach resigniert ab.

»Dieser Jelot ist ein Vollidiot. ›Ich wünschte mir, die Polizei würde sich endlich als präventive Einrichtung begreifen‹«, äffte er den Mann jetzt nach.

»Wenn du nicht aufhörst, den falschen Leuten in den Allerwertesten zu treten, wirst du dich eines Tages wundern, warum deine vielversprechende Karriere im Sand verlaufen ist.«

Feinbach machte ein bedauerndes Gesicht. »Ich weiß schon, ich soll Ärsche küssen!«

Blach stieß genervt die Luft aus.

»Vielleicht verstehe ich mich mit Jelots Tochter besser?«, sagte Feinbach provozierend.

Sein Vorgesetzter schüttelte müde den Kopf. »Deine Weibergeschichten brechen dir eines Tages noch das Genick. Jetzt bring mich auf den neusten Stand – gibt es schon Spuren im Fall des toten Strichjungen?«

Christian Feinbach gab seinem Chef eine Zusammenfassung und sagte schließlich: »Wir werden mit Jan Zeiler sprechen.«

»Wie macht sich die Neue?«, warf Blach ein.

»Wird schon«, antwortete ihm Feinbach. Als er bemerkte, dass ein ausführlicherer Kommentar von ihm erwartet wurde, fuhr er fort: »Ich will sie bei dem Mordfall mit einbeziehen.«

»Ist die denn schon so weit? Fehlt es da nicht an Erfahrung?«

»Wie soll sie denn Erfahrung bekommen, wenn sie nur am Schreibtisch sitzt. Außerdem zieht sie ja nicht alleine los. Die Frau ist intelligent und engagiert. Mir reicht das!«

Blach sah ihn durchdringend an und Feinbach seufzte daraufhin: »Keine Sorge, ich habe noch nie etwas mit einer aus meinem Team angefangen. Außerdem ist Frau Trensch nicht mein Typ.«

Sein Vorgesetzter sagte nichts weiter dazu, und Feinbach hütete sich, das Thema zu vertiefen.

»Gut, dann an die Arbeit«, sagte Blach zum Abschied.

* * *

Als Hauptkommissar Feinbach sein Büro betrat, fing ihn Saskia Trensch ab.

»Dieser Jan Zeiler ist aktenkundig!«

»Gewalt?«, erwiderte ihr Chef interessiert.

»Nein, aber es gab verschiedene Beschwerden wegen Voyeurismus.« Sie fasste den Inhalt der Mappe zusammen. »Heimliches Beobachten in den Umkleidekabinen eines Schwimmbads, das Gleiche in einem Kaufhaus, dort war es in der Männerabteilung. Einmal wurde die Polizei gerufen, als er in den Büschen hockte und eine Abschlussklasse beim Feiern beobachtet hat und so weiter.« Sie runzelte die Stirn und sagte: »Hört sich eigentlich nicht nach jemand an, der durchdreht und so brutal zuschlägt.«

Feinbach, der breitbeinig dastand und die Hände in den Hosentaschen hatte, sah sie ernst an. Dann sagte er: »Ich musste einmal einen Fall bearbeiten, bei dem sich eine Achtzigjährige gezwungen sah, ihren Mann mit einem elektrischen Fleischmesser zu bearbeiten, weil der sich über das Frühstücksei beschwert hatte. Die Frau sah vollkommen harmlos aus, hat nie irgendjemand etwas zuleide getan, aber an diesem einen Morgen ist sie durchgedreht. Wissen Sie, warum?« Er wartete keine Antwort ab. »Sie sagte mir damals, sie hätte das allmorgendliche Gemecker über das Ei nicht mehr ertragen können. Nach fünfundfünfzig Ehejahren hat sie das Messer angeworfen und ihren Mann wie einen Braten tranchiert.«

»Das ist ein Scherz?«, platzte Saskia heraus.

Feinbachs Blick war unergründlich. »Glauben Sie?«

Saskia ließ das Thema ruhen, nahm sich aber vor, nach diesem angeblichen Fall in den Archiven zu recherchieren. Sie war sich immer noch nicht im Klaren darüber, ob sie ihren neuen Chef nun mochte oder nicht. Eines rechnete sie ihm allerdings hoch an: dass er sie, ohne mit der Wimper zu zucken, als vollwertiges Teammitglied in diesen Fall mit einbezogen hatte.

* * *

Christian Feinbach schien wirklich jeden Winkel der Stadt zu kennen. Mühelos fand er eine Zufahrt zu dem alten Bahngelände. Ausrangierte Waggons und einige Container standen hier. Baufällige Hütten, die in früheren Jahren den Streckenarbeitern als Materiallager gedient hatten, waren heute voller Graffiti und Sammelstellen für Müll.

Der Hauptkommissar parkte den Wagen.

»Wäre es nicht besser gewesen, man hätte die Streife geschickt?«, fragte Saskia beim Aussteigen.

»Möglich, aber ich wollte den Kerl nicht verschrecken. Wenn er abhaut, erfahren wir gar nichts.«

Die Kommissarin musste ihrem Chef im Stillen recht geben. Menschen wie Jan Zeiler brauchten keine Umzugsfirma beauftragen, um ihren Standort zu wechseln, sie zogen einfach weiter.

Mit einem ärgerlichen Brummen ging Feinbach voran. Vergeblich versuchte er, dem Matsch und den Pfützen auszuweichen. »Falsche Schuhe!«, stieß er hervor. Er ließ sich aber nicht davon abhalten, auf eine der Hütten zuzugehen, deren Tür einen Spalt offen stand.

Saskia hatte Mühe, mit ihm Schritt zu halten. Sie sah, dass er zunächst unauffällig nach seiner Waffe tastete. Dann riss er die Tür auf und leuchtete mit einer Taschenlampe ins Innere.

»Jan Zeiler?«, hörte sie ihn sagen, dann vernahm sie eine zweite Stimme.

»Was wollen Sie, Mann?«

Die Kommissarin war nun ebenfalls an der Hütte angelangt und spähte hinein. Im Schein der Taschenlampe erkannte sie eine Gestalt auf dem Boden. Augenscheinlich ein Mann, der sich die Hände vors Gesicht hielt, weil ihn das Licht blendete.

»Stehen Sie auf, wir müssen mit Ihnen reden«, sagte Feinbach nun ein wenig wohlwollender.

Der junge Mann schien in der Hütte sein Lager aufgeschlagen zu haben; Pappkartons und alte Zeitungen dienten ihm als Schlafplatz. Mit zerzausten Haaren rappelte er sich erschrocken auf. Er war mager und nicht größer als Saskia. Bedrohlich fand sie ihn nun wirklich nicht, da musste sie Karl Müller recht geben.

»Wer sind Sie?«, fragte er nun unsicher.

»Polizei«, antwortete der Hauptkommissar tonlos.

»Ach ja? Ich will einen Ausweis sehen«, erwiderte Jan Zeiler giftig und trat aus der Hütte.

Auch dieses Mal blieb Feinbach völlig ruhig und zeigte seine Papiere.

Der andere nickte und meinte wichtigtuerisch: »Ich kenne meine Rechte!«

»Unbefugtes Betreten eines Privatgrundstücks gehört ganz sicher nicht zu Ihren Rechten«, entgegnete ihm der Hauptkommissar schnippisch und deutete auf das Gelände.

»Deshalb sind Sie hier?«, rief Jan fast panisch. »Aber ich störe doch niemand!«

»Kennen Sie Joachim Lisske? Auch bekannt unter dem Namen Jo.«

Zuerst schüttelte Zeiler den Kopf, Saskia sah die Angst in seinen Augen. War das ein Zeichen von Schuld oder nur eine Reaktion, die der Lebenssituation des Mannes geschuldet war?

»Wo waren Sie gestern Nacht?«

Er schwieg.

»Wir können aufs Revier gehen«, drohte Feinbach.

Jetzt hob Zeiler abwehrend die Hände. »Schon gut, ich sage es Ihnen. Ich war hier.«

»Ab wann?«

»Ab dem Moment, ab dem es dunkel wurde«, antwortete er nervös und fuhr sich mit dem Ärmel über die laufende Nase. »Ich gehe nie raus, wenn es dunkel ist«, fügte er murmelnd an.

»Warum nicht?«

Der Mann sah sich unsicher um, dann blickte er zu Boden und starrte auf seine Fußspitzen. »Im Dunkeln passieren schlimme Dinge.«

»Ist das so?«

Er hob den Kopf und nickte.

»Also, kennen Sie Jo?«, wiederholte Feinbach seine Frage von vorhin.

»Bin ihm ein oder zwei Mal begegnet.«

»Und das letzte Mal gab es Streit, nicht wahr?«

»Wenn Sie schon alles wissen, dann brauchen Sie mich doch gar nicht zu fragen ...«

»Worum ging es?«, der Hauptkommissar überhörte Zeilers Vorwurf.

Der druckste herum, antwortete aber schließlich: »Jo will nicht, dass ich mich in seiner Nähe aufhalte.«

»Und?«

»Was, und?«, schnappte Zeiler jetzt genervt. »Ich gehe ihm seither aus dem Weg!«

»Und gestern? Sind Sie ihm da auch aus dem Weg gegangen?«

»Das sagte ich doch bereits. Seit er so gemein zu mir war, halte ich mich fern von ihm.«

Es entstand eine kurze Pause, bevor Feinbach fragte: »Sie waren gestern also hier. Gibt es dafür Zeugen?«

Jetzt verzog der Mann sein Gesicht zu einem hässlichen Grinsen. »Natürlich nicht!« Er sah zwischen den Beamten hin und her. Schließlich platzte er ungeduldig heraus: »Warum stellen Sie mir all diese Fragen?«

»Jo ist tot. Man hat ihn gestern Nacht erschlagen«, entgegnete Feinbach unbarmherzig.

Für einen Moment sah es so aus, als würde Jan Zeiler vor Schreck in Ohnmacht fallen. Er wurde kreidebleich und taumelte nach hinten. Aber er fing sich gleich wieder, und als der Hauptkommissar fragte, ob sie sich in der Hütte einmal umsehen könnten, nickte er mit abwesendem Blick.

Saskia hielt dieses Vorgehen zwar für unorthodox, aber dafür auch für effektiv. Sie streifte sich auf Feinbachs Zeichen hin die Latexhandschuhe über und betrat den kleinen Raum, der höchstens zwei auf zwei Meter groß war.

Schnell war klar, dass sie hier nicht viel finden würden. Das Einzige, das die Aufmerksamkeit der Polizistin erregte, war ein Schulheft.

Die Seiten waren alle bemalt, meist hatte der Künstler einen Bleistift benutzt. Saskia trat damit ans Tageslicht.

»Das sind meine Skizzen«, rief Zeiler plötzlich aufgeregt und wollte der Kommissarin das Heft aus der Hand reißen, doch sie war schneller und reichte es Feinbach.

Überrascht betrachtete er die bizarren Abbildungen. Frauen mit großen Brüsten und Teufelsköpfen. Männer, deren Glied überdimensioniert dargestellt war und deren Gesichter dämonischen Fratzen glichen.

»Das gehört mir«, jammerte der junge Mann neben dem Polizisten.

»Ich denke, es ist besser, wenn Sie mit uns kommen«, sagte Feinbach zu Saskias Überraschung.

»Wieso? Ich habe nichts getan«, wehrte sich Zeiler. »Ich war die ganze Nacht hier und ich weiß nicht, was mit Jo passiert ist!«

Aber der Hauptkommissar ließ nicht mit sich reden.

Saskia führte den Verdächtigen zum Auto, der offensichtlich resigniert hatte und sich nicht widersetzte.

* * *

Auf dem Präsidium gab es weitere Neuigkeiten. Davon abgesehen, dass das betrunkene Pärchen vom Vorabend einen Filmriss hatte und deshalb keine brauchbare Aussage machen konnte, waren Feinbachs Ermittler auf einen weiteren Namen gestoßen.

»Ralf Hortland«, berichtete gerade einer der Beamten. »Seines Zeichens Zuhälter, und zwar ein äußerst brutaler. Die, die überhaupt bereit waren, mit uns zu sprechen, halten ihn für einen möglichen Kandidaten, was den Mord an Joachim Lisske angeht. Er soll den Strichern in letzter Zeit mächtig Druck gemacht haben, wollte wohl sein Revier vergrößern.«

Außerdem gab es bereits einen ersten Bericht der Gerichtsmedizin. Joachim Lisske wurde mit dem Baseballschläger getötet. Zahlreiche Knochenbrüche und innere Verletzungen konnten festgestellt werden. Der Ringfinger der rechten Hand war mit der Geflügelschere aus der Wohnung des Opfers abgetrennt worden. Zwischen seinen Fußzehen gab es Reste von Watte. Es fehlten Hinweise darauf, dass das Opfer noch unmittelbar vor seinem Tod Geschlechtsverkehr gehabt hatte. Zudem ergaben die Labortests, dass der Mann heroinabhängig gewesen war.

Die Spurensicherung fand jede Menge Fingerabdrücke, die man durch den Computer jagen würde. Auch DNA-Spuren konnten entdeckt werden – allerdings handelte es sich meist um Mischspuren, die nur schwer zuzuordnen sein würden. Außerdem fehlten die Vergleichsdaten. Wer auch immer für den Mord an Jo verantwortlich war, er hatte daran gedacht, die eigenen Spuren zu verwischen. Viele Gegenstände in der Wohnung waren gereinigt worden, was die Arbeit der Kriminaltechnik beinahe unmöglich machte.

Feinbach gab seinen Mitarbeitern gerade die nächsten Anweisungen, als Franz Blach persönlich im Büro erschien. Im Gesicht des Mannes konnte der Hauptkommissar ablesen, dass die Zeichen auf Sturm standen. Deshalb schickte er seine Leute nach draußen und schloss hinter dem Vorgesetzten die Tür.

»Wieso hast du diesen Zeiler hierhergebracht?«
Verdutzt blickte Feinbach zu seinem Chef.
»Der hat sich wegen eines Anwalts an irgendeinen sozialen Verband gewandt und jetzt machen die mir die Hölle heiß.«

»Ich wollte ihn nur als Zeugen befragen.«

»Und wieso behaupten die dann, du hättest ihn zum Mitkommen gezwungen?« Blachs Stimme schwoll an.

Feinbach fuhr sich mit beiden Händen durchs Haar. Eindringlich blickte er zu seinem Chef. »Der Kerl ist schuldig, ich kann das fühlen!«

»Spinnst du?«, blaffte der Vorgesetzte. »Du kannst doch nicht aus einem Gefühl heraus handeln!«

»Hast du dieses Skizzenheft gesehen?«, setzte Feinbach nach. »Der Typ ist gefährlich, ich traue ihm die Tat zu.«

Franz Blach atmete tief durch. »Ihr lasst den Mann sofort gehen. Bring mir handfeste Beweise und ich stehe hinter dir.«

»Aber ...«

»Ende der Diskussion!« Damit drehte sich der Leiter des Kommissariats auf dem Absatz um und trat ohne Gruß aus der Tür.

Eine Weile starrte ihm Feinbach noch hinterher, dann fügte er sich dem Unvermeidlichen und veranlasste, dass man Jan Zeiler nach Hause schickte. Unter dem strengen Blick seiner Anwältin wurde ihm auch das Skizzenheft ausgehändigt.

* * *

Es war schon kurz vor zwanzig Uhr, als Saskia Trensch an die Bürotür ihres Chefs klopfte.

»Sie sind immer noch da?«, fragte der nun überrascht. »Packen Sie zusammen, morgen ist auch noch ein Tag.«

Unschlüssig blieb sie jedoch stehen.

Als Feinbach erwartungsvoll in ihre Richtung sah, fasste sie sich ein Herz und sagte: »Ich fand die Skizzen auch verdächtig.«

Der Hauptkommissar entspannte ein wenig und lehnte sich in seinem Stuhl zurück. »Ja. Aber Blach hat recht, ich habe unprofessionell reagiert. Betrachten Sie das als Ihre erste Lektion.«

Die junge Frau nickte und verabschiedete sich. Mehr denn je war ihr Feinbach ein Rätsel.

Der Hauptkommissar warf einen Blick auf die Uhr. Höchste Zeit, sich auf den Weg zu machen. Nach dem letzten heftigen Ehekrach mit Sybille hatte er ihr zur Versöhnung einen Abend in ihrem Lieblingsrestaurant versprochen.

Als er nun nach Hause kam, wartete seine Frau schon ungeduldig, allerdings schluckte sie eine entsprechende Bemerkung herunter. Sie wollte diesen Abend genießen.

Sybille war keine besonders auffällige Frau. Sie war nicht hässlich, aber auch nicht ausgesprochen hübsch. Niemand drehte sich nach ihr auf der Straße um, das war auch in ihrer Jugend nicht anders gewesen. Oft hatte sie sich gefragt, warum Christian überhaupt bei ihr geblieben war und wieso er ihr damals den Heiratsantrag gemacht hatte. Vermutlich schien es ihm zu diesem Zeitpunkt einfach praktisch. Als sie sich kennengelernt hatten, hatte er noch studiert. Sie hatte verdient und für ihn gesorgt. Er war dadurch in der Lage gewesen, sich voll und ganz auf seine Ausbildung zu konzentrieren. Christian war gut in seinem Job, das wusste sie und es machte sie stolz. Außerdem sah er fantastisch aus. Sie zeigte sich gern mit ihrem Mann, wenn sie zuweilen auch an die Worte ihrer verstorbenen Mutter denken musste. Die hatte damals Folgendes gesagt: »Überlege gut, wen du heiratest. Einen schönen Mann hast du niemals für dich allein.«

Ihre Mutter sollte recht behalten. Immer wieder hatte Christian seine kleinen, schmutzigen Affären. Wenn sie es herausfand, dann machte sie ihm eine Szene. Er fühlte sich schuldig, bat um Vergebung und schließlich folgte die Versöhnung. Bisher hatte er immer wieder zu ihr zurückgefunden. Verlassen wollte sie ihn auf keinen Fall, obwohl ihr der gesunde Menschenverstand dazu riet. Aber das war keine Entscheidung des Verstandes. Sybille liebte diesen Mann abgöttisch, und die Vorstellung, eines Tages ohne ihn zu sein, konnte sie nicht ertragen.

»Können wir?«, sagte er charmant und begutachtete seine Frau mit einem liebevollen Blick. »Du siehst toll aus!« Sie nahm das Kompliment strahlend entgegen und gemeinsam verließen sie das Haus.

Im Restaurant war ein Tisch reserviert und Christian hatte dafür gesorgt, dass ein Strauß roter Rosen und Champagner bereitstanden. Sybilles Wangen glühten und sie genoss den Abend, bis … Ja, bis diese Tussi mit den riesigen Brüsten an ihren Tisch kam, um das Dessert zu servieren. Sybille wäre am liebsten im Erdboden versunken, als ihr Mann hemmungslos in den Ausschnitt der jungen Aushilfsbedienung starrte. Und natürlich musste diese Ausgeburt der Weiblichkeit noch unzählige Male an ihrem Tisch vorbeistreifen.

Der Abend war gelaufen, der Eisbecher schmeckte schal und die Heimfahrt verlief schweigsam.

Sybille wollte zwar nicht streiten, konnte aber schließlich nicht anders, als sich ihr Magen vor Zorn immer weiter zusammenkrampfte; noch in der Garage gab es einen gewaltigen Krach.

Schließlich schnappte sie sich ihr Bettzeug und verschwand mit den Worten »Dann geh doch zu einer deiner Tittenmäuse« im Gästezimmer.

Christian klopfte mehrmals an ihre Tür und wollte seine Frau beruhigen. »Ich bitte dich, du bildest dir da etwas ein.«
Aber Sybille weinte sich bereits in den Schlaf. Morgen würde sie sich, wie gewöhnlich, selbst die Schuld an dem verpatzten Abend geben.

* * *

Am nächsten Morgen

Der Mord hatte vorgestern Nacht stattgefunden und heute stand erstmals etwas darüber in den Zeitungen. Eines der Boulevardblätter hatte einen recht aufwendigen Artikel gebracht, den er mit größtem Interesse las. Der Schreiber ließ sich über die Brutalität des Verbrechens aus und über das bemitleidenswerte Opfer, das am Rande der Gesellschaft gelebt hatte. Dann brachte der Verfasser noch seine Befürchtung zum Ausdruck, dass womöglich ein Psychopath sein Unwesen treiben würde und dass dieser Mord nur der Auftakt einer grausamen Serie weiterer Untaten wäre.
Zugegeben, das war eine unerwartete Entwicklung. Die Annahme des Autors beruhte auf keinerlei Beweisen, sondern war eine reine Mutmaßung. Aber ihm kam das entgegen, lenkte es doch von seiner Spur ab. So wie es aussah, lief es für ihn im Moment bestens.

* * *

KAPITEL 4

Im Präsidium

Saskia Trensch saß an diesem Morgen mit hochgezogenen Augenbrauen über den Zeitungen.
»So ein Unsinn!«, sagte sie laut und einer ihrer Kollegen blickte auf.
»Meinst du diesen Serienmörder-Artikel?«
Sie nickte.
»Das Blatt ist bekannt für seine reißerische Schreibe. Wir sind das schon gewohnt. Die veröffentlichen, was sie wollen, am besten man beachtet das gar nicht.«
»So sehe ich das auch«, erklang plötzlich Feinbachs Stimme, der eben das Büro betreten hatte.
Damit war das Thema zunächst beendet, denn heute Vormittag wollten er und Kommissarin Trensch den Zuhälter Ralf Hortland aufsuchen.
Feinbach sah unausgeschlafen aus, was auch an dem Streit mit seiner Frau lag – etwas, das er den Kollegen natürlich nicht erzählen konnte. Deshalb sagte er: »Hatte eine beschissene Nacht, mir ist die Sache mit dem Strichjungen nicht aus dem Kopf gegangen«, was zumindest teilweise der Wahrheit entsprach.
»Wir könnten vielleicht noch ein bisschen mehr über diesen Jan Zeiler herausfinden. Er hat doch behauptet, dass er nachts nicht nach draußen geht. Wenn man jemanden auftreiben würde, der das Gegenteil bezeugen kann, dann hätten wir ihn zumindest einer Lüge überführt. Und wer lügt ...«
Der Hauptkommissar schürzte die Lippen. »Ist zwar sehr dünn, aber immerhin ein Anfang. Gute Idee!«
Saskia war mit sich zufrieden und wappnete sich für das Gespräch mit dem nächsten Verdächtigen.

Doch anstatt direkt Ralf Hortland aufzusuchen, schleuste Feinbach sie durch mehrere Seitengassen der Karlsruher City.

»Wo gehen wir hin?«, fragte Saskia neugierig.

»In die beste Kneipe weit und breit, ich brauche einen Kaffee.«

Mehr war er nicht gewillt zu erklären, und die Kommissarin folgte ihm wortlos.

Das Lokal, das laut Türschild 24 Stunden geöffnet hatte, lag nicht weit entfernt von dem, was man gemeinhin als Vergnügungsviertel bezeichnete.

Im Inneren war es düster und muffig. Eine Frau mit hochgesteckten roten Haaren und üppigem Busen scheuerte gerade mit Hingabe den Tresen.

Als sie Christian Feinbach erblickte, hielt sie inne und legte den Kopf schräg.

»So, so, der Herr Hauptkommissar gibt sich die Ehre. Ich weiß nicht, was ich sagen soll!« Sie sprach mit einem Pfälzer Dialekt und Saskia unterdrückte mühsam ein Grinsen.

»Dienstlich oder privat?«, fuhr sie fort und musterte neugierig die Kommissarin, die unter dem Blick der Frau ärgerlicherweise errötete.

»Halb, halb«, antwortete Feinbach lässig und schwang sich auf einen Hocker. Nebenbei stellte er Saskia vor: »Kommissarin Trensch, eine Kollegin.«

Er bestellte zwei Kaffee und fütterte den Spielautomaten neben sich an der Wand mit Eurostücken.

Als ihnen die Wirtin, die sich mit Margot anreden ließ, kurze Zeit später das dampfende Getränk hinschob, fragte sie: »Um was geht es denn dieses Mal?«

Bisher hatten sich noch keine weiteren Gäste eingefunden; Saskia vermutete, dass sich die letzten Nachtschwärmer vor noch nicht allzu langer Zeit verabschiedet hatten.

Die Frau schien unter diesen Umständen keine Scheu zu haben, mit der Polizei zu sprechen. So wie sie sich benahm, war anzunehmen, dass Christian Feinbach des Öfteren Gast ihrer Kneipe war.

»Wir haben einen Toten.«

»Ich weiß«, entgegnete sie und deutete auf die Zeitung. »Sie sagen, es war einer der Jungs.«

Feinbach nickte. »Ein gewisser Jo. Hast du ihn gekannt?«

Er beobachtete die Frau, die nun angestrengt nachdachte. Schließlich schüttelte sie jedoch verneinend den Kopf und sagte: »Stimmt es, dass er totgeschlagen wurde?«

Der Hauptkommissar bestätigte das.

Sie fing wieder an, das Holz des Tresens zu polieren, während sie sprach. »Ich bin hierhergezogen, weil ich dachte, in dieser Stadt gibt es weniger Brutalität. Aber vor der kann man offensichtlich nicht davonlaufen. Vor zehn, fünfzehn Jahren, da war das noch anders. Mord und Totschlag, das gab es immer schon, aber mittlerweile hat das Formen angenommen ...« Sie verstummte, weil sie selbst wusste, dass das Lamentieren sinnlos war.

»Was weißt du über Ralf Hortland?«, fragte Feinbach nun unvermittelt.

Sie zog eine Grimasse. »Ich mag ihn nicht.«

»Und?«, bohrte der Polizist weiter.

»Nichts und. Der Kerl ist ein Spinner, hält sich für sonst was. Dabei ist er nur ein schmieriger Zuhälter. Hat einen Puff, den er hochtrabend Klub nennt. Das ›ChouChou‹ – du weißt, wo das ist?«

Feinbach nickte. »Ich habe gehört, der will sein Revier vergrößern.«

Margot schnalzte verächtlich mit der Zunge. »*Revier?* Der hat gerade mal einen einzigen Laden! Obwohl, jetzt wo der Theo einfährt ...«

»Theo Waggert?«

Saskia wunderte sich erneut, dass ihr Chef die Szene so gut kannte.

»Müsstet ihr eigentlich besser wissen. Ihr Brüder habt ihn doch hopsgenommen, der sitzt seit fünf Tagen in U-Haft.«

Sie warf einen spöttischen Blick zu ihren Gästen. »Witzig, dass ihr das nicht selbst herausgefunden habt.«

»Wir sind die Mordkommission, nicht die ...«, setzte die Kommissarin an.

Feinbach unterbrach Saskias schroffe Erwiderung, indem er fragte: »Was ist passiert?«

Margot sah auf die Uhr, es war mittlerweile kurz nach zehn. Sie griff sich ein Schnapsglas und füllte es mit einer klaren Flüssigkeit. »Auch einen?«

Saskia verneinte, genauso wie Feinbach. Wobei sich die Beamtin nicht sicher war, ob ihr Chef auch abgelehnt hätte, wenn er alleine hier gewesen wäre.

Margot nahm einen kräftigen Schluck und sagte: »Das hilft dem Herz besser als jeder Betablocker!«

Dann kam sie zurück zum eigentlichen Thema. »Es hat Krach gegeben, Theo ist ausgeflippt und hat einen besoffenen Gast, der nicht zahlen wollte, umgehauen. Der Sturz war unglücklich, der Mann starb.« Es klang emotionslos und ihr leichtes Schulterzucken verstärkte den Eindruck, dass Margot weder etwas an Theo Waggert noch an dessen Opfer lag.

»Vor fünf Tagen?«, wiederholte Feinbach und die Wirtin nickte.

Margot ließ die beiden allein, weil der Transporter von der Brauerei vor der Tür hupte.

»Dieser Theo Waggert scheidet damit ja wohl aus«, brach Saskia das Schweigen. »Wäre der denn ansonsten als Mörder infrage gekommen?«

Feinbach brummte nur ein »Möglich« und stopfte geistesabwesend ein weiteres Geldstück in den Spielautomaten. »Aber Hortland ist noch im Rennen. Statten wir dem Kerl also einen Besuch ab.«

Sie erreichten das »ChouChou« zu Fuß. Das Haus war unauffällig und der Zugang erfolgte über den Hinterhof, sodass mögliche Besucher unbemerkt ein- und ausgehen konnten. Obwohl es noch nicht einmal Mittag war, hatte der Klub bereits geöffnet. Ein kahlköpfiger Riese bewachte die Tür.
Saskia fühlte sich nicht wohl, im Gegensatz zu Christian Feinbach, der direkt auf den Mann zuging. Er schwenkte seinen Ausweis und zischte: »Ich will mit Ralf Hortland sprechen.«
»Der ist nicht da«, sagte der Türsteher knapp.
Der Hauptkommissar machte noch einen Schritt auf den Mann zu und berührte ihn nun fast mit der Brust, als er blaffte: »Er ist doch der Boss hier, oder etwa nicht?«
Die beiden standen sich nun wie zwei Kampfhähne gegenüber und Saskia, der nicht entging, dass Feinbach anfing, den Mann gegen die Wand zu schieben, bemerkte Panik in sich aufsteigen. Was sollte sie tun, wenn die Sache hier eskalierte?
»Also, wenn er der Boss ist, dann kann er wohl selbst entscheiden, mit wem er spricht«, fuhr Feinbach fort. Dann entspannte er sich und trat zurück.
Seine Mitarbeiterin atmete erleichtert aus.
»Er sollte mich empfangen, ansonsten komme ich das nächste Mal mit einem Haftbefehl!«
Jetzt entblößte der Glatzkopf seine Zähne, auf einem Schneidezahn blitzte ein Diamant. »Drohungen, Herr Kommissar?«, fragte er mit einem gefährlichen Unterton.

Der Beamte lachte laut. »Lass mich mit diesem Gangsterscheiß in Ruhe und hole endlich deinen Boss!«

Von Feinbachs Art irritiert, war der Mann schließlich doch bereit, bei Hortland nachzufragen. Noch bevor Saskia sich zu der eben miterlebten Szene äußern konnte, bat man sie herein.

Die Kommissarin musste sich eingestehen, dass sie dieses Etablissement mit einer gewissen Neugier inspizierte. Sie gelangten durch einen schmalen Gang in einen Raum, in dem eine große Bar stand, dann führte man sie weiter in das Büro von Ralf Hortland.

Hier sah sich Saskia enttäuscht um. Die Aktenschränke, Computerbildschirme und Papierberge waren weder exotisch noch verrucht, sondern gehörten einfach zum typischen Ambiente einer langweiligen Buchhaltung.

Wenigstens der Mann hinter dem gut gefüllten Schreibtisch wich von dem Bild des fleißigen Büroangestellten ab. Er war mittelgroß und bullig, trug ein Muskelshirt und hatte, nach dem orangefarbenen Ton seiner Haut zu urteilen, einen Selbstbräuner benutzt. Ohne Frage betrieb er intensiv Bodybuilding. Dicke Adern bildeten sich auf den muskulösen Oberarmen ab, und sein Hals glich wahrhaft dem eines Stiers.

»Sie wollten mich sprechen?«, fragte er mit seltsam heller Stimme.

Feinbach stellte sich und seine Kollegin erneut vor und Hortland, der sich als ausgesprochen unsympathisch erwies, bot ihnen an, sich zu setzen.

»Sie sind also der Meinung, ich ziehe durch die Straßen und erschlage Menschen.«

So wie er das sagte, klang es durchaus vorstellbar.

»Wo waren Sie vorgestern Abend?«

»Wo soll ich schon gewesen sein? Ich führe einen Klub, demnach war ich wohl hier.«

»Zeugen?«

»Jede Menge.«

Feinbach hätte gerne den Einwurf »Auch glaubhafte?« gemacht, aber er wusste, dass das sinnlos gewesen wäre.

»Kannten Sie das Opfer?«

»Diesen Jo?«

Saskia fiel sofort auf, dass er den Namen des Toten verwendete, obwohl der nicht in der Zeitung gestanden hatte. Und weder sie noch Feinbach hatten ihn erwähnt. Bevor sie ihre Zunge im Zaum halten konnte, rief sie deshalb: »Und woher kennen Sie den Namen des Mordopfers?«

Jetzt lachte Ralf Hortland, während Feinbach lediglich die Brauen hob und wartete, bis sich sein Gegenüber wieder beruhigte.

Die Kommissarin ignorierend wandte er sich immer noch sichtlich amüsiert an deren Chef. »Die Kleine ist wohl noch in der Ausbildung. Glauben Sie im Ernst, mich mit so einem Quatsch überführen zu können? Ich wette, dass mittlerweile unser ganzes Viertel weiß, wie der Tote hieß. Mein Gott, so etwas macht schneller die Runde, als ein Freier seinen Schwanz aus der Hose bekommt.« Er kicherte in sich hinein.

»Also kannten Sie ihn?«, hakte Feinbach genervt nach und überging die Bemerkung des Mannes genauso wie Saskias hochroten Kopf.

»Ich stehe auf Titten! Verstehen Sie?«, antwortete Hortland mit Nachdruck.

Der Hauptkommissar grinste, als er entgegnete: »Interessant, dass Sie denken, ich halte Sie für einen Kunden von Jo.«

Nun war es an dem Bordellbesitzer, seine Gesichtsfarbe zu verändern. Das Thema ärgerte ihn ganz offensichtlich.

»Ich habe mit den Schwanzlutschern nichts am Hut!«, zischte er.

»Auch beruflich nicht?«, erwiderte Feinbach mit einem kalten Lächeln. »Ich habe gehört, es gab in letzter Zeit einigen Ärger, weil Sie das Gebiet, in dem Jo und seine Kollegen ihrer Profession nachgehen, für sich beanspruchen.«

Hortland presste die Lippen aufeinander, bis nur noch ein rosa Strich zu sehen war. Die Adern an seinen Schläfen traten deutlich hervor, dann stieß er geräuschvoll die Luft aus und erwiderte verhalten freundlich: »Ich denke, ich habe Ihnen alles gesagt, was ich weiß. Das nächste Mal schicken Sie mir bitte eine Vorladung, ich werde meine Aussage dann mit einem Anwalt besprechen. Auf Wiedersehen!«

Die beiden Polizisten standen auf und Feinbach, immer noch süffisant lächelnd, nickte dem Mann zum Abschied mit einem Augenzwinkern zu.

Als sie die Tür hinter sich schlossen, konnten die Beamten ein dumpfes Geräusch vernehmen. Offensichtlich hatte ihnen der Bordellbetreiber einen Gegenstand hinterhergeworfen – vermutlich einen der Aktenordner, der lautstark gegen die geschlossene Tür geprallt war.

Sie traten gerade aus dem Barraum in den schmalen Gang, als ein Mann an ihnen vorbeihuschte und die Treppe hinaufeilte. Für eine Sekunde hatte Feinbach einen Blick auf dessen Gesicht erhaschen können, auch wenn der andere versucht hatte, es zu verbergen.

Sieh einer an, dachte der Hauptkommissar mit großer Befriedigung.

Als Saskia hinter ihm leise fragte, wer das gewesen sei, antwortete er, ohne sich etwas anmerken zu lassen: »Vermutlich ein Freier, der nicht gesehen werden wollte.«

»Um diese Zeit?«, erwiderte die Kommissarin überrascht, nur um gleich darauf festzustellen, wie unsinnig ihre Bemerkung gewesen war.

Feinbach gab ihr keine Antwort, dachte aber selbstzufrieden: *Gut zu wissen, dass sich der allseits geschätzte Herr Jelot gelegentlich einen Quickie zwischen zwei Vorstandssitzungen gönnt.*

* * *

KAPITEL 5

Wie jede Woche, wenn er es einrichten konnte, verbrachte er einen Abend bei Nana. Das bedeutete immer Entspannung pur. Die Kleine tat genau das, was er sagte, kannte keine Tabus und bildete sich auch noch ein, er würde sie lieben.

Ein Grinsen lag auf seinem Gesicht. Anfangs legte er noch, wie jeder andere Freier, seine Euroscheine auf den Nachttisch. Aber dann, eines Tages, hatte sie sich geweigert, das Geld von ihm anzunehmen. Aus irgendeinem Grund glaubte sie, er wäre so etwas wie ihr fester Freund. Eigentlich hätte ihn das nicht wundern dürfen, schließlich hatte er ihr Versprechungen gemacht. Warum eigentlich? Nun, irgendwie schien es ihm damals angebracht. Es machte Spaß, die Kleine zu manipulieren und mit ihr zu spielen. Billiger war es so natürlich auch. Seit er ihr versprochen hatte, sie eines Tages aus dem Leben, das sie führte, herauszuholen, war sie ein richtiges Schmusekätzchen geworden. Nanas Spezialität war die Schulmädchennummer, etwas, auf das er stand. Zum Glück sah sie so jung aus, das machte das Ganze umso reizvoller.

Als er heute Nanas Wohnung betrat, fiel sie ihm glücklich um den Hals und versicherte ihm ihre Liebe. Er brummte nur ein »Hallo« und streifte ihr den Morgenmantel ab.

Sofort begann er, ihre kleinen, festen Brüste zu kneten, und schob seine Hand zwischen ihre Schenkel, augenblicklich schoss ihm das Blut in den Unterleib. Er war geil und konnte nur noch an Sex denken.

»Ich muss dir unbedingt etwas sagen«, hauchte sie ihm ins Ohr, während er seine Hose öffnete.

Sie schob ihren warmen Körper an seinen, half ihm, die Kleider auszuziehen, und ließ sich von ihm aufs Bett werfen. Er drückte ihre Schenkel auseinander, schnappte sich ein Kondom, das schon ausgepackt auf dem Nachttisch lag, und streifte es hektisch über. Sie stöhnte leise, als er in sie eindrang und er genoss ihre Unterwürfigkeit. Nana quasselte die ganze Zeit von Liebe und gemeinsamer Zukunft, während er nur seine niedrigsten Instinkte befriedigte. Er keuchte und japste laut und bewegte sich immer schneller, bis er schließlich den Höhepunkt erreichte. Danach rollte er sich erschöpft zur Seite.

»Ich bin schwanger!«, sagte sie gerade und strahlte ihn mit ihrem Puppengesicht an.

»Wirklich?« Ihn interessierte das wenig. Wenn diese dusselige Kuh nicht achtgeben konnte, dann war das ihr Problem, nicht seines.

»Wir bekommen ein Baby«, sagte sie freudig und streichelte ihm über die nackte Brust.

»Wir?« Der Atem stockte ihm, er war kurz davor, die Beherrschung zu verlieren.

»Ja, wir!«, erwiderte sie nun einen Hauch trotziger.

Das war zu viel. Er sprang ärgerlich auf und rief: »Wie sollte das möglich sein, ich benutze immer ein Kondom!«

Nana lächelte vielsagend. »Vielleicht hatte ja eines ein Loch ...«

Die Art, wie sie ihm diesen Satz servierte, ließ ihn keinen Moment daran zweifeln, dass genau das der Fall gewesen war. Dieses kleine, hinterhältige Miststück hatte ihn gelinkt. Natürlich war ein Loch in dem Kondom gewesen, sie hatte es dort hineingemacht. Schätzungsweise so lange, bis der Schwangerschaftstest positiv gewesen war.

»Was hast du getan?«, schrie er außer sich.

»Ich?« Ihre Züge wurden hart. »Du hast gesagt, dass du mich liebst und mich aus dem Milieu holen willst. Ich meine, jetzt, wo wir ein Baby bekommen, muss ich sowieso aufhören zu arbeiten ... Und Theo sitzt im Knast, der kann uns jetzt auch nichts mehr.«

»Hast du ihm etwa von uns erzählt?«, fuhr er sie an. Theo Waggert war Nanas Zuhälter.

»Natürlich nicht«, sagte sie unschuldig. »Keine Sorge, außerdem wird er eine ganze Weile weg sein, er hat jemanden umgebracht.«

Er zeigte keine Erleichterung über diese Neuigkeit.

»Du hast mir versprochen, dass wir eine gemeinsame Zukunft haben werden. Wir drei ...« Ihre Augen füllten sich mit Tränen, als sie sein wütendes Gesicht bemerkte.

Er überlegte fieberhaft. Es stimmte, er hatte ihr diese Lügen aufgetischt und faule Ausreden gebraucht, warum er seine Versprechungen nicht halten konnte. Verfluchter Mist, er hatte diese Schlampe unterschätzt. Sie hatte nicht länger warten wollen und die Sache beschleunigt.

»Ich werde auch niemandem sagen, dass ich bei unserem ersten Mal noch keine sechzehn Jahre alt war.«

»Was?« Alle Farbe wich aus seinem Gesicht. Er hatte keine Ahnung gehabt, denn sie hatte immer behauptet, neunzehn zu sein – und ehrlich gesagt war es ihm bisher auch egal gewesen.

Treuherzig sah sie ihn an.

Was hier gerade geschah, war eine unverfrorene Erpressung – er saß in der Falle.

* * *

Zwei Tage später hatten die Ermittlungen immer noch keine entscheidenden Hinweise gebracht. Saskia Trensch war bemüht, mehr über Jan Zeiler herauszufinden, die Befragungen gingen jedoch nur mühsam voran.

Die meisten Menschen lehnten es ab, mit ihr zu reden, oder behaupteten, sie würden Jan Zeiler nicht kennen. Wenn dann doch einmal jemand bereit war, über den jungen Mann zu sprechen, dann erfuhr sie nicht das, was sie eigentlich hören wollte.

Die Aussage eines Barbetreibers konnte man stellvertretend für alle Äußerungen nehmen, die über Zeiler gemacht wurden: »Der Kerl ist nicht ganz richtig im Kopf. Schleicht durch die Gegend und beobachtet heimlich die Nutten und Stricher. Wenn die ihn dann verscheuchen, dann hält er sich ein paar Tage fern.«

»Wurde Jan Zeiler auch schon mal handgreiflich?«

»Der?«, der Barbetreiber schien amüsiert. »Das ist ein Angsthase! Verkriecht sich, wenn es Ärger gibt wie ein Baby. Der ist vielleicht ein Spinner, aber ganz sicher nicht gefährlich.«

Trotz dieser und ähnlicher Aussagen hielt Hauptkommissar Christian Feinbach weiter an Jan Zeiler als Hauptverdächtigen fest. Nummer zwei auf der Liste war der Zuhälter Ralf Hortland.

Einer von Saskias Kollegen flüsterte ihr in einem unbeobachteten Moment zu, dass Feinbach eine märchenhafte Aufklärungsrate hätte – und das auch, weil er einen guten Instinkt und die Hartnäckigkeit eines Terriers besaß.

Die Kommissarin hoffte darauf, dass ihr Chef tatsächlich so ein untrügliches Gespür hatte, wie man ihm nachsagte.

Feinbach stand extrem unter Strom. Der Fall könnte eventuell als ungelöst in den Archiven verstauben, aber so weit war es noch nicht. Jan Zeiler wäre durchaus ein brauchbarer Täter gewesen, aber der war ihm vorerst wie Schleim durch die Finger geglitten. Außerdem hatte dieser Kerl auch noch Rückendeckung bekommen.

Für jenen sozialen Verein war der natürlich ein perfektes Objekt. Jetzt konnten sich all diese gelangweilten Hausfrauen richtig in ihr Ehrenamt reinhängen und jedes Mal »Verletzung der Grundrechte« schreien, wenn Feinbach Druck auf den Mann ausüben wollte. Und zu allem Überfluss hatte sich sein Vorgesetzter und Freund Franz Blach gegen ihn gestellt.

Der Hauptkommissar hatte die letzten Nächte kaum geschlafen. Er war unterwegs gewesen, hatte in dunklen Kneipen gesessen und versucht, sich abzulenken. Sybille war immer noch beleidigt; etwas, das er nun ganz und gar nicht gebrauchen konnte. Außerdem hatte er gestern beim Pokern zweitausend Euro verloren. Die stammten vom Sparkonto. Wenn seine Frau das bemerken würde, dann … Er durfte nicht darüber nachdenken. Ohnehin gab es an dem, was passieren würde, keine Zweifel. Sybille war berechenbar. Sie wäre zuerst wütend und würde schreiend auf und ab laufen und ihn dann weinend beknien, eine Therapie zu machen. Das war Sybilles Antwort auf alles. Paartherapie, Einzeltherapie, Therapie, um das Rauchen zu beenden, um dem Alkohol zu widerstehen, das Spielen zu lassen und so weiter. Der Gedanke an seine Frau machte ihn wütend. Er müsste sich nicht so viele Laster außer Haus zulegen, wenn sie nicht so eine frigide Kuh wäre. Dann könnte er sich nämlich in seinem Ehebett abreagieren. Das wäre eine Therapie nach seinem Geschmack und kostenlos obendrein.

Er dachte an den Zeitungsartikel und die dort aufgestellte Theorie vom Psychopathen, der mit dem Mord an dem Stricher Jo erst am Anfang seines mörderischen Streifzugs stehen würde.

Feinbach hatte es für notwendig erachtet, ein paar Bemerkungen fallen zu lassen.

Unter anderem hatte er die Frage aufgeworfen, was denn wäre, wenn es tatsächlich einen weiteren Mord gäbe. Und was, wenn sich am Ende dann doch Jan Zeiler als der Täter herausstellen würde. Vermutlich war es kein Fehler, wenn er seine Kollegen in dieses Gedankenspiel mit einbezog.

* * *

Am nächsten Abend

Es war schon spät, als er den Wagen auf dem einsamen Feldweg parkte. Wie gut, dass er den Finger dieses Strichers hier vergraben und nicht einfach in den Rhein geworfen hatte. Sein Gedächtnis ließ ihn auch heute nicht im Stich; schnell fand er die Stelle, wo das abgetrennte Gliedmaß in der Erde verscharrt war, und machte sich daran, das bereits faulende Fleisch freizulegen.
»Igitt!«, entfuhr es ihm. Allerdings war es nicht so, dass er wirklich Ekel empfand – vielmehr sollte damit zum Ausdruck gebracht werden, dass die Rolle des Totengräbers eigentlich unter seiner Würde war.
Der unansehnliche Finger, an dem sich auch schon die Würmer vergriffen hatten, wurde von ihm mit medizinischem Alkohol übergossen und dann in Frischhaltefolie eingewickelt.
Merkwürdig, wie sich manche Dinge doch ähneln, dachte er.
Auf den ersten Blick hätte man Jos Körperteil auch für ein kleines, geräuchertes Würstchen halten können.
Kurze Zeit später machte er sich auf den Weg.

Nana empfing ihn mit überschwänglicher Freude. Er hatte ihr das letzte Mal, wie gewöhnlich, kein Geld da gelassen, damit sie weiter anschaffen gehen musste. Natürlich verfolgte er damit einen bestimmten Zweck: Sie sollte möglichst viel Kontakt mit anderen Männern haben, das würde seine Spuren verwischen.

Obwohl sie Stein und Bein geschworen hatte, über ihn und die Schwangerschaft zu schweigen, traute er ihr in diesem Punkt nicht über den Weg. Also hatte er sich, nachdem er die *freudige Nachricht* verdaut hatte, großzügig gezeigt.

»Für unser Baby werde ich alles tun. Wir fangen ein neues Leben an, ich beginne sofort mit den Vorbereitungen. Nur noch ein paar Wochen, dann steht unserem gemeinsamen Glück nichts mehr im Weg. Aber bis dahin ist es besser, wenn noch niemand davon erfährt und alles weiterläuft wie bisher«, waren seine Worte gewesen und die werdende Mutter hatte sich entzückt mit allem einverstanden erklärt.

Deshalb war sie auch fest davon überzeugt, dass er heute mit ihr Babysachen im Internet bestellen würde.

Diese dämliche Kuh!, schoss es ihm durch den Kopf.

Er hätte große Lust gehabt, ihr den Schädel einzuschlagen, genau wie diesem Stricher, aber er fürchtete die Sauerei. Das letzte Mal war er nicht in der Lage gewesen, sich vorzubereiten. Es hatte ihn aus heiterem Himmel getroffen, von einer Sekunde zur anderen war er zum Mörder geworden. Zuerst hatte er bei diesem Gedanken Angst empfunden. Allerdings war es nicht die eigentliche Tat, die ihm Unbehagen bereitet hatte, sondern die Vorstellung, dafür ins Gefängnis zu müssen.

Mit etwas Abstand schien ihm die Idee, man könnte ihn jemals erwischen, absurd. Die Tage waren vergangen und niemand hatte ihn auch nur als Täter in Erwägung gezogen. Jo war tot und zumindest momentan auch die kranke Begierde, die ihn zu diesem Stricher getrieben hatte.

Mittlerweile berauschte ihn die Erinnerung an den Mord. Unglaublich, zu was er fähig gewesen war. Diese Euphorie, zusammen mit dem Wissen, klüger als alle anderen zu sein, beflügelte ihn geradezu bei dem, was er vorhatte.

»Du liebst mich doch, oder?«, drang Nanas Stimme in sein Bewusstsein. Sie hatte die ganze Zeit auf ihn eingequatscht, aber er war gedanklich bereits voll und ganz bei seinem Plan.

»Komm her«, sagte er scheinbar liebevoll.

Nana sah ihn mit ihren großen Kuhaugen an und machte einen Schritt in seine Richtung. Er streckte seine Arme aus, legte ihr die Hände um den Hals, lächelte zuerst zärtlich – und drückte dann zu.

Sie packte panisch seine Unterarme, ihre Finger gruben sich in den Stoff der Jeansjacke. Das machte nichts, er hatte das Kleidungsstück aus einem Altkleider-Container gezogen und würde es nachher dorthin zurückbringen. Sie schnappte nach Luft und versuchte verzweifelt, seine behandschuhten Hände von ihrem Hals zu lösen.

Er musste sich mehr anstrengen, als er gedacht hatte. Seine Daumen drückten auf Nanas Kehlkopf, er spürte das Fleisch, die Knorpel und Muskeln und plötzlich war er Herr über Leben und Tod. Ohne es zu wollen, verhärtete sich sein Glied. Er spürte sexuelle Lust, als er den Druck auf den Hals der Frau erhöhte.

Ihre Augen schienen beinahe aus den Höhlen zu quellen, dann ließ die Gegenwehr nach – er hatte es geschafft und all seine Probleme gelöst. Innerhalb weniger Sekunden war ihm das allein durch seine Hände gelungen.

Nana lag auf dem Boden, nichts war mehr hübsch oder süß an ihr. Im Gegenteil, sie wirkte abstoßend. Der Hals mit den roten Malen, die verdrehten Augen, die Zunge, die zwischen den Lippen hervorquoll, all das degradierte sie zu einem unansehnlichen menschlichen Überrest, den er nicht länger als notwendig betrachten wollte. Er setzte sein Werk zügig fort.

Wie hatte ihm das Schicksal in die Hände gespielt. Die Presse wollte einen Serienmörder? Damit konnte er aufwarten. Wie einfach das Leben manchmal war und wie willig sich die Welt hinters Licht führen ließ. Auf seinem Gesicht zeichnete sich ein breites Grinsen ab. Er zog eine Geflügelschere aus der Tasche; ganz neu, extra für den heutigen Abend gekauft. Mit spitzem Mund betrachtete er Nanas zarte, feingliedrige Hand, setzte das Schneideinstrument an und zwickte den rechten Zeigefinger der Frau ab.

Wie ein Hühnerknochen, dachte er entspannt.

Dann zog er ihr Schuhe und Strümpfe aus. Im Badezimmer fand er alles, was er für seine nächste Inszenierung brauchte. Ja, er wusste, wie die Menschen tickten. Schon früh hatte er ein Gespür dafür entwickelt. Heute würden sie genau das bekommen, was sie sich so sehr wünschten: einen psychopathischen Serienmörder.

Zuletzt wickelte er Jos Finger aus der Plastikfolie und platzierte ihn. Dabei konnte er nur mühsam ein Auflachen unterdrücken. Was er hier geschaffen hatte, würde die Ermittler noch in hundert Jahren zum Grübeln bringen.

Befriedigt betrachtete er seine Arbeit, dann wischte er alles ab, was er womöglich im Laufe der Zeit einmal berührt hatte. Anschließend begann er, die Wohnung zu durchsuchen. Obwohl er strikt darauf geachtet hatte, dass Nana nichts von ihm besaß, wollte er auf Nummer sicher gehen. Aber es gab keine heimlichen Fotos, Tagebücher oder sonstigen Hinweise auf ihre Beziehung.

Ohne Eile löschte er das Licht und verließ die Wohnung.

* * *

Am darauffolgenden Tag im Präsidium

Es war früher Nachmittag, als die Nachricht in ihrer Dienststelle einging.

»Wir haben eine Strangulationsleiche«, informierte Feinbach sein Team und mit einem entsprechenden Handzeichen forderte er Saskia Trensch auf, ihm zu folgen. Wieder eilte der Hauptkommissar durch die zugigen Gänge, dabei warf er sich die Jacke über und zog den Reißverschluss nach oben. Er enthielt sich weiterer Kommentare und die Kommissarin deutete sein Verhalten als eine Mischung aus Anspannung und Zorn. Sicher ging er davon aus, dass ihr Täter nun doch erneut zugeschlagen hatte.

Erst im Auto teilte Feinbach seiner Mitarbeiterin die näheren Umstände mit. »Dieses Mal hat es eine der Prostituierten erwischt«, sagte er kühl, aber Saskia nahm ihm den unbeteiligten Beamten nicht ab.

»Sie denken, das war Jan Zeiler?«

Er antwortete nicht, da er gerade ein ziemlich rücksichtsloses Fahrmanöver unternahm, um die Spur zu wechseln. Das Hupkonzert, das darauf folgte, ignorierte er.

Endlich bekam sie ihre Antwort. »Ganz ehrlich, mir liegt persönlich nichts daran, diesen Kerl hinter Gitter zu sehen. Aber wir haben einen …«, er korrigierte sich, »zwei Morde und irgendwer muss dafür bestraft werden.«

»Na ja, bis jetzt wissen wir ja noch nicht einmal, ob es der gleiche Täter war«, warf Saskia ein.

Sie sah ihn an und rechnete eigentlich damit, dass er ihr beipflichten würde, aber stattdessen erwiderte er: »Nach dem, was mir bisher mitgeteilt wurde, kann ich nur sagen, wir werden sehen.«

Wenige Minuten später trafen sie am Tatort ein. Die Kollegen von der Streife hatten den Zugang zum Haus abgesperrt, in der Wohnung war bereits ein Team der Gerichtsmedizin und die Kriminaltechniker. Man hatte die Leiche bisher nicht bewegt. Alles war noch genauso, wie es der Mörder hinterlassen hatte.

Saskia genügte ein Blick, um Feinbachs Reaktion zu verstehen. Für die Kommissarin gab es keinen Zweifel mehr, dass sie es mit demselben Täter zu tun hatten.

An einem Fuß der Frau waren die Nägel lackiert. Das Fläschchen mit der roten Farbe lag auf dem Boden, der Inhalt war ausgelaufen. Zwischen den Zehen steckte Watte – das war fast genauso wie bei Jo. Und noch ein anderes Detail wiederholte sich bei diesem Mord. Man hatte dem Opfer einen Finger abgeschnitten.

»Bei ihr ist es der Zeigefinger«, flüsterte die Kommissarin leise, »nicht der Ringfinger. Also keine Anspielung auf die Ehe.«

Feinbach reagierte nicht, sondern sah mit geisterhaft bleichem Gesicht auf die Tote.

Jemand von der Kriminaltechnik kam aus einem angrenzenden Raum. In der Hand hielt er einen Ausweis. »Unser Opfer heißt Nana Jakt. Schau dir mal das Geburtsdatum an.«

Die Kiefermuskeln des Hauptkommissars verkrampften sich. »Keine siebzehn Jahre«, sagte er gequält, als er das Dokument betrachtete.

»Sie sieht so jung aus«, stellte Saskia traurig fest und ermahnte sich sogleich, nicht zu emotional zu werden. In diesem Raum voller Männer, die alle routiniert ihre Aufgaben erledigten, wäre es sicher besser, nicht die Heulsuse zu geben. Also kämpfte die Kommissarin ihr Mitgefühl nieder und versuchte, die Leiche mit professionellem Abstand zu betrachten.

Der Arzt ergriff das Wort und fasste die ersten Erkenntnisse zusammen: »Strangulation. Die Frau wurde erwürgt, und zwar mit den Händen.« Er drehte leicht den Kopf der Toten und zeigte den Anwesenden verschiedene Verletzungen. »Ich denke, der Tod trat irgendwann gestern Abend, schätzungsweise gegen dreiundzwanzig Uhr ein. Der Finger könnte ihr mit einer Geflügelschere abgeschnitten worden sein; aber da weiß ich mehr, wenn ich sie im Labor untersucht habe. Der Mörder scheint das Gliedmaß jedenfalls mitgenommen zu haben. Tja, und dann haben wir noch ein sehr spezielles Detail.«

Der Gerichtsmediziner wirkte angespannt. Auch für ihn war dieser Leichenfund kein Alltag. Vorsichtig schob er das T-Shirt der Toten nach oben. Ein Bauchnabelpiercing schmückte den flachen Bauch der jungen Frau. Als der Mediziner vollends den Oberkörper freilegte, konnte Saskia ein Stöhnen nicht unterdrücken. Zwischen den kleinen Brüsten lag ein Finger, der bereits zu verwesen begonnen hatte.

»Das ist nicht ihrer«, sagte Feinbach.

»Nein«, antwortete der Arzt mit einem Kopfschütteln.

Ohne es auszusprechen, waren alle Beteiligten bereits jetzt schon davon überzeugt, dass es sich bei dem Körperteil um den Finger des ersten Opfers, Joachim Lisske, handelte.

»Ich werde so schnell wie möglich überprüfen, ob es eine Übereinstimmung gibt«, fügte der Gerichtsmediziner noch hinzu.

Der Hauptkommissar bedankte sich und ging vor die Tür. Dort traf er auf einen der Streifenbeamten.

»Wisst ihr, für wen sie angeschafft hat?«

»Genau weiß man das ja nie«, erwiderte Feinbachs Gegenüber, ein kräftiger Mann Mitte fünfzig. »Aber wenn ich raten sollte, dann würde ich sagen, die lief für Theo Waggert.«

»Der Typ, der seit Kurzem in U-Haft sitzt?«

Der Kollege bestätigte das.

»Wer hat die Frau gefunden?«, stellte der Hauptkommissar seine nächste Frage.

»Die Freundin, sie sitzt unten im Streifenwagen. Habe mir schon gedacht, dass du mit ihr reden willst.«

Feinbach klopfte dem Mann freundschaftlich auf die Schulter, sie waren alte Bekannte. »Ich danke dir, wir sehen uns.«

Damit war das Gespräch beendet und der Hauptkommissar ging, gefolgt von Saskia, die Treppe hinunter.

Neben einem der Streifenwagen stand eine Frau und rauchte. Zielsicher ging er auf sie zu.

»Mein Name ist Christian Feinbach«, stellte er sich vor, während er automatisch nach dem Protokoll griff, das ihm einer der Kollegen reichte.

»Frau ...«, fuhr er fort und wollte den Namen der Zeugin ablesen, als diese ihm zuvorkam und sagte: »Nennen Sie mich einfach Liz, das machen alle.«

Der Hauptkommissar lächelte freundlich und Saskia musste wieder einmal feststellen, wie charmant ihr Boss sein konnte.

»Gut, Liz, Sie sind eine Freundin von Nana Jakt gewesen?«

Die Frau schob sich eine dunkle Haarsträhne aus dem Gesicht. Sie hatte sich aufwendig zurechtgemacht, das konnte man sehen. Ihre Kleidung war modern, allerdings für Saskias Geschmack etwas zu aufreizend für den Besuch bei einer Freundin. Die Haare glänzten von den vielen Bürstenstrichen und dem Haarlack, die Lippen waren dunkelrot geschminkt und die Augen umrahmte ein schwarzer Kajalstrich. Alles in allem war Liz eine schöne Frau, auch wenn keiner der Beamten Zweifel daran hatte, welchem Gewerbe sie nachging.

»Ja, wir waren Freundinnen, sogar ziemlich gute Freundinnen.«

Mit einem Mal schluchzte sie und Tränen liefen ihr über das Gesicht. Schnell reichte ihr Feinbach ein Papiertaschentuch und sie betupfte vorsichtig die Augen.

»Tut mir leid, ich kann das einfach nicht glauben. Sie war so lebendig, ich ...« Liz brach ab. Ihre Lippen bebten – ob vor Schock oder Kälte, konnte man nicht sagen.

»Kommen Sie«, sagte der Hauptkommissar fast väterlich. »Sie brauchen einen starken Kaffee, und wir auch.« Er deutete zu einem kleinen Bistro auf der gegenüberliegenden Seite, schob seine Hand unter ihren Arm und lotste Liz über die Straße.

Saskia Trensch informierte die Kollegen über den Ortswechsel und eilte den beiden schnell hinterher.

Der kleine Gastraum war warm und gemütlich, Liz entspannte sofort. Feinbach bestellte Kaffee und einen Weinbrand für seine Zeugin.

»Das habe ich noch nie getrunken«, sagte die nun neugierig und der Hauptkommissar kam sich albern vor. Weinbrand war wohl nicht das richtige Getränk für eine Zwanzigjährige, denn älter schätzte er Liz nicht.

Aber noch bevor er ihr darauf antworten konnte, hatte sie das Glas bereits geleert. »Das tut gut!«, sagte sie und verzog noch nicht einmal das Gesicht.

»Seit wann kannten Sie Nana?«, fragte Feinbach.

Liz, die langsam wieder etwas Farbe bekam, ließ sich mit der Antwort Zeit. Schließlich begann sie zu erzählen: »Wir sind uns ein paar Mal zufällig begegnet. Nana hat in der gleichen Branche gearbeitet, Sie verstehen?« Ohne Scheu sah sie die Polizisten an, dann nahm sie vorsichtig einen Schluck des heißen Kaffees. »Seit einem halben Jahr hängen wir öfter zusammen herum. Und wir wurden Freundinnen.« Energisch wischte sie sich über die Wangen. Liz hatte offensichtlich beschlossen, keine weiteren Tränen zu vergießen. Ihr Gesicht wurde hart und plötzlich wirkte sie um viele Jahre gealtert.

»Sie fragen mich jetzt hoffentlich nicht, wie ein hübsches Mädchen wie ich so abrutschen konnte.« Dabei klang sie streitlustig.

»Nein«, entgegnete Feinbach ruhig, »heute interessiert mich nur, wie Nana hier gelandet ist.«

Liz riss die Augen auf. »Das weiß ich nicht.«

»Sie hat nie irgendetwas darüber gesagt?«

»Warum? Das hätte doch nur schmerzhafte Erinnerungen wachgerufen«, hielt die Zeugin dagegen und machte eine wegwerfende Handbewegung. »Das Wieso und Warum spielt doch keine Rolle. Es kommt nur darauf an, was man aus all dem macht.«

Sie griff in ihre Tasche und zog Zigaretten heraus. Obwohl ausreichend Schilder darauf hinwiesen, dass das Rauchen in dem Bistro verboten war, zündete sie sich eine an und aschte in den Unterteller ihrer Kaffeetasse. Die Bedienung, die offensichtlich keine Lust auf Diskussionen hatte, tat so, als würde sie den blauen Dunst, der auch hinter die Theke waberte, nicht bemerken.

»Hören Sie, Nana und ich, wir sind beide hier gelandet. Daran gibt es nun mal nichts mehr zu rütteln.«

»Und was passiert jetzt, wo Theo Waggert im Gefängnis sitzt?«

Liz war nicht überrascht, dass der Hauptkommissar das Thema ansprach. Sie zuckte mit den Schultern, wollte dazu aber nichts sagen.

»Übernimmt jetzt Ralf Hortland?«

Sie warf Feinbach giftige Blicke zu. »Ralf ist mein Freund. Sie werden mich nicht dazu bringen, etwas Schlechtes über ihn zu sagen.«

Feinbach verstand und nickte bedächtig. »Was ist mit Nana? War die auch eine Freundin von Ralf Hortland?«

Liz' Augen verengten sich. »Was soll das werden? Ralf Hortland hat ganz bestimmt nichts mit dem zu tun, was da drüben passiert ist.« Mit dem Kopf deutete sie zur anderen Straßenseite.

Feinbach bemerkte, dass er an dieser Stelle nicht weiterkam, deshalb sagte er schnell: »Und was ist mit Jan Zeiler?«

»Der Spanner?«

»Sie kennen ihn also?«

»Wer kennt den nicht«, antwortete sie belustigt. »Der ist bekannt dafür, dass er einfach irgendwo auftaucht und dir die Titten von der Brust glotzt, natürlich alles für lau.«

»Kannte er Nana?«

»Natürlich, die hat es ihm besonders angetan. Kein Wunder! Nana hatte ja diese Klein-Mädchen-Nummer drauf.«

»Und hat sich Jan Zeiler ihr gegenüber mehr herausgenommen?«

»Sie denken, er könnte das gewesen sein?«

»Was glauben Sie?«, entgegnete der Beamte rasch.

Saskia rutschte unruhig auf ihrem Stuhl hin und her.

Für ihren Geschmack waren das geradezu viele Spekulationen.

So sehr Liz erleichtert war, dass man das Thema Ralf Hortland hatte fallen lassen, konnte sie sich doch nicht für Jan Zeiler als Schuldigen erwärmen. »Ich weiß nicht ... Der ist doch zurückgeblieben, oder? Ich meine, was kann so einer schon tun?«

»Und Nana? Hatte die Angst vor ihm?«

»Keine Ahnung, gesagt hat sie jedenfalls nichts.«

Kurz herrschte Schweigen, und als Liz ihre leere Tasse hob, orderte Feinbach noch einmal drei Kaffees und einen Weinbrand.

»Gut das Zeug«, sagte die junge Frau, die das Glas wieder auf ex leerte. Sie zündete sich eine neue Zigarette an, nachdem sie die Glut der vorherigen im Blumenwasser gelöscht hatte.

Feinbach sah Saskia auffordernd an und diese verstand. Er wollte, dass sie nun die Fragen stellte. Vielleicht hatte er ihr auch angemerkt, dass ihr so einiges unter den Nägeln brannte.

Deshalb ging sie auch sehr direkt vor. »Gab es jemanden in Nanas Leben? Einen Freund, einen festen Partner?«

Liz scannte die Kommissarin mit dem typischen Blick, mit dem Frauen nur ihre Geschlechtsgenossinnen bedachten. Innerhalb weniger Sekunden konnte damit entschieden werden, ob man einer Feindin oder Freundin gegenübersaß. Liz' Urteil schien wohlwollend auszufallen, denn sie war bereit, der Polizistin zu antworten.

»Nun, erzählt hat sie nichts.«

Saskia entging nicht, wie Feinbach sich mit der Hand über das Gesicht fuhr. Scheinbar hatte er ebenfalls an diese Möglichkeit gedacht und war nun enttäuscht. Die Kommissarin konnte das nachvollziehen.

Allerdings war Liz' Formulierung nicht ganz so niederschmetternd, wie man vielleicht im ersten Augenblick hätte annehmen können.

»Sie hat nichts gesagt, aber?«, hakte Saskia deshalb schnell nach.

»Ich hatte den Verdacht, dass es da jemanden gab. Seit ein paar Wochen sprach sie immer wieder davon, wie es wäre, eine Familie zu haben. Sie blätterte in Einrichtungskatalogen, so als wollte sie sich ein Nest bauen.«

»Interessant, aber sie hat nie einen Mann erwähnt?«

Liz beugte sich ein wenig vor. »Sollte es tatsächlich einen gegeben haben, dann hatte sie vielleicht Angst gehabt, jemand könnte ihr den wegschnappen.«

»Aber Sie waren doch ihre Freundin«, hielt Saskia dagegen.

»Und wie lange wäre ich das wohl noch gewesen, wenn Nana den Ausstieg geschafft hätte?« Ein harter Zug lag um ihren Mund. »Glauben Sie, meine Freundin Nana hätte mich zur Patentante ihrer Kinder gemacht? Oh nein, wenn eine geht, dann ohne Wenn und Aber!«

»Sie war also recht verschwiegen«, nahm Saskia den Faden wieder auf. »Aber etwas haben Sie dann doch erfahren?«

Liz zog an der Zigarette und Feinbach war so angespannt, dass er seine Hände unter dem Tisch zu Fäusten ballte.

»Wir hatten einen zu viel an jenem Abend. Ich habe ihr von ein paar meiner speziellen Kunden erzählt und daraufhin ist ihr dann auch etwas herausgerutscht. Sie sprach von einem ihrer Freier, nannte ihn nur ›den Doktor‹.«

Der Hauptkommissar griff jetzt ein. »War das ein echter Arzt oder hat sie einen Spitznamen benutzt?«

Liz, der die Aufregung des Polizisten nicht entging, zögerte ein wenig. »Nana sagte, er wäre ein *halber* Doktor. Ich dachte, das bezieht sich, na ja, Sie wissen schon ...« Ihr Blick wanderte automatisch nach unten. »Ich dachte, der hat vielleicht nur einen Hoden oder einen besonders kleinen Schwanz, so was eben.«

Saskia konnte der Logik der Frau zwar ungefähr folgen, war aber über diese Art von Direktheit verblüfft, obwohl sie selbst für gewöhnlich kein Blatt vor den Mund nahm.

Feinbach blieb ernst. »Erzählen Sie uns alles, was Ihnen noch zu dem Mann einfällt.«

Sie runzelte die Stirn, dachte angestrengt nach und schließlich erinnerte sie sich an ein Detail. »Nana sagte irgendetwas von einem Zentrum.« Plötzlich schlug sie mit der Hand auf die Tischplatte, dass die Kaffeetassen in die Höhe hüpften. »Genau, der Typ hat in diesem Suchtzentrum gearbeitet, nicht weit vom Schlosspark!«

Der Hauptkommissar nickte; er wusste, wo das war.

»Nana meinte, der Kerl wäre irgendwie besessen von ihr. Und er würde auf die Schulmädchennummer stehen.«

»Ein Stammfreier?«, mischte sich Saskia ein.

»Da bin ich mir ziemlich sicher.«

Mehr konnte Liz nicht beitragen und so verabschiedeten sie sich von der Zeugin.

»Wir haben eine Spur, oder?«, fragte Saskia, die nicht leugnen konnte, vom Jagdfieber gepackt worden zu sein.

»Offensichtlich« war alles, was Feinbach erwiderte, während er tief in Gedanken versunken vor sich hin starrte.

* * *

Ihr nächster Weg führte die Beamten zu dem »Suchtzentrum«, von dem Liz ihnen erzählt hatte. Es handelte sich um eine privat finanzierte Einrichtung.

Eine resolute Frau Anfang vierzig begrüßte sie misstrauisch. »Was kann ich für Sie tun?«

Feinbach und seine Kollegin zeigten ihre Ausweise. Wenn sie erwartet hatten, man würde ihnen und ihrem Amt mit Wohlwollen begegnen, dann erlebten sie jetzt eine Überraschung.

»Und?«, entgegnete die Empfangsdame kurz angebunden und fixierte sie mit wachsamen blauen Augen.

»Es hat einen Mord gegeben und wir vermuten, dass in Ihrem Zentrum jemand arbeitet, der das Opfer gekannt hat.«

Die Frau zeigte keinerlei Regung, sondern wartete.

Feinbach holte weiter aus: »Die Tote ist eine Frau namens Nana Jakt. Kannten Sie sie?«

Für einen Moment veränderte sich der Gesichtsausdruck der Angestellten und man konnte eindeutig Mitgefühl erkennen, dann wurden ihre Züge wieder ausdruckslos, als sie antwortete: »Tut mir leid, der Name sagt mir nichts.«

»Sie soll Kontakt zu einem Ihrer Ärzte gehabt haben«, forschte der Hauptkommissar weiter.

»Nun, dann unterliegt das ja wohl der Schweigepflicht«, antwortete sie schnippisch.

Feinbach kam sich vor wie ein kleiner Junge, der sein Recht auf Fernsehen gegen eine unerbittliche Mutter durchsetzen wollte.

»Wäre es wohl möglich zu erfahren, wer hier arbeitet?«

»Natürlich!«, sagte die Empfangsdame zu seiner Überraschung großzügig und winkte gleichzeitig einem Pärchen zu, das eng aneinandergeschmiegt hinter den Beamten durchging. Das junge Mädchen zitterte stark und es sah so aus, als wäre selbst die Kleidung für ihren dürren Körper zu schwer. Der Mann an ihrer Seite machte ein finsteres Gesicht und formte mit den Lippen das Wort »Rückfall«.

Als die beiden im Inneren verschwunden waren, hakte Feinbach erneut nach. »Die Personalliste?«

»Oh ja, selbstverständlich! Sowie Sie mir einen richterlichen Beschluss vorlegen, händige ich Ihnen die Daten aus.«

»Hören Sie, es geht um einen Mordfall.« Sein Ton wurde schärfer.

»Dann sollten Sie keine Zeit verlieren«, entgegnete die Frau nicht minder gereizt. »Wir versuchen hier eine Atmosphäre von Sicherheit und Vertrauen zu schaffen, das bedeutet auch, sich an gewisse Regeln zu halten. Gehen Sie und machen Sie Ihren Job, und halten Sie mich nicht länger davon ab, den meinen zu erledigen.«

Die Abfuhr hatte gesessen und Feinbach drehte sich mit einem hörbaren, gehässigen Schimpfwort Richtung Tür.

Saskia Trensch musterte die Frau noch einen Augenblick, dann entschied sie sich, ihre Karte dazulassen. »Falls jemand mit uns sprechen will.«

Vor der Tür traf die Kommissarin auf einen äußerst verstimmten Feinbach. »Was bildet die sich ein, diese Scheiß …« Er brach ab und zündete sich eine Zigarette an.

»Wir kommen morgen mit einem Beschluss wieder«, entgegnete Saskia vorsichtig.

Ihr Chef wollte gerade etwas erwidern, als sich sein Gesicht aufhellte. »Vielleicht ist das gar nicht mehr nötig. Sehen Sie nur, wer da kommt.«

Saskia folgte mit den Augen seiner Hand.

Auch sie erkannte die Frau – es war Reggi, die Nachbarin von Jo, die gerade aus dem Zentrum kam.

Sie schien die Beamten ebenfalls zu erkennen und kam direkt auf die beiden zu.

Die Frau sah noch schlechter aus als bei ihrer letzten Begegnung. Die Haut war fahl und sie schwitzte stark.

»Ich will clean werden«, beantwortete sie mit dünner Stimme die nicht gestellte Frage und nahm dankbar die Zigarette, die ihr Feinbach anbot. »Ist doch komisch, oder?«, fuhr sie fort. »Da muss erst einer sterben, dass man was ändern will.«

»Sie meinen, Jos Tod hat Sie zu einem Entzug bewegt?«, fragte Saskia verständnisvoll nach.

Reggi, die seltsam zerbrechlich wirkte, zuckte mit den Schultern. »Ich war schon ein paar Mal hier. Einmal auch mit Jo.«

Feinbach horchte auf, unterbrach sie aber nicht.

»Wir haben es probiert, hat nicht geklappt, aber dieses Mal habe ich ein gutes Gefühl.« Sie zog an der Zigarette und wollte weiter, aber der Hauptkommissar hielt sie noch einen Moment zurück.

»Kennen Sie eine Nana Jakt?«

»Nee, warum?«

»Nicht so wichtig«, antwortete Feinbach. »Aber vielleicht wissen Sie etwas über die Ärzte des Zentrums?«

Reggi sah ihn unsicher an. »Die waren alle gut zu mir«, erwiderte sie.

Jetzt änderte der Hauptkommissar seinen Tonfall. Er klang nicht mehr wie ein Beamter, der eine Information benötigte, sondern wie ein guter Freund, der um einen Gefallen bat. »Ich bräuchte nur einen Namen, das würde uns sehr helfen.«

Reggi schien es sich überlegt zu haben. »Na gut, ich kenne ohnehin nur diesen Psychodoktor.«

»Psychodoktor?«, hakte Saskia vorsichtig nach.

»Eigentlich ist er noch kein richtiger Doktor, das hat er zumindest gesagt. Der muss wohl noch eine Prüfung machen, oder so. Aber der redet immer mit mir, wenn ich hier bin. Fragt mich, wie es mir geht. Wie ein Freund. Was wollen Sie denn von ihm?«

»Ich brauche nur ein paar Auskünfte. Hat der Mann denn einen Namen?«

»Klar hat er«, entgegnete Reggi mit einem Grinsen und Saskia konnte sehen, dass der vordere Schneidezahn der Frau abgebrochen war. »Hans von Dreistatt, ganz schön cooler Name was?«, gluckste sie. »Vermutlich kann ich ihn mir deshalb so gut merken.«

»Hatten Sie heute einen Termin mit Doktor von Dreistatt?«

»Ja!« Sie schnippte die Zigarette weg und sagte: »Sorry, aber ich muss los!« Damit verschwand sie und Saskia wusste nicht, welche Vorstellung ihr mehr Unbehagen bereitete: Dass sich Reggi in ihrer schimmeligen Wohnung auf die Matratze legte oder auf der Suche nach einem Freier durch die kalten Straßen streifte.

Feinbach, der kampflustig erneut das Zentrum betrat, wurde von der Frau am Empfang mit einem spöttischen Grinsen begrüßt. »Das ging aber schnell«, kommentierte sie sein erneutes Erscheinen.

»Ist Hans von Dreistatt zu sprechen?«, fragte der Hauptkommissar höflich und hoffte so, zumindest einmal ins Innere des Zentrums zu gelangen.

Die Mitarbeiterin der Einrichtung sah ihn böse an. Offensichtlich gefiel ihr nicht, dass Feinbach so erpicht darauf war, sich Einlass zu verschaffen. Trotzdem griff sie zum Telefon, wählte eine Nummer und fragte nach dem Mediziner.

Triumphierend teilte sie den Beamten anschließend mit, dass Herr von Dreistatt das Haus gerade verlassen hatte.

Der Hauptkommissar konnte sich nicht erinnern, außer Reggi jemanden gesehen zu haben. Doch dieses Rätsel löste sich schnell auf – es gab noch einen weiteren Ausgang.

Ohne mit dem Arzt gesprochen zu haben, mussten die Polizisten schließlich zum Revier zurückkehren.

* * *

KAPITEL 6

Zur gleichen Zeit

»Ich dachte, du fängst erst in zwei Wochen an?«, quengelte Lisa und warf ihrem älteren Bruder einen vernichtenden Blick zu.

Thomas sah sie entschuldigend an. »Die möchten nur, dass ich mir die Akten ansehe, ich bin bestimmt bald wieder zurück und dann unternehmen wir etwas.«

Er fühlte sich nicht wohl bei dieser Aussage. Vermutlich würde sich die Angelegenheit nicht so einfach gestalten. Er hatte sich für einen Umzug in eine andere Stadt entschieden, damit es für Lisa leichter werden würde. Vor knapp einem halben Jahr waren ihre Eltern bei einem Autounfall ums Leben gekommen. Lisa wurde in vier Monaten achtzehn, daher machten die Behörden keine Probleme und ließen sie in der Obhut des zweiunddreißigjährigen Bruders. Thomas hatte eine Ausbildung bei der Kriminalpolizei gemacht und sein Ehrgeiz und Fleiß hatten ihn schnell nach oben gebracht. Er war einer der wenigen Beamten, die an einer Weiterbildung zum Fallanalytiker teilnehmen konnten, und nachdem er im vergangenen Jahr maßgeblich zum guten Ausgang einer Kindesentführung beigetragen hatte, war er ein geschätzter Kollege bei schwierigen Fällen.

Lisa hatte ihre Heimatstadt Konstanz zuerst nicht verlassen wollen, schien jetzt aber erleichtert über den Umzug. Ohne die vielen Erinnerungen würde es einfacher für sie werden.

»Ich dachte, wir wollten zusammen die Stadt erkunden«, motzte die Siebzehnjährige und versteckte ihr hübsches Gesicht unter den langen braunen Haaren, die sie jeden Morgen akribisch mit dem Glätteisen bearbeitete.

»Wir werden das nachholen, versprochen!«, entgegnete Thomas liebevoll und streichelte ihr über den Kopf. »Sei schön brav«, sagte er schelmisch, woraufhin sie ihm die Zunge herausstreckte.

»Ich werde mein kürzestes Minikleid anziehen und mich in der Fußgängerzone besaufen!«, rief sie ihm wütend hinterher.

Als sie sein »Ich warne dich!« hörte, während er die Tür hinter sich zuzog, lächelte sie jedoch. Lisa hing an ihrem Bruder. Er war immer schon ihr Held gewesen und jetzt, nachdem die Eltern gestorben waren, war er die einzige Familie, die sie noch hatte. Sie griff nach der Fernbedienung und machte es sich auf der Couch bequem. Eigentlich hätte sie einen Blick in ihr Mathebuch werfen müssen. Sie wechselte die Klasse mitten im Schuljahr und ihre Noten waren weit entfernt von dem, was man gemeinhin als fantastisch bezeichnen konnte. Sie schob diesen Gedanken beiseite. Wahrscheinlich würde sie sowieso eine Ehrenrunde drehen müssen, da lohnte sich der Aufwand doch gar nicht. Mit den Füßen angelte sie nach der dicken Fleecedecke, wickelte sich darin ein und genoss das laute Gestreite zweier Frauen bei einer Talkshow.

Thomas machte sich auf den Weg zu Franz Blach. Man hatte ihn angefordert, obwohl er eigentlich für eine andere Abteilung vorgesehen war.

»Bisher zwei Morde«, hatte man ihm mitgeteilt. Über den an dem männlichen Prostituierten hatte er bereits in der Zeitung gelesen, der zweite an einer Frau war erst heute entdeckt worden. Er war nervös. Wie würden ihm die Kollegen begegnen? Entweder wäre seine frühe Einmischung nicht gerne gesehen, oder man erwartete von ihm Wunder. Beides wenig erfreuliche Aussichten.

Kurz kreisten seine Gedanken um Lisa. Nicht dass er Angst hätte, sie würde Dummheiten machen. In dieser Beziehung konnte er ihr voll und ganz vertrauen. Sie war zuverlässig, aber er machte sich trotzdem Sorgen. Seit dem Unfall war ihre frühere Unbeschwertheit verschwunden. Sie hatte sich in Konstanz von ihren Freunden zurückgezogen und er hoffte, dass sich das hier änderte. Erste Kontakte hatte sie bereits geknüpft. Natürlich wäre er nicht sonderlich begeistert, wenn plötzlich ein junger Mann in Lisas Leben auftauchen würde. Keiner konnte seiner Meinung nach gut genug für die kleine Schwester sein, aber trotzdem wollte er sie wieder glücklich sehen.

Seine Grübeleien wurden von dem Navi unterbrochen, das ihn nach einer endlos scheinenden Irrfahrt endlich auf den Parkplatz der Dienststelle lotste.

Etwas später

»Ich kümmere mich gleich um den Beschluss«, schlug Saskia vor, als sie das Büro erreichten.

Feinbach blieb stehen. »Tun Sie das, aber ich glaube, wir haben unseren Mann bereits.«

»Doktor von Dreistatt?«

Der Hauptkommissar nickte. »Erinnern Sie sich noch, was Liz uns gesagt hat? Sie sprach von einem ›halben Doktor‹ und hat das auf ihre ganz eigene Weise interpretiert.« Ein unglückliches Lächeln erschien auf seinem Gesicht. »Vielleicht bezog sich Nana Jakts ›halb‹ nicht auf körperliche Defizite, sondern einfach darauf, dass er seine Ausbildung noch nicht beendet hat.«

Die Kommissarin sah ihren Chef erst verwirrt, dann verstehend an. »Ich versuche, seine Adresse herauszufinden!«

Im Büro angekommen, erreichte sie die Nachricht von Nanas Schwangerschaft. Saskia Trensch las geschockt den vorläufigen Bericht der Gerichtsmedizin.

»Ob der Mörder das gewusst hat?«, fragte sie in die Runde.

Einer der Kollegen antwortete ihr: »Und wenn, dann wäre es ihm sicher egal gewesen.«

Vermutlich hatte der Beamte recht. Sie seufzte und blätterte zusammen mit Feinbach schnell die anderen Berichte, die hereingekommen waren, durch.

Man hatte die Mutter von Nana ausfindig gemacht, sie lebte in Duisburg und die dortigen Kollegen hatten sich zurückgemeldet.

Einer von Feinbachs Mitarbeitern fasste zusammen, was man ihnen berichtet hatte. »Die Mutter ist eine Alkoholikerin, hat zuerst gar nicht gewusst, von wem die Beamten gesprochen haben. Nana war die Älteste von sechs Geschwistern, die mittlerweile in Heimen und bei verschiedenen Pflegefamilien untergebracht sind. Die Mutter hat ihre älteste Tochter nie als vermisst gemeldet, den Rest wissen wir ja.«

Jemand sagte: »Der Vater dieses Jo war wenigstens betroffen gewesen, als er vom Tod seines Kindes erfuhr, aber ...« Er winkte ab. Auch das war Polizeialltag.

Feinbach unterbrach das Schweigen, indem er sagte: »Wir haben Verdächtige. Machen wir da weiter. Jan Zeiler, Ralf Hortland und jetzt dieser Hans von Dreistatt. Versucht, deren Aufenthaltsorte zur Tatzeit herauszufinden. Bei Zeiler streng nach Vorschrift, sonst hängt uns wieder diese Wohltätigkeitsorganisation am Hals. Bei dem Zuhälter Hortland werden wir auf direktem Weg sicher nichts erfahren, das heißt Laufarbeit. Klappert die Prostituierten ab. Probiert es in den Nachtklubs. Fragt nach einer Verbindung zwischen Hortland und Nana Jakt.« Er machte eine Pause und überlegte kurz, dann hatte er eine Entscheidung getroffen. »Diesen ›halben Doktor‹ nehme ich mir persönlich vor.«

»Und die Schwangerschaft?«, warf Saskia ein. »Ich meine, sollten wir nicht herausfinden, wer der Vater ist?«

Einige der Kollegen konnten sich ein Grinsen nicht verkneifen, aber Feinbach brachte sie mit einem entsprechenden Blick zum Schweigen.

Saskia ärgerte sich über die anderen und setzte gereizt nach: »Ich glaube nicht, dass diese Schwangerschaft ein Unfall war.«

Die anderen blickten sie nun interessiert an.

»Die Frau hat Einrichtungskataloge gewälzt, die beste Freundin sagt aus, dass sich Nana ein Nest bauen wollte, wäre es da nicht möglich, dass unser Opfer geplant hatte, sich ins bürgerliche Leben zurückziehen? Und zwar zusammen mit einem Partner.«

»Und wo ist dann dieser Partner?«, entgegnete einer der Kollegen.

»Sicher weiß er noch nichts von ihrem Tod.«

Feinbach kam seiner Mitarbeiterin zur Hilfe: »Oder er hat Schiss vor der Polizei.«

»Vielleicht war die Schwangerschaft das Motiv?«, warf einer der Ermittler ein.

»Aber wie passt da der erste Mord an Jo dazu?«, entgegnete Saskia.

Der Hauptkommissar war erfreut über die Schlüsse, die seine neue Kommissarin gezogen hatte, und sagte: »So wie es aussieht, gar nicht. Wir sollten trotzdem noch überprüfen, ob sich die Opfer kannten. Ruft bei der Gerichtsmedizin an, die sollen feststellen, ob Opfer Nummer eins der Vater von Nana Jakts Kind ist.«

Als ihn die anderen erstaunt ansahen, fügte er noch an: »Nur so ein Gedanke.«

Feinbach und Saskia Trensch wollten gerade das Büro verlassen, als der Anruf von Franz Blach kam. Genervt setzte sich der Hauptkommissar in Bewegung, um seinen Vorgesetzten aufzusuchen. Er hatte eigentlich keine Zeit, sich mit langen Rapporten aufzuhalten.

»Was gibt es denn?«, fragte er deshalb ein wenig ungeduldig, sowie er Blachs Räume betrat.

Er wollte noch etwas anfügen, verstummte aber, als er bemerkte, dass ein weiterer Mann anwesend war. Kurz musterte er den Fremden, der etwa dreißig Jahre alt sein musste. Er trug einen billigen Anzug, hatte braune, lockige Haare, die einen ungekämmten Eindruck machten, und eine Brille mit dickem Rand auf der Nase sitzen. Alles in allem wirkte Blachs Gast wie ein netter Typ, Feinbach mochte ihn aber trotzdem nicht. Der Hauptkommissar hatte eine Vorahnung, die sich auch gleich darauf bestätigen sollte.

»Das ist Thomas Braul«, stellte Blach den Mann vor. Voller Stolz erklärte der Kommissariatsleiter: »Es ist mir gelungen, Oberkommissar Braul auszuleihen.« Mit einem entschuldigenden Lächeln wegen seiner Wortwahl blickte er zu Braul und Christian Feinbach hätte sich bei diesem anbiedernden Geschwätz am liebsten übergeben.

»Wie schön«, sagte er deshalb gelangweilt und wartete auf die unvermeidliche Pointe.

»Er wird Ihr Team bei diesen beiden Mordfällen unterstützen!« Und da war sie auch schon. Feinbach hätte gerne gefragt, ob das ein Witz sei, aber sich jetzt gegen die Entscheidung seines Vorgesetzten zu stellen, würde ihm nur Ärger einbringen. Also ertrug er stumm die nächsten Lobhymnen auf den Mann, den er im Moment so wenig gebrauchen konnte wie eine Gürtelrose.

»Oberkommissar Braul hat bereits Erfahrung in der Fallanalyse und wird helfen, das Material zu sichten. Wir müssen diese Morde schnellstmöglich aufklären.«

Thomas Braul trat auf Feinbach zu und streckte ihm die Hand entgegen. Der Hauptkommissar ließ sich seinen Widerwillen gegen die Einmischung nicht anmerken und sagte freundlich: »Willkommen im Team!«

»Bestens, dann an die Arbeit«, sagte Blach abschließend.

Braul war schon auf dem Gang, da wurde Feinbach von Blach zurückgerufen. Erst dachte er, sein Vorgesetzter würde ihm irgendeine Erklärung liefern und seine Laune besserte sich, aber offensichtlich war Blach nicht gewillt, sich für seine Entscheidung zu rechtfertigen.

Stattdessen sagte er nur: »Heute Abend um acht, ich hoffe, du hast es nicht vergessen.«

»Natürlich nicht«, antwortete Feinbach reserviert und verließ das Büro.

Er war sauer wegen Braul. Außerdem hatte er »*es*« tatsächlich vergessen. Heute Abend war nämlich die Geburtstagsfeier seines Vorgesetzten und er und Sybille gehörten zu den Gästen. Hoffentlich hatte wenigstens seine Frau daran gedacht und ein Geschenk besorgt.

Wieder auf dem Flur richtete Braul das Wort an Feinbach: »Ich werde Ihnen nicht in Ihre Arbeit reinreden.«

Der Hauptkommissar blieb stehen und fuhr sich mit Zeigefinger und Daumen über die Augen. »Das ist sehr freundlich von Ihnen«, entgegnete er spöttisch.

Aber Braul schlug weiterhin einen versöhnlichen Ton an. »Ich werde zuerst einmal alle Berichte durchgehen, wenn es Ihnen recht ist. Dann spreche ich mit den Leuten von der Kriminaltechnik und der Gerichtsmedizin. Vielleicht wäre es möglich, dass ich mir die Wohnungen der Opfer ansehen kann, da, wo es passiert ist?«

»Von mir aus«, erwiderte der Hauptkommissar.

»Wenn ich einen Eindruck habe, dann unterbreite ich Ihnen meinen Vorschlag zum weiteren Vorgehen, den können Sie annehmen oder auch nicht.«

Christian Feinbach riss sich zusammen. Was machte er da gerade? Dieser Braul war nun einmal hier und er musste mit dem Mann zusammenarbeiten, also gab er sich einen Ruck und sagte freundlich: »Das hört sich gut an. Kommen Sie mit.«

Thomas Braul atmete erleichtert durch. Sein neuer Boss wirkte ein wenig ungehobelt, schien sich aber mit der Situation abzufinden, diese Hürde hatte er genommen.

Kurze Zeit später stellte der Hauptkommissar den Fallanalytiker seinem Team vor.

Saskia fühlte sich seltsam linkisch, als sie dem Neuen die Hand schüttelte. Die samtbraunen Augen hinter den Brillengläsern musterten sie einen Moment länger, als es vielleicht unter Kollegen üblich war, aber das empfand die Kommissarin nicht als unangenehm. Damit kein falscher Eindruck entstehen konnte, war sie kurz angebunden und sagte lediglich: »Willkommen im Team!«

Feinbach beauftragte einen seiner Beamten damit, den neuen Kollegen einzuweisen, und die Kommissarin ertappte sich dabei, wie sie sich darüber ärgerte, dass die Wahl nicht auf sie gefallen war. Beinahe hätte sie dann auch noch die dringende Nachricht vergessen, die sie unbedingt an ihren Vorgesetzten weitergeben musste.

Etwas atemlos sagte sie schließlich: »Sie werden nicht erraten, wer eben bei mir angerufen hat.«

Feinbach hob die Augenbrauen, was so viel hieß wie: »Ich habe weder Zeit noch Lust zu raten.«

Schnell sprach Saskia deshalb weiter: »Ich hatte doch in diesem Suchtzentrum meine Visitenkarte hinterlegt und jetzt hat ein Hans von Dreistatt angerufen.«

Der Hauptkommissar lachte auf. »Das ist ja eine Überraschung. Was haben Sie ihm gesagt?«

»Dass mein Chef ein paar Fragen hätte, wir das aber nicht am Telefon machen möchten. Daraufhin hat er vorgeschlagen, dass wir bei ihm zu Hause vorbeikommen.«

»Wir sind also eingeladen. Dann dürfen wir uns schon einmal auf seine Geschichte freuen.«

Nachdem Feinbach die Adresse las, stieß er einen leisen Pfiff aus. »Der Herr wohnt also in der Karlsruher Weststadt.« Auf den fragenden Blick seiner Mitarbeiterin fügte er noch an: »Sehr schöne Ecke!«

Aber als sie dann vor der gediegenen Stadtvilla standen, in der ihr Zeuge augenscheinlich lebte, verschlug es auch dem Hauptkommissar für einen Moment die Sprache.

Eine Hausangestellte öffnete die Tür und dann endlich erschien Hans von Dreistatt. Jetzt fiel es dem Hauptkommissar erst recht schwer, seine Überraschung zu verbergen. Der junge Mann, der ihnen entgegentrat, war älter als Saskia, vermutlich aber noch keine dreißig. Er war das, was man im Volksmund als schlaksig bezeichnete und ging leicht gebeugt, wie es großgewachsene Menschen oft taten. Sein Gesicht war blass. Offensichtlich war er gerade dabei, sich einen Bart wachsen zu lassen, allerdings schien er einer der jungen Männer zu sein, die von der Natur keine gleichmäßige Gesichtsbehaarung mit in die Wiege gelegt bekommen hatten.

Er bat sie ein wenig gönnerhaft in ein gewaltiges Wohnzimmer mit antiken Möbeln und moderner Ledercouch. Schließlich forderte er die Beamten auf, an einem runden Tisch Platz zu nehmen. Von Dreistatt offerierte ihnen keine Getränke, was sie unter diesen Umständen auch abgelehnt hätten. Stattdessen winkte er einem Mann durch die Terrassentür zu, der gerade mit dem Handy am Ohr im Garten auf und ab lief und eine Zigarette rauchte.

»Mein Anwalt«, stellte er den Fremden vor, als dieser nun das Zimmer betrat.

Die Beamten verbargen zwar ihr Erstaunen, aber Saskia empfand das Vorgehen ihres Zeugen als ein Schuldeingeständnis.

Feinbach lehnte sich lässig in seinem Stuhl zurück und betrachtete die beiden Männer. Der Anwalt sah sich genötigt, weitere Aufklärungsarbeit zu leisten.

»Der Vater meines Mandanten, Hans von Dreistatt senior, ist ein sehr bekannter Mann und natürlich um seinen Ruf besorgt. Wir hielten es daher für angebracht, dieses Gespräch in meinem Beisein zu führen.«

»Darf ich fragen, in welcher Branche Ihr Vater tätig ist?«, wandte sich Feinbach nun an seinen Zeugen.

»Mein Vater ist Professor der Psychologie. Er wird nicht nur in Fachkreisen sehr geschätzt.«

Der Hauptkommissar brummte ein »In Ordnung«. Er hatte noch nie etwas von diesem Professor gehört, aber nahm an, dass es stimmte, was man ihm eben über den Mann erzählt hatte.

»Und Sie sind auch Psychologe?«, fuhr er mit der Befragung fort.

»Fast! Ich schreibe gerade an meiner Doktorarbeit.«

»Sie studieren also noch«, ergänzte Feinbach und sah sich bewusst provozierend in dem edel eingerichteten Wohnzimmer um.

Sein Gegenüber grinste. »Ich sehe schon, Sie sind ein Mann, der den direkten Weg liebt, aber die Regeln, die Ihnen durch Ihren Job und die Gesellschaft auferlegt werden, zwingen Sie dazu, sich ständig zurückzuhalten. Warum sagen Sie nicht einfach, dass Sie mich für einen verwöhnten Snob halten, der durch den Reichtum seines Vaters in der Lage ist, ein Leben zu führen, das er eigentlich nicht verdient hat.«

Der Anwalt legte sofort die Hand auf den Arm seines Mandanten. Offensichtlich kam auch für ihn diese verbale Attacke unerwartet.

Saskia sah erst zu ihrem Chef, dann zu dem Zeugen, der ganz offensichtlich mit einer scharfen Zunge ausgestattet war. Etwas, das man ganz und gar nicht hinter diesem Äußeren erwartet hätte.

Feinbach zwang sich zu einem Lächeln. Eigentlich hatte dieser arrogante Mistkerl den Nagel auf den Kopf getroffen, aber das konnte der Beamte schlecht zugeben, deshalb entgegnete er ruhig: »Über mich können wir ein anderes Mal sprechen. Heute geht es um Sie, genauer gesagt, um Ihr Verhältnis zu Nana Jakt.«

Gleich würde sich herausstellen, ob er der »halbe Doktor« gewesen war oder nicht.

Der Anwalt nickte seinem Mandanten zu und dieser antwortete zornig: »Ja, ich habe sie gekannt. Ich war ein Freier, wie man wohl sagt. Jedoch weiß ich nicht, wer sie getötet hat.«

Der Hauptkommissar erkannte in den knappen, kurzen Antworten die Sprache des Juristen, der sich nun erneut zu Wort meldete.

»Mein Mandant wurde von einer Mitarbeiterin des Suchtzentrums informiert, für das er wohlgemerkt ehrenamtlich arbeitet.«

»Warum eigentlich?«, hakte Feinbach nach.

»Das hat mit meiner Doktorarbeit zu tun«, erklärte von Dreistatt.

»Und Nana Jakt, hatte die auch mit Ihrer Doktorarbeit zu tun?«

Mit der Frage hatte offensichtlich weder von Dreistatt noch sein Rechtsbeistand gerechnet.

»Sie haben die Frau doch regelmäßig aufgesucht, oder etwa nicht?«, bohrte der Hauptkommissar weiter.

»Ich war hin und wieder dort.«

»Wo waren Sie gestern Abend zwischen zweiundzwanzig Uhr und ein Uhr morgens?«

»Ich ...«

Wieder mischte sich der Anwalt an. »Was wird meinem Mandanten vorgeworfen?«

»Bis jetzt noch nichts«, kam die knappe Antwort des Polizisten. »Also, werden Sie mir sagen, wo Sie waren?«

Von Dreistatt widersetzte sich ganz offensichtlich den Anweisungen seines Beraters und gab Auskunft: »Ich war zu Hause, allein. Die Haushälterin wohnt nicht hier. Hören Sie«, sein Blick wurde jetzt noch zorniger, »warum hätte ich ihr etwas antun sollen? Sie war für mich wichtig als Studienobjekt.«

»So wichtig, dass man das als regelrechte Besessenheit bezeichnen könnte? Wussten Sie, dass Nana erst sechzehn Jahre alt war?«

Wieder überging der Zeuge seinen Anwalt. »Ich hatte keine Ahnung«, entgegnete er emotionslos. »Sie hat behauptet, volljährig zu sein.«

»Haben Sie ihr eigentlich Versprechungen gemacht?«

»Versprechungen?«

»Haben Sie ihr zum Beispiel die Ehe versprochen?«

Von Dreistatt lachte auf, aber es klang gekünstelt. »Wo denken Sie hin, Herr Hauptkommissar, damit wäre mein Vater wohl kaum einverstanden gewesen.«

»Manchmal fügen sich junge Männer nicht den Wünschen ihrer Familie.«

Von Dreistatt antwortete ihm nicht. Er war schwer zu durchschauen.

»Kennen Sie eigentlich auch Joachim Lisske, genannt Jo?«

»Ich habe über den Mord gelesen und natürlich hat sich herumgesprochen, dass es Jo war. Der Mann war eine Zeit lang im Zentrum, zusammen mit einer anderen Patientin. Denken Sie, den habe ich auch umgebracht?«

Der Anwalt warf seinem Mandanten einen warnenden Blick zu, aber der schien sich in der Rolle des Verdächtigen so gut zu gefallen, dass er nicht mehr zu bremsen war.

»Was glauben Sie, warum ich das getan haben könnte?«

»Der Glaube spielt in meinem Beruf keine Rolle, Herr von Dreistatt. Wir suchen nur nach Fakten.«

»Sie sind ein eiskalter Hund, nicht wahr? Ein Gewinnertyp, immer auf der Überholspur. Warum ist jemand wie Sie bei der Mordkommission?«

Feinbach grinste gelassen, gab aber keine Antwort.

»Ich denke«, Dreistatt lehnte sich zurück und mimte den genialen Psychologen, »ich denke, Sie können sich hervorragend in Ihre Mörder hineinversetzen, Sie verstehen diese Bestien und das gibt Ihnen einen Kick!«

Der Hauptkommissar stieß geräuschvoll die Luft aus. »Na ja, Sie haben ja noch ein paar Semester zum Üben!«

Von Dreistatt wurde vor Ärger rot, versuchte das aber zu überspielen. Saskia musste ein nervöses Kichern unterdrücken und der Anwalt schloss für eine Sekunde die Augen. Offensichtlich war ihm der Auftritt seines Mandanten äußerst unangenehm.

»Nana Jakt war schwanger. Sind Sie der Vater?«, stellte Feinbach nun ganz direkt seine nächste Frage.

Es war schwer zu sagen, ob diese Tatsache für von Dreistatt neu war oder nicht. Er wirkte kaum überrascht, als er sagte: »Was würde das ändern?«

»Das würde eine ganze Menge ändern, wir hätten dann nämlich ein Motiv.«

»Seien Sie nicht albern«, entgegnete der Zeuge überheblich.

»Dann könnten Sie uns doch sicher etwas Speichel für einen Vaterschaftstest zur Verfügung stellen?«

Dieses Mal war der Anwalt schneller als sein vorlauter Mandant. Offensichtlich hatte er sich daran erinnert, dass dessen Vater für sein Honorar aufkam, welches sicher nicht besonders üppig ausfallen würde, sollte der Spross der Familie im Gefängnis landen. »Ich werde das mit meinem Mandanten besprechen. Vorerst denke ich, sind wir hier fertig«, warf er deshalb ein.

Ohne Eile erhob sich Feinbach und fixierte bei der Verabschiedung Hans von Dreistatt. »Das war ein interessantes Gespräch, auf Wiedersehen!«

* * *

Am gleichen Abend war Christian Feinbach mit seiner Frau Sybille auf dem Weg zu Franz Blachs Geburtstagsfeier. Sein Vorgesetzter wohnte in Ettlingen, eine Nachbarstadt circa zehn Kilometer von Karlsruhe entfernt.

»Gratuliere ihm nicht!«, sagte Sybille unfreundlich, »er hat erst morgen Geburtstag!«

»Ich weiß«, antwortete Feinbach, der jeden Streit mit seiner Frau vermeiden wollte.

»Wenn du meinst, heute trinken zu müssen«, ihre Stimme klang schrill, »dann sage es besser gleich, damit ich weiß, ob ich in der Dunkelheit noch Auto fahren muss.«

»Nein, ich werde fahren«, entgegnete ihr Mann, der wusste, dass es Sybille hasste, nachts zu fahren.

»Dann ist es ja gut!«, kam es schnippisch zurück.

Feinbach hatte längst verstanden, dass seine Frau immer noch sauer war und Streit suchte. Daher schwieg er die restliche Fahrt und ärgerte sich über Blach. Warum musste der auch ausgerechnet jetzt Geburtstag haben und wieso überhaupt feiern? Dieses Spektakel würde sich wieder endlos hinziehen. Vor Mitternacht konnte man nicht nach Hause, weil das Geburtstagskind ja unbedingt »hineinfeiern« wollte, und morgen auf dem Präsidium würde es dann weitergehen.

Und dann diese Morde! Irgendwie hatte Feinbach das Gefühl, die Kontrolle zu verlieren. Offensichtlich hatten seine Vorgesetzten Zweifel an seinen Fähigkeiten, sonst wäre ihm nicht Thomas Braul aufs Auge gedrückt worden.

»Mach langsam, da vorne ist Rot!«, geiferte Sybille erneut und der Hauptkommissar war versucht, an den Straßenrand zu fahren und sie aus dem Wagen zu werfen.

Aber er schwieg weiterhin, kochte innerlich jedoch vor Wut. Wenigstens hatte diese Veranstaltung etwas Gutes. Seine Frau würde sich dort zusammenreißen und den Schein wahren. Nichts war für Sybille schlimmer als die Vorstellung, dass Freunde und Bekannte von ihren Eheproblemen erfahren könnten.

Als das Ehepaar Feinbach eintraf, war die Party bereits in vollem Gange. Ein Cateringservice hatte ein fulminantes Büfett aufgebaut und Kellnerinnen liefen mit Tabletts umher und reichten Champagner. Noch bevor der Hauptkommissar sich seinen Weg durch die Gäste bahnen konnte, um seinen Chef zu begrüßen, leerte er eine der Kristallschalen und überging den vorwurfsvollen Blick seiner Frau. Der Inhalt des nächsten Glases verschwand in seinem Magen, als er mit Blach und dessen Gattin anstieß. Dann galt es, die anderen zu begrüßen, und schon war der dritte Champagnerkelch ausgetrunken. Seine Laune besserte sich und er wurde ganz automatisch der Mittelpunkt der Feier. Charmant und witzig unterhielt er die Gäste und vor allem die Damen betrachteten den smarten Hauptkommissar mit wohlwollenden Blicken. Sybille, die er als seine »geliebte Bille« vorstellte, schien langsam versöhnt. Sie brachte ihm einen gefüllten Teller vom Büfett und bestand darauf, dass er etwas aß. Man lachte und machte deftige Witze, das Bier floss reichlich, und als kurz vor elf weitere Gäste eintrafen, war Christian Feinbach in Hochstimmung.

Nachdem Antje Jelot mit ihrem Vater den Raum betreten hatte, trafen sich ihre Blicke. Die grünen Katzenaugen waren für Feinbach eine einzige Aufforderung. Sie verzog keine Miene, sondern sah ihn nur an.

Plötzlich wandte sie sich ab und schlenderte zur aufgebauten Bar. Ihre Hüften wiegten sich langsam hin und her und übten einen geradezu hypnotischen Einfluss auf ihn aus. Er stellte sich ihren nackten, strammen Hintern vor, und wie er seine Hand unter ihr eng anliegendes Kleid schieben würde. Jemand sprach ihn an, es war Sybille. Wenn sie seine Erregung bemerkt hatte, dann wollte sie offensichtlich für den Moment nichts dazu sagen.

Feinbach stieß mit Blach und den Kollegen an, man war zu Kirschwasser übergegangen. Aber der Hauptkommissar war längst nicht mehr so gelöst. Unaufhörlich wanderte sein Blick durch den Raum. Er war auf der Suche nach Antje Jelot. Sie sah nicht zu ihm herüber.

Dieses elende Miststück, dachte er aufgewühlt. *Sie will Spielchen spielen.*

Wie zur Bestätigung beugte sie sich zu einem jungen Mann, dem sie sehr nahe kam, als sie ihm etwas ins Ohr flüsterte. Für den Bruchteil einer Sekunde sah sie zu Feinbach. Dann richtete sie sich wieder auf, tauchte ihren Zeigefinger in den Drink, den sie in der Hand hielt, führte ihn an ihre Lippen und leckte ihn mit der Zungenspitze ab. Es war eine Geste, die ganz unbewusst wirkte, und deshalb umso verführerischer war. Ihr blondes Haar hatte sie hochgesteckt. Nur eine Locke konnte von den Klämmerchen nicht gehalten werden und kräuselte sich an ihrem schlanken Schwanenhals. Der Ausschnitt ihres Kleides war gerade noch so gesellschaftsfähig. Ihre Brüste bildeten sich deutlich unter dem Stoff ab. Sie waren üppig und die Natürlichkeit, mit der sie bei jeder Bewegung der Frau sachte auf und ab wippten, ließ nur einen Schluss zu, nämlich dass sie auch heute keinen BH trug.

Ohne ihn anzusehen, führte sie nun ihr Glas an die knallrot geschminkten Lippen und leerte es auf einen Zug, danach drehte sie sich um und verließ den Raum.

Es war nicht nötig, dass sie ihm zunickte, die Hand hob oder das Wort an ihn richtete. Er wusste es einfach, sie forderte ihn auf, seit sie auf der Party erschienen war. Quer durch den Raum hatte er ihre Lust gespürt, sie hatte ihm den Kopf verdreht, ohne auch nur einen Ton zu sagen. Er hatte seit ihrer ersten Begegnung immer wieder an sie denken müssen, wie konnte er da jetzt die Signale einfach ignorieren.

Sybille war gerade in ein Gespräch mit Blachs Frau vertieft. Bald wäre Mitternacht und die Aufmerksamkeit der Anwesenden würde sich voll und ganz auf das Geburtstagskind konzentrieren.

Feinbach schnappte sich seine Zigaretten und ging nach draußen. Es war eine kalte Nacht. Der Gastgeber war so umsichtig gewesen, einen kleinen Pavillon für die Raucher neben den Garagen aufzubauen. Enttäuscht stellte der Hauptkommissar fest, dass das beleuchtete Zelt leer war. Er fluchte und zündete sich eine Zigarette an. In diesem Moment löste sich eine Gestalt aus der Dunkelheit.

»Das hat aber lange gedauert«, sagte die blonde Frau und schnippte ihre Zigarette weg.

»Hat es das?«, antwortete Feinbach im gleichen Stil und ließ seine Kippe ebenfalls fallen.

Im fahlen Licht der Außenbeleuchtung sah er Antjes Gesicht. Wie schön sie war. Sein Blick wanderte zu ihrem Busen. Ihre harten Brustwarzen drückten gegen den Stoff, ob vor Kälte oder Erregung spielte für ihn keine Rolle mehr. Er wollte sie nur noch berühren.

»Na los, fass sie an!«, forderte sie ihn mit einem amüsierten Tonfall auf.

Einen Moment war da ein kurzes Zögern, dann gab es für ihn nur noch die Lust, die er spürte. Seine Hand griff in den Ausschnitt der Frau. Er umschloss ihre Brust und schob mit der anderen Hand den Stoff ihres Kleides beiseite. Das weiche Fleisch entlockte ihm ein Keuchen, sein Kopf beugte sich nach vorne und er küsste zärtlich ihre Haut. Als seine Zunge an ihrer Brustwarze spielte und er sie mit seinem Mund umschloss und vorsichtig daran knabberte, stieß sie einen spitzen, sinnlichen Schrei aus. Er ließ von ihr ab und sie sahen sich an. Das Einverständnis zwischen ihnen hätte nicht größer sein können. Beide wollten es.

Er schnappte ihre Hand und zog sie hinter die Garage. Ihr Busen war immer noch unbedeckt, was ihn total anmachte. Gierig küsste er sie auf den Mund und drückte sie dabei gegen die Wand.

Ihre Zunge liebkoste die seine, dann wurde sie fordernder. Er war verrückt nach Antje Jelot. Mit ungeduldigen Bewegungen streifte er ihr das Kleid bis zur Taille hoch, sie trug keine Unterwäsche. Während sie ihm den Reißverschluss seiner Hose öffnete, bedeckte er ihren Körper mit heißen Küssen. Sie stöhnte, wandte sich unter seiner Berührung und fasste ihm ungeduldig zwischen die Beine. Ihre Hände waren magisch und sein Glied schmerzte vor Ungeduld.

Sie spreizte auffordernd ihre Schenkel, legte die Arme um seinen Hals, und als er sie in die Höhe hob, schlang sie ihre langen Beine um seine Hüften. Mühsam unterdrückte sie ein lautes Stöhnen, als er in sie eindrang. Er spürte, wie bereit sie war, und konnte sich nicht zügeln. Sie genoss es, als er sich mit schnellen, harten Stößen in ihr bewegte. Aufreizend seufzte die junge Frau: »Oh ja!«, während er keinen Zweifel daran hatte, dass das der Fick seines Lebens war, als er mit einem lauten Japsen zum Höhepunkt kam.

Keine Minute später hörte man vom Haus laute Musik, Mitternacht, die Gratulationen begannen.

Er ließ nur ungern von ihr ab. Sie machte ihn immer noch geil und die Erregung war noch lange nicht vorbei.

»Man wird dich vermissen«, sagte sie und er konnte sich nicht sattsehen, wie sie da an der Mauer lehnte, fast nackt. Sie schien, trotz der Kälte keine Eile zu haben, ihren Busen zu bedecken oder das Kleid über ihre feuchte Scham zu ziehen.

»Ich will dich wieder treffen!«, flüsterte er und fasste ihr zärtlich zwischen die Beine.

Sie lachte, ließ ihn gewähren und antwortete: »Wir werden sehen!«

Von irgendwoher drangen Stimmen. Antje sah ihn belustigt an und wiederholte ihre Worte, dieses Mal mit einem anzüglichen Unterton: »Wir werden sehen!«

Feinbach musste zurück. Er zog die Hose hoch, kramte ein Taschentuch aus der Jacke und wischte sich über den Mund. Keinesfalls wollte er eine Szene riskieren, aber wie würde das, was eben geschehen war, unentdeckt bleiben können? Er hatte überall Antjes Duft an sich. Er roch an seinen Fingern und er roch sie. Es war ein unbeschreibliches Gefühl gewesen, diesen Körper für wenige Minuten auf jene Art zu besitzen. Aber es war nicht nur das Körperliche, sie waren aus dem gleichen Holz geschnitzt, das wusste er einfach.

Im Haus gelang es ihm, unbemerkt die Toilette aufzusuchen, bevor er zu den anderen ging und artig gratulierte. Niemand schien etwas bemerkt zu haben, aber da sollte sich der Hauptkommissar täuschen. Zwei Personen war sein Verschwinden nicht entgangen. Die eine war Antjes Vater, Kurt Jelot, die andere Sybille Feinbach.

Sie sagte nichts und ignorierte seine zerzausten Haare und den widerlichen Geruch einer anderen Frau an ihm. Aber die größte Demütigung war, dass seine Hure hereinspaziert kam und ihr einen triumphierenden Blick zuwarf. In diesem Moment wäre Sybille in der Lage gewesen zu töten.

Die Heimfahrt des Ehepaares Feinbach verlief schweigend. Sie fuhr und ihr Mann schlief auf dem Beifahrersitz.

Als der Wagen mit einem Ruck in der Garage zum Stehen kam, erwachte der Hauptkommissar und rechnete mit einem schlimmen Streit. Er würde nichts leugnen. Sollte Sybille die Trennung fordern, er würde zustimmen. Vielleicht wurde es langsam Zeit, einen Schlussstrich zu ziehen. Bisher hatte er das eigentlich nicht gewollt, was vermutlich daran gelegen hatte, dass ihm seine Affären nie etwas bedeuteten, aber bei Antje war es anderes. Sie war so voller Leben, so intensiv und faszinierend ...

Sybille erwähnte seine Verfehlung jedoch mit keinem Wort, also ging er davon aus, dass sie nichts bemerkt hatte.

In Wahrheit fühlte seine Frau eine wachsende Panik in sich aufsteigen. Ihr Instinkt sagte ihr, dass es dieses Mal ernst war. Womöglich könnte sie Christian verlieren. Sie brauchte Zeit zum Nachdenken.

Im Wagen von Kurt Jelot hingegen folgte eine Auseinandersetzung über das Thema »Hauptkommissar Christian Feinbach«.

Der Chauffeur wurde wieder einmal Zeuge dieser berühmten Streits zwischen Vater und Tochter, aus denen für gewöhnlich Papas Liebling als Siegerin hervorging.

»Dieser Feinbach ist ein Kretin, ich hoffe, du hast nicht vor, dich mit ihm abzugeben. Ich habe durchaus bemerkt«, fügte Jelot noch affektiert an, »dass du einige Zeit mit ihm vor der Tür warst.«

»Er hat mich gefickt, wenn du es genau wissen willst.«

Der Fahrer konnte ein leichtes Zucken seiner Mundwinkel nicht verhindern, vermied aber den Blick in den Rückspiegel und hoffte, sein Boss würde nicht auf die Idee kommen, die Trennscheibe hochzufahren.

»Antje!«, rief ihr Vater entsetzt. »Hast du den Verstand verloren. Wieso benimmst du dich immer wie eine Nutte!«

»Oh wie nett«, entgegnete sie gereizt, »mein eigener Vater bezeichnet mich als Nutte!« Sie kramte in ihrer Handtasche und zog eine Zigarette heraus.

»Benimm dich nicht wie eine!«

»Ach, sagt der Herr Saubermann!«

»Wie redest du denn mit mir«, stieß Jelot nun empört hervor, »ich bin immerhin noch dein Vater.«

»Tja, dann solltest du die Entscheidungen deiner Tochter besser akzeptieren.«

»Hör zu«, fuhr er wütend fort, »wenn du dich unbedingt so promiskuitiv aufführen musst, dann suche dir wenigstens jemand Adäquaten und nicht so einen hergelaufenen Möchtegerncasanova.«

»Ich vögle, mit wem ich will!«, erwiderte sie trotzig.

Jelot wurde immer aufgebrachter. »Ich verbiete dir, dich weiter mit ihm zu treffen!«

Antje stieß einen kurzen Lacher aus. »Das wird wohl kaum möglich sein, immerhin werde ich ihn heiraten!«

»Wie bitte?« Ihr Vater schnappte nach Luft.

»Du wolltest doch immer, dass ich heirate und eine Familie gründe, Papa!«, erwiderte sie unschuldig.

»Aber«, er rang nach Worten. »Der Mann ist beinahe doppelt so alt wie du.«

»Na und, da wäre er ja nicht der Erste, der auf jüngere Frauen steht.« Sie sah ihren Vater forschend an.

Dem fiel noch ein Argument ein und nicht ohne Genugtuung sagte er schließlich: »Soviel ich weiß, ist Feinbach bereits verheiratet.«

»Er wird sich scheiden lassen!«

»Hat er dir das gesagt?«

»Nein, hat er nicht. Ich werde es *ihm* sagen!«

»Und du denkst, er tut, was du sagst?«, sein Ton war spöttisch.

»Ich bekomme immer, was ich will«, antwortete sie mit Nachdruck.

Kurt Jelot spielte seinen letzten Trumpf aus. »Es ist bekannt, dass der Mann ständig Affären hat. Glaubst du, das wird bei dir anders sein? Gesetzt den Fall, dass er überhaupt vorhat, sich scheiden zu lassen.«

»Oh Gott, Papa, langsam nervt es!«, reagierte Antje nun ungeduldig. »Ich werde ihn heiraten. Ich gefalle ihm, habe Geld und einen Vater mit genug Einfluss, um meinem künftigen Ehemann bei seiner Karriere zu helfen.«

»Du willst ihn dir kaufen?« Dieses Mal klang ihr Vater überrascht.

»Ich will ihn und fertig. Ich werde das nicht länger mit dir diskutieren!« Antje lehnte sich zurück und zog einen Schmollmund, während Jelot nicht wusste, wie er seiner Tochter diese Idee ausreden konnte.

Der Chauffeur, der die Limousine durch die Einfahrt der Jelotschen Villa lenkte, hatte die Diskussion auf der Rückbank jedenfalls genossen.

Das geschah dem Alten recht, dachte er bösartig, *das wird ihn vielleicht von seinem hohen Ross herunterholen. Und was das Thema Nutten angeht, damit kennt sich Jelot ja bestens aus.*

* * *

KAPITEL 7

Der nächste Morgen brachte für Kurt Jelot weiteren Unmut. Wie immer saß er allein beim Frühstück. Seine Tochter pflegte nicht vor Mittag aufzustehen, und seit Antjes Mutter vor fünfzehn Jahren gestorben war, hatte es selten eine feste Freundin gegeben, die mit ihm gemeinsam das Frühstück eingenommen hätte. Zuerst aus Rücksicht auf das Kind und später fand er es eigentlich ganz angenehm, keine Bindungen eingegangen zu sein. Vielleicht war das auch der Grund, warum er immer noch seinen Ehering trug.

Verstimmt wegen des Verhaltens seiner Tochter am Vorabend schlug er die Zeitung auf. Gleich auf der ersten Seite sah er ihr Gesicht. Begierig las er die Zeilen darunter. Sie hatten fast alles ausgeplaudert, sodass es nun jeder wusste: Nana Jakt war eine minderjährige Prostituierte gewesen. Jelot ärgerte sich über den Absatz, in dem die Bürger um Mithilfe gebeten wurden. »Wer sachdienliche Hinweise geben kann …«, stand da und außerdem gab es Telefonnummern und E-Mail-Adressen. Auf diese Weise wollten die Polizisten also herausfinden, wer bei der Toten auf der Kundenliste gestanden hatte.

Ihm war etwas eingefallen. Ohne die pochierten Eier anzurühren, stand er auf und ging Richtung Garage, er musste mit seinem Chauffeur sprechen. Vermutlich war es an der Zeit, dem Mann eine großzügige Gehaltserhöhung in Aussicht zu stellen.

* * *

Christian Feinbach erwachte mit einem filmreifen Kater. Der Kopf tat ihm weh, sein Magen rebellierte und der schale Geschmack in seinem Mund entsprach der Stimmung, in der er sich befand.

Er hatte geträumt. Wirre Geschichten, die sich irgendwie um Antje Jelot gedreht hatten. Er war mit der Erinnerung an ihren verführerischen Körper eingeschlafen, dann hatte ihn die Frau in seinen Träumen verfolgt und heute Morgen galten ihr seine ersten Gedanken. Mühsam stand er auf und schlurfte ins Bad. Weder die Dusche noch das Zähneputzen änderten etwas an seinem Zustand. Er fühlte sich miserabel.

In der Küche werkelte Sybille geschäftig. Überrascht bemerkte er, dass sie ihm einen Frühstückstisch gedeckt hatte. Es gab sogar Kerzen und bunte Papierservietten. Der frisch gebrühte Kaffee duftete und wenn ihm nicht so schlecht gewesen wäre, dann hätte er mit Begeisterung die Rühreier und die in Fett schwimmenden kleinen Rindswürste verdrückt.

»Guten Morgen«, zwitscherte seine Frau fröhlich und drückte ihm einen Kuss auf die Wange.

Wenn es nach Feinbach gegangen wäre, dann hätte sie ruhig mit ihm streiten können, das wäre ihm leichter gefallen, als dieses unerwartete Verwöhnprogramm mit gespielter Dankbarkeit anzunehmen.

»War doch schön gestern Abend!«, sagte sie als Nächstes und er wartete auf eine schnippische Fortsetzung oder zumindest irgendeine Andeutung.

Aber es kam nichts außer Mitgefühl. »Wenn du etwas isst, geht es dir sicher gleich besser.« Besorgt schob sie ihm noch eine Kopfschmerztablette über den Tisch.

Obwohl er sich zum Essen zwingen musste, ging es ihm danach tatsächlich besser. Trotzdem machte ihn Sybilles Verhalten nervös und er war froh, sich kurz darauf verabschieden zu können.

Kaum setzte er sich ins Auto, sah er wieder das Bild von Antje vor sich. Jener Moment, als sie halb nackt an der Mauer gelehnt und ihn so herausfordernd angesehen hatte, ging ihm nicht mehr aus dem Kopf. Am liebsten hätte er sich sofort auf den Weg zu ihr gemacht, aber im Büro wurde er bereits erwartet.

Im Gang traf er auf Saskia Trensch, die heute irgendwie anders aussah. Als er sie musterte, wurde sie verlegen.
»Alles in Ordnung?«, fragte er deshalb ohne echtes Interesse.
Sie nickte. »Die anderen sind beim Boss zum Gratulieren. Ich wollte auch gerade hin.«
Das hatte er vergessen, heute Morgen spendierte das Geburtstagskind ja ein Frühstück für die Mitarbeiter.
»Gibt es auch etwas Neues in unserem Fall?«, kommentierte er ihre Aussage schroff.
»Die Zeitungen bringen den Mord an Nana Jakt. Wenigstens sind keine Details durchgesickert. Nur die offizielle Stellungnahme und natürlich die obligatorischen Spekulationen der Regenbogenpresse.«
Feinbach brummte etwas und ging weiter.

Saskia war ein wenig nervös. Eigentlich hätte es dazu keinen Grund gegeben, sie gehörte mittlerweile zum Team und arbeitete gleichberechtigt mit den Kollegen an dem Fall. Aber ihre Unruhe hatte einen anderen Grund. Thomas Braul war ihr auf eine merkwürdige Weise unter die Haut gegangen. Obwohl sie bisher nur wenige Worte miteinander gewechselt hatten, glaubte sie, ihn ziemlich gut zu kennen.
Dieses eigenartige Gefühl hatte die Kommissarin dazu veranlasst, sich heute Morgen besonders viel Mühe bei der Auswahl der Kleidung, dem Make-up und ihrer

Frisur zu geben. Ob Feinbach etwas bemerkt hatte? Immerhin hatte er den Ruf, ein hervorragender Ermittler zu sein, und er hatte sie so eigenartig betrachtet.

Sie schob diese Gedanken beiseite. Nun war es ohnehin zu spät, am eigenen Aussehen noch etwas zu ändern.

Leider stellte sich Thomas Braul als ein unermüdlicher Polizist heraus, dessen einziges Anliegen war, an diesem Morgen mit Hauptkommissar Feinbach zu sprechen. Als ihm Saskia dessen Eintreffen mitgeteilt hatte, verabschiedete er sich kurz darauf von Blach mit den Worten: »Die Arbeit ruft«, und ließ eine enttäuschte Kommissarin in der Kantine zurück.

Feinbach schluckte gerade seine dritte Tablette und fragte sich, wie er nur diesen Tag überstehen sollte, als ein eifriger und erholt wirkender Thomas Braul erschien.

»Ich dachte wir können reden, bevor die anderen zurückkommen.«

Der Hauptkommissar kämpfte seinen Ärger nieder. Das Letzte, was er heute um sich haben wollte, waren Streber, aber er konnte den Kollegen ja schlecht wegen zu großem Engagement beschimpfen. »Gute Idee«, log er deshalb.

»Mir ist etwas aufgefallen«, fiel der Fallanalytiker gleich mit der Tür ins Haus.

Feinbach reagierte und sagte grober als beabsichtigt: »Was ist Ihnen aufgefallen?«

»Nur ein, zwei Details, aber ich halte sie für wichtig.«

»Lassen Sie hören!«, entgegnete der Hauptkommissar höflicher und bat Braul einen Stuhl an, den der jedoch nicht annahm.

Stattdessen tigerte er im Büro auf und ab und versuchte vergebens, dadurch ruhiger zu werden.

»Aufgrund der Brutalität und der Vorgehensweise gehe ich davon aus, dass unser Täter ein Mann ist.«

Feinbach hob die Hand und signalisierte damit, dass er das genauso sah. »Das ist aber nicht alles, oder? Sie sprachen von mehreren Details«, hakte der Hauptkommissar nach und fragte sich, ob er den Kollegen vielleicht überschätzt hatte.

Der war für einen Moment aus dem Konzept gebracht, stockte kurz und setzte dann erneut an: »Ja, die Details. In der Wohnung von Nana Jakt hat der Mörder einen regelrechten Großputz veranstaltet. Die Kriminaltechnik hat so gut wie keine Fingerabdrücke gefunden. Während bei Mord Nummer eins nur einzelne Gegenstände gesäubert wurden.«

»Vielleicht war der Täter beim zweiten Mord noch vorsichtiger?«, warf Feinbach ein.

Braul schüttelte den Kopf. »Ich denke, das hat mit etwas anderem zu tun. Er hat Nana Jakts Wohnung an dem Abend, als er sie ermordet hat, nicht das erste Mal betreten. Deshalb war er anschließend so gründlich. Er hat sich nicht mehr daran erinnern können, wo er in der Vergangenheit überall seine Spuren hinterlassen hatte. Was bedeuten würde, der Mörder war ein Freund der Toten oder zumindest ein regelmäßiger Freier von ihr.«

»Das wäre natürlich denkbar.« Bisher konnte der Hauptkommissar gegen die Schlussfolgerungen des jüngeren Kollegen nichts einwenden.

»Frau Trensch hat die Theorie, dass die Schwangerschaft des Opfers, wenn vielleicht auch nicht geplant, dann doch zumindest von der Frau erwünscht gewesen war. Möglich, dass das der werdende Vater aber anders sah und deshalb zum Mörder wurde.«

»Auch diesen Ansatz verfolgen wir«, bestätigte der Hauptkommissar.

»Und dann die Sache mit dem Nagellack.«

»Was ist damit?«

»Bei Opfer Nummer eins können wir davon ausgehen, dass er nicht vom Täter aufgetragen wurde, sondern von diesem männlichen Prostituierten selbst.«

»Jo«, ergänzte Feinbach.

»Genau. Auf der Flasche waren nur dessen Fingerabdrücke. Der Täter hat sie nicht, wie andere Gegenstände in der Wohnung, gesäubert, weil er genau wusste, dass er sie zu keiner Zeit berührt hatte. Bei Opfer Nummer zwei hingegen nehmen wir an, dass der Mörder die Nägel lackiert hat. Das schließen wir aus dem, was wir am Tatort vorgefunden haben, und natürlich aus den fehlenden Fingerabdrücken auf der sorgfältig abgewischten Nagellackflasche.«

»So ist es!«, erwiderte Feinbach. »Vermutlich steht er auf schöne Füße. Möglicherweise ein Fußfetischist.«

»Oder jemand, der diesen Eindruck erwecken will und uns nach Strich und Faden verarscht ...«

Blitzartig verstärkte sich Feinbachs Interesse an dem Thema. Mit aufgerissenen Augen sah er den jüngeren Kollegen an. »Das müssen Sie mir genauer erklären.«

Jetzt endlich setzte sich Braul. »Es könnte doch sein, dass er uns nur weismachen will, dass er einem bestimmten Ritual folgt. Man muss das aus seiner Sicht betrachten. Was ist passiert? Er befand sich in Jos Wohnung. Ich war gestern Abend noch dort; es gibt nur ein Zimmer, in dem er sich zusammen mit dem Opfer aufgehalten hat. Jo war nackt, als er gefunden wurde, und hatte an einem Fuß die Nägel lackiert, außerdem trug er Lippenstift und der Schminkkoffer lag neben dem Bett. Der Mörder könnte ihm zugesehen haben, stand vielleicht in einer Ecke oder saß auf dem Sessel. Womöglich haben wir es mit einem Voyeur zu tun. Dann passiert etwas und die Situation gerät außer Kontrolle. Jo ist tot und der Mörder beseitigt seine Spuren. Kurze Zeit später kommt es zu dem zweiten Mord an Nana Jakt. Wir finden dort den Ringfinger von Opfer Nummer eins, Opfer Nummer zwei wird der Zeigefinger abgeschnitten und wieder haben wir lackierte Fußnägel. Und alle denken, dass es um ein Ritual geht und wir es mit einem Serienkiller zu tun haben.«

»Und was ist daran so verkehrt?«

»Für mich passt das nicht zusammen«, entgegnete Braul überzeugt. »Bei Jo geschah der Mord unüberlegt, die Tatwaffe und die Geflügelschere gehörten dem Opfer. Bei Nana hingegen bringt er eine Schere mit.«

»Ich sehe da kein Problem«, antwortete Feinbach nachdenklich. »Warum sollte er sich nach Mord Nummer eins nicht besser organisieren und bei Mord Nummer zwei dann geplanter vorgehen?«

Braul widersprach: »Für meinen Geschmack ein bisschen zu viel. Die Fußnägel, der abgeschnittene Finger, das zurückgelassene Gliedmaß des vorhergehenden Opfers ... Das ist übrigens auch so ein Punkt. Der Finger war schon am Verwesen. Warum?«

»Na, das ist ja wohl nicht verwunderlich.«

Braul neigte leicht den Kopf und lächelte matt. »Laut Labor befanden sich an dem abgetrennten Finger Spuren von Erde und medizinischem Alkohol. Im Bericht heißt es, der Körperteil hätte einige Tage in der Erde gelegen und wäre erst später mit Alkohol übergossen worden. Warum hat er den Finger nicht von Anfang an konserviert oder zum Beispiel im Kühlschrank aufbewahrt? Meiner Meinung nach hatte er überhaupt nicht vorgehabt, ihn als Requisit für einen weiteren Mord zu verwenden. Ich gebe Ihnen recht, bei der Tötung von Nana Jakt wurde vorausgeplant. Aber was war ihr erster Eindruck, als Sie die Leiche von Jo sahen?«

Der Hauptkommissar zögerte und Braul lieferte selbst die Antwort: »Es war brutal, gewalttätig, sah nach einer Affekthandlung aus. Wäre da nicht noch der abgeschnittene Finger, würde man von einer Eskalation zwischen Stricher und Freier sprechen. Beim zweiten Mord ist alles sehr genau geplant, der Täter begeht keinen Fehler. Und wenn wir die abgetrennten Finger und die lackierten Fußnägel nicht hätten, sprich die Verbindung zum Mord an Joachim Lisske, dann würden wir doch darauf schließen, dass zwischen Nana Jakt und ihrem Mörder irgendeine Form von Beziehung bestand und das Motiv auf der persönlichen Ebene zu suchen ist.«

»Und was schließen Sie daraus?«, fragte Feinbach nun hölzern nach.

»Ich denke, jemand will uns weismachen, dass wir einen Serienmörder haben, der seine Opfer wahllos aussucht. Und die Fußnägel und der Finger sollen uns auf die falsche Spur bringen.«

Der Hauptkommissar atmete hörbar aus und lehnte sich zurück. »Und das haben Sie alles nur anhand des Aktenstudiums herausgefunden?« Es klang ungläubig und auch ein wenig spöttisch, also wollte Braul zu einer Rechtfertigung ansetzen, aber Feinbach hob die Hand und bat ihn zu schweigen. Versöhnlich fuhr er fort: »Ich glaube Ihnen ja, zumindest würde das den Kreis der Verdächtigen einschränken.«

»Wenn wir von einem persönlichen Motiv ausgehen, dann ja. Und noch etwas könnte möglich sein ...« Braul sah zu Feinbach, der auffordernd nickte. »Vielleicht diente einer der Morde nur dazu, den anderen zu verschleiern.«

Feinbach betrachtete den jungen Mann einen Augenblick. »Sie haben tatsächlich das Talent, die Sichtweise zu verändern. Nur ob mich das auch glücklich macht, das wage ich zu bezweifeln.«

Braul fasste diese Aussage als Kompliment auf, froh, dass er in dem Hauptkommissar jemanden hatte, der bereit war, sich seine Theorien anzuhören.

»Was schlagen Sie vor?«, hörte er Feinbach fragen.

»Sie sollten Ihre Verdächtigen nochmals unter die Lupe nehmen und natürlich würde es helfen, wenn wir wüssten, ob einer von Ihnen der Vater von Nana Jakts Kind ist.«

Zwanzig Minuten später bat Feinbach den Kollegen Braul, seine Theorie den anderen Teammitgliedern vorzutragen. Saskia hörte eifrig zu, vermied es aber, den Fallanalytiker anzusehen.

Schließlich stellte sie eine Frage: »Können wir dann davon ausgehen, dass es keinen weiteren Mord geben wird?«

Alles Gemurmel verstummte. Feinbach blickte interessiert in die Runde, zuletzt blieb sein Blick auf Braul haften, was einer Sprechaufforderung gleichkam.

Der Fallanalytiker war unschlüssig. »Ich hoffe zumindest, dass es so ist.«

»Und wenn doch noch ein Mord folgt? Wenn wir es doch mit einem Psycho zu tun haben, der wahllos Menschen umbringt?«, warf nun einer der anderen Ermittler, den Brauls Theorie ganz offensichtlich nicht überzeugt hatte, provozierend ein.

»Hören Sie, ich durchleuchte lediglich die Fakten und daraus erschließt sich für mich nicht das Vorgehen eines Serienmörders. Für mich ergibt sich bei der Prüfung der Unterlagen die Möglichkeit, dass zwischen zumindest einem der Opfer und dem Täter eine persönliche Verbindung bestanden hat. Ob es weitere Morde gibt, weiß ich nicht, ich kann nur hoffen, dass es vorbei ist.«

Jetzt sprach Feinbach ein Machtwort: »Wir werden dem nachgehen, auch weil wir bis jetzt nichts anderes haben!«

Braul war dem Hauptkommissar für die Rückendeckung dankbar, denn augenscheinlich war er an dem Punkt angelangt, an dem man von ihm Wunder und Hellsichtigkeit erwartete.

* * *

KAPITEL 8

Am späten Abend

Seine Presse war vielversprechend. Mehrere Zeitungen brachten nun deutlich zum Ausdruck, dass sie ihn für einen psychopathischen Serienmörder hielten. Aber natürlich gab es auch Zweifler. Das konnte er jedoch nicht akzeptieren, dafür war er schon zu weit gegangen. Jetzt musste er für unumstößliche Tatsachen sorgen, auch wenn ein weiterer Mord ein Risiko bedeutete.

Die ganze Situation hatte ihn zwar über sich hinauswachsen lassen, aber vielleicht war er jetzt an seinen Grenzen angelangt. Heute zum Beispiel, da quälten ihn hämmernde Kopfschmerzen. Der Zeitdruck verbot es ihm allerdings, darauf Rücksicht zunehmen. Abgesehen davon, dass sein Plan bereits unumstößlich feststand, spürte er auch die Neugier. Wie würde es sein, einfach so zu töten? Ohne Zorn, nur um etwas in Ordnung zu bringen. Die ersten beiden, Jo und Nana, hatten ihm keine andere Wahl gelassen. Aber der Mord, der nun folgen sollte, war nichts weiter als ein verdammt kluger Schachzug. Heute Nacht würde er noch einmal alles auf eine Karte setzen.

Vorsichtig berührte er seine Manteltasche. Durch den Stoff spürte er die kleine Schachtel, in die er Nanas Finger gebettet hatte. In einer einfachen Plastiktüte transportierte er alles, was er sonst noch brauchte.

Robita, die Domina, die er gleich aufsuchen wollte, wartete sicher schon ungeduldig. Er hatte ihr das doppelte Honorar versprochen, wenn sie ihm einen kurzfristigen Termin geben würde.

»Ich kenne dich nicht!«, hatte sie mit rauchiger Stimme am Telefon gesagt.

»Ich habe Ihre Nummer von einem gemeinsamen Bekannten. Ein verschwiegener Geschäftsmann«, war seine Antwort gewesen. Unverfänglich und vage, aber ihr hatte das gereicht, um eine Verabredung zu treffen.

Die Domina würde nicht mehr lange genug leben, um zu erfahren, woher er ihre Nummer wirklich hatte. Und außerdem war die Frau doch selbst schuld. Nur aus Geldgier hatte sie sich auf dieses Treffen ohne Referenzen eingelassen, dafür musste sie jetzt eben die Suppe auslöffeln.

* * *

Robita sah sich in ihrem Studio um; alles war an seinem Platz. Die Peitschen und Schlagstöcke, die Fesseln, Gurte, Schläuche und auch die Schweinemaske sowie zahlreiche, ausgefallene Folterwerkzeuge, die sie sich über die Jahre zugelegt hatte, waren gereinigt und warteten auf den nächsten Kunden.

Der Neue, der heute noch in die Mangel genommen werden wollte, wäre vielleicht am Gynäkologenstuhl interessiert. Umsichtig nahm sie eine Desinfektionsflasche und besprühte das verschlissene schwarze Leder, um es anschließend mit einem Küchenpapier abzureiben. Nun widmete sich Robita ihrem Äußeren. Sie war bereits in ihre Lederkorsage geschlüpft und trug die hohen Stiefel mit den heimtückischen Stilettoabsätzen, die sich so wunderbar schmerzhaft in die Haut des Sklaven bohren ließen. Mit einer Bürste striegelte sie die Perücke mit den langen schwarzen Haaren, die sie jetzt über ihren blonden Lockenkopf stülpte. Der Mund mit den vollen Lippen, um die ständig ein spöttischer Zug lag, etwas, das ihre Kunden ganz besonders schätzten, wurde mit weinrotem Lippenstift nachgezogen.

Dann streifte sie die Lederhandschuhe, die bis zum Ellenbogen reichten, über und nahm eine der Peitschen, die sie probeweise durch die Luft knallen ließ. Der Mann, der sich so kurzfristig angemeldet hatte, schien großzügig zu sein. Sein Angebot war jedenfalls viel zu verlockend gewesen, um es auszuschlagen. Er hatte zwei Stunden gebucht und sie würde für sechs Stunden bezahlt werden. Das war schnell verdientes Geld, vor allem wenn er Spaß daran hätte, sich für mindestens eine Stunde in einen engen Käfig sperren zu lassen, mit nichts weiter bekleidet als mit einer Ledermaske und einer Windel um seinen Allerwertesten.

Robita, die mit bürgerlichem Namen Roswitha hieß, musste grinsen. Dann fiel ihr der Streit vom Morgen ein und ihre Laune verschlechterte sich augenblicklich. Babsi, ihre Geschäftspartnerin, hatte entdeckt, dass Geld in der gemeinsamen Kasse fehlte – und da niemand außer Robita dafür infrage kam, hing jetzt der Haussegen schief. Also waren ein paar Euro zusätzlich sehr willkommen, um Babsi zu besänftigen.

* * *

Bevor er das Studio betrat, schlich er um das Haus. Es war ein hässlicher Wohnblock mit düsteren Gängen und finster dreinblickenden Bewohnern, die aber alle in ihren zellenartigen Wohnungen verschwunden waren. Er fand, dass diese Behausung nur wenig besser war als jene seines ersten Opfers.

Robita bediente ihre Kundschaft im Keller, den man über eine Außentreppe erreichte, die es den Besuchern ermöglichte, ungesehen nach unten zu schlüpfen. Perfekt für sie und perfekt für ihn.

Er klopfte gegen die Stahltür, ohne Vorwarnung wurde diese aufgerissen.

Die Frau in dem engen Lederoutfit starrte den Besucher Furcht einflößend an, dann forderte sie ihn im Befehlston zum Eintreten auf.

»Zuerst das Geld«, blaffte sie und er gehorchte.

»Zieh dich aus!«, erklang erneut ihre rauchige Stimme. Die Art, wie sie das sagte, ließ keinen Zweifel daran, dass sie in dem, was sie tat, sehr geübt war.

Er sah sich um. Der Raum war gut isoliert, damit die Schreie der Gepeinigten nicht nach außen dringen konnten. Die unterschiedlichen Peitschen, Nagelstöcke, proktologischen Gerätschaften und die fleischigen Brüste der Domina, die aus dem knappen Oberteil zu quellen drohten, erregten ihn. Er hätte ihren Service gerne in Anspruch genommen, das musste er zugeben, aber deswegen war er nicht hier.

»Sind wir allein, Herrin?«, fragte er und spielte den unterwürfigen Sklaven.

Sie schwang ihre Peitsche, sodass ein zischendes Geräusch entstand, und befahl: »Sei ruhig! Wage es nicht, mir Fragen zu stellen!«

Oh ja, er hätte dieses Spiel gerne noch weiter geführt, aber nicht hier und jetzt. Noch bevor Robita reagieren konnte, holte er aus und ließ seine Faust in ihr Gesicht krachen. Der Schwung, mit dem er sie traf, riss die Frau von den Füßen; die dünnen Absätze gaben ihr keinen Halt und sie stürzte zu Boden. Als sie mit dem Kopf auf dem Kachelboden aufschlug, verursachte das ein lautes Knacken, was ihn veranlasste zu glauben, dass sie schon tot wäre. Sie lag reglos da und Blut floss aus der Kopfwunde, die beim Aufprall entstanden war. Dann sah er jedoch, wie sich ihr Brustkorb anhob und wieder senkte.

Da er Handschuhe trug, brauchte er sich keine Gedanken um Fingerabdrücke zu machen. Der Rest sollte schnell erledigt sein.

In der Plastiktüte fand er das gewünschte Utensil, dann drehte er sein Opfer auf den Bauch, legte der Wehrlosen von hinten einen dicken Strick um den Hals und drückte ihr sein Knie ins Kreuz. Sie kam zu sich, als er bereits die Seilenden zusammenzog. Vergebens versuchte sie, sich zu wehren und mit den Händen hinter sich zu greifen. Doch sie konnte ihrem Mörder nichts entgegensetzen. Ihre Augen suchten den Boden ab, sie sah die Peitsche, griff danach, aber sie konnte sie nicht erreichen. In ihrer Verzweiflung wollte sich Robita aufrichten, aber er setzte sein Gewicht gegen sie ein und so rutschte sie nur hilflos auf der Stelle und schürfte sich die Haut auf.

Er spürte den Lebenswillen, der in der Frau steckte, und fast bedauerte er es, ausgerechnet jemand mit so einem starken Selbsterhaltungstrieb töten zu müssen. Trotzdem zog er das Seil nun immer stärker zusammen. Die Bewegungen unter ihm wurden schwächer, endlich hörten sie ganz auf. Die Anstrengung, die notwendig gewesen war, überraschte ihn. Sein Oberteil unter der dicken Jacke fühlte sich durchgeschwitzt an. Erfreulicherweise hatten jedoch die Kopfschmerzen aufgehört.

Erst wollte er Robita auf dem Boden liegen lassen und dort sein Werk an ihr vollenden, aber dann entdeckte er etwas, das ihm amüsanter zu sein schien. Er zog den Körper der Frau an den Armen durch den Raum. *Dieses Studio ist wirklich mit allerlei interessanten Spielzeugen ausgestattet,* dachte er nicht ohne Erregung und löste den Knoten einer Kordel, die an einem metallenen Ring befestigt war.

Die Kordel gehörte zu einem Seilzug. Langsam ließ er den Haken von der Decke, bis dieser knapp über dem Boden schwebte, dann befestigte er ihn am Korsett der Toten. Bevor er sie jedoch bewegte, musste er noch ein paar winzige Arrangements treffen.

Er zog ihr die Stiefel aus und stellte fest, dass ihre Nägel bereits lackiert waren.

Soll mir recht sein, dachte er, *das spart Zeit.*

Danach entfernte er ihren rechten Handschuh und griff zur Geflügelschere. Heute wollte er einen Daumen mitnehmen. Das Geräusch, als der Finger abgetrennt wurde, war ihm mittlerweile schon angenehm vertraut.

Seine letzte Inszenierung war ein wenig knifflig. Zuerst zog er den Körper der Frau, der an dem Seilzug hing, in die Höhe, bis die Leiche aufgerichtet war, dann platzierte er den Zeigefinger seines zweiten Opfers an Robitas Körper. Bei dem Gedanken, dass man den auf den ersten Blick nicht gleich entdecken würde, grinste er zufrieden.

Dieser Mord war eine interessante Erfahrung gewesen, er hatte ihn aufgewühlt. Aber das Gefühl, es aus Notwendigkeit heraus getan zu haben, war ein angenehmer Trost. Er fühlte sich danach nicht nur befreit, wie bei den anderen, sondern hatte sogar das Gefühl, vor Kraft und Energie zu strotzen. Seine Gedanken überschlugen sich. Eigentlich sollte es mit Robita enden. Seine Spuren hatte er damit gründlich genug verwischt. Aber würde ein vierter Mord mit noch mehr falschen Fährten seine Chance, unentdeckt zu bleiben, nicht vergrößern? Mit einem Mal erschrak er vor sich selbst. Plötzlich wurde ihm klar, über welchen gefährlichen Weg er da gerade philosophierte. Diese Gedanken musste er unterdrücken und ihm kam eine Idee, wie ihm das gelingen könnte.

Die eigenen seelischen Irrwege beleuchtend entging ihm, als er die Kellertür hinter sich schloss und die Stufen nach oben eilte, der junge Mann mit den zerzausten Haaren und dem unsteten Blick, der sich an eine Häuserwand drückte.

Er hockte nur unbeweglich da, eine alte Jacke um sich gewickelt und eine fast leere Schnapsflasche in der Hand. Der Alkohol nahm ihm die Angst vor der Dunkelheit. Als er nun die Gestalt aus Robitas unterirdischem Reich kommen sah, reckte er ein wenig den Kopf. Für eine Sekunde konnte er einen Blick auf den Mann erhaschen, der in die Nacht davoneilte. Allerdings war sein Verstand vom hochprozentigen Gesöff viel zu vernebelt, um zu begreifen, was er da eben beobachtet hatte.

Er wartete noch eine Weile, dann schlüpfte er aus seinem Versteck, stolperte unsicher die Treppe hinunter und klopfte an die Tür, aber ihm wurde nicht geöffnet. Robita war entweder nicht da oder wollte ihn nicht sehen. Mit hängendem Kopf und unsicherem Schritt kehrte er auf die Straße zurück. Er hatte keine andere Wahl, als sich gegen die Furcht einflößende Nacht zu stellen. Gierig trank er die letzten Schlucke aus der Flasche – das würde ihm helfen, den Weg zurück zu seiner Behausung zu überstehen.

* * *

KAPITEL 9

Christian Feinbach wollte heute nicht nach Hause. Es war schon spät, aber trotz des verkaterten Starts in den Tag fühlte er sich um diese Stunde nicht müde. Obwohl jede Vernunft dagegensprach, trieb ihn irgendetwas dazu, den Wagen nicht Richtung der eigenen Wohnung zu lenken, sondern in den Karlsruher Stadtteil Durlach. Er parkte gegenüber dem Anwesen der Jelots. Es hatte ihn nur ein müdes Lächeln gekostet, die Adresse und auch Antjes Handynummer herauszufinden. Nun fühlte sich Feinbach wie ein Teenager, der liebeskrank vor der Wohnung der Angebeteten herumschlich, in der Hoffnung, einen Blick auf sie werfen oder ihr sogar zuwinken zu können.

Vermutlich machte er sich gerade ausgesprochen lächerlich, aber keinesfalls würde er sich eines Tages die Frage stellen wollen, ob er nicht genau heute seine große Chance verpasst hatte, weil er zu feige gewesen war, ein Telefonat zu führen. Er wählte ihre Nummer. Mittlerweile war es halb eins, vielleicht streifte sie noch durch die Klubs, womöglich wollte sie ihn auch nicht wiedersehen. Immerhin war er viel älter als sie und nur ein einfacher Polizist. Das Freizeichen machte ihn nervös, hatte er überhaupt eine Ahnung, was er sagen sollte?

»Ja bitte?«, meldete sich Antje Jelot und ihre Stimme klang weder verschlafen noch genervt.

»Ich will mit dir vögeln, jetzt, sofort und für den Rest meines Lebens!«

Sie lachte. »Christian, wo bist du gerade?«

»Würdest du mich für einen Stalker halten, wenn ich dir sage, dass ich vor deinem Haus parke?«

Wieder dieses lebendige Lachen.

»Ich stehe auf Stalker«, antwortete sie ihm glucksend. »Ich mache das Tor auf. Das Poolhaus links.« Damit legte sie auf und Feinbach stellte erschrocken fest, dass vor lauter Aufregung seine Finger zitterten, als er den Zündschlüssel drehte. Ein Gefühl, das er sehr genoss.

Wie von Geisterhand schob sich das schwere Tor zur Seite und trotz der Dunkelheit konnte der Hauptkommissar erkennen, dass das Anwesen mehrere Millionen wert sein musste. Das, was Antje als Poolhaus bezeichnet hatte, entpuppte sich als großzügig geschnittene Villa. Er parkte den Wagen und ging zur Eingangstür, die nur angelehnt war. Ungeduldig betrat er das Haus, schloss die Tür hinter sich und rief ihren Namen. Die Innenräume waren hell und sehr modern eingerichtet. Nur wenige Lichter brannten, deshalb sah er sie nicht sofort.

»Zieh dich aus«, rief sie ihm anzüglich zu. Antje stand vollkommen nackt an der Terrassentür, zwei Gläser und eine Champagnerflasche in der Hand. »Ich dachte, ein bisschen altmodischer Champagner könnte dir gefallen.«

Er lachte. »Der gefällt mir nicht so gut wie die Frau, die ihn mir anbietet.«

Sie legte den Kopf schräg und sagte: »Kommst du? Der Whirlpool ist richtig schön heiß.«

Wenige Minuten später hatte er leidenschaftlichen Sex mit der Frau, die er so begehrte, obwohl oder vielleicht gerade, weil er sie überhaupt nicht kannte.

»Ich will, dass du bei mir einziehst«, sagte sie zu ihm, nachdem sie sich keuchend voneinander gelöst hatten. Feinbach nickte. Als er sich von ihr verabschiedete, wusste er, dass die Trennung von Sybille unvermeidlich war.

Auch diese Nacht war für den Hauptkommissar kurz gewesen. Als er gegen drei Uhr morgens nach Hause gekommen war, hatte Sybille auf der Couch geschlafen.

»Ich wollte auf dich warten«, waren ihre Worte gewesen. »Ein schwerer Fall?«

Er hatte ihr mit einem Nicken geantwortet, zu müde und vielleicht auch zu feige, die Wahrheit auszusprechen.

Am Morgen wiederholte sich das Spiel vom Vortag. Ein liebevoll gedeckter Frühstückstisch und eine ungezwungene Sybille. Er wollte nicht länger als nötig mit ihr in einem Raum bleiben. Das Wort »Scheidung« hing wie ein Damoklesschwert über ihnen. Wieso tat seine Frau so, als wäre alles in bester Ordnung? Sie musste den Alkohol und auch das Parfum der anderen doch bemerkt haben. Außerdem war er mit nassen Haaren nach Hause gekommen. Seit wann entgingen Sybille solche Details?

Ein Anruf von Saskia Trensch rettete ihn vor dem klärenden Gespräch.

»Hab einen schönen Tag, Liebling«, flötete Sybille zum Abschied.

* * *

Der Tag war weit von dem entfernt, was man als schön hätte bezeichnen können.

»Roswitha, Künstlername Robita, ihres Zeichens Domina«, begrüßte ihn Saskia ohne Umschweife, als er vor dem Kellerzugang eintraf. Der Tatort war bereits gesichert und nun betraten die Beamten den Raum, in dem sich die Leiche befand.

»Wir sollten den Kollegen Braul verständigen, das dürfte ihn interessieren«, wies Feinbach seine Kommissarin an, während er jeden Zentimeter des Raumes mit den Augen scannte.

»Er ist bereits auf dem Weg.«

Einer der Kollegen aus dem Team kam nicht umhin, auszusprechen, was die meisten der anwesenden Beamten dachten: »Da lag er wohl ganz schön daneben. Wenn ich das sehe, dann erkenne ich die Handschrift eines Psychopathen. All das Geschwafel vom persönlichen Motiv ist Unsinn. Das war ein übler Irrer, so viel steht für mich fest.«

Thomas Braul war hinter dem Mann in den Keller getreten. Auf sein »Guten Morgen« folgte peinliches Schweigen.

Der Beamte, der eben gesprochen hatte, war allerdings nicht bereit, jetzt einen Rückzieher zu machen, und entgegnete wenig freundlich: »Da geht Ihre schöne Theorie gerade den Bach runter, was?«

Braul wollte antworten, aber Christian Feinbach kam ihm zuvor: »Schluss damit! Die Theorie des Kollegen Braul ist nicht schuld an diesem Mord. Und jetzt an die Arbeit.«

Zwischenzeitlich trafen der Gerichtsmediziner und die Kriminaltechniker ein.

Feinbach sah auf die nackten Füße der Toten und sagte zu Braul: »Ist das unser Mann?«

Der Fallanalytiker räusperte sich und antwortete leise: »Da man ihr die Schuhe und Strümpfe ausgezogen hat, gehe ich davon aus, dass der Mörder vorhatte, Nagellack aufzutragen. Vermutlich war das dann nicht mehr nötig. Die Lackierung sieht sehr sorgfältig aus, wahrscheinlich hat das die Frau irgendwann in den letzten Tagen selbst gemacht.«

»Was ist mit dem Finger?«, fragte Saskia, die hinter den Männern stand, mit krächzender Stimme. Die Worte kamen ihr nur schwer über die Lippen. »Ich meine den Finger des vorangegangenen Opfers, Nana Jakt?«

In dem Moment sagte der Gerichtsmediziner: »Was haben wir denn da?«

Die drei Beamten sahen fragend zu dem Mann, der vorsichtig das Haar der Toten anhob. »Sie trug eine Perücke«, stellte er fest und schob die schwarzen Strähnen über dem linken Ohr zur Seite.

Saskia kämpfte wieder einmal gegen das Gefühl, ohnmächtig zu werden, an.

»Er hat ihr den Finger hinters Ohr geklemmt, als wäre er ein Bleistift«, bemerkte der Gerichtsmediziner überflüssigerweise. »Ein Zeigefinger, vermutlich der von Opfer Nummer zwei.«

Christian Feinbach hatte genug erfahren, er wollte an die frische Luft.

Braul folgte ihm. »Sie ist trotzdem nicht ganz verkehrt.«

Der Hauptkommissar sah ihn fragend an, da er nicht verstand, was der Kollege mit diesem Satz meinte.

»Meine Theorie«, erwiderte der nun etwas kleinlaut. »Dieser Mord kann ein reines Ablenkungsmanöver gewesen sein.«

Feinbach wusste nicht, wie er darauf reagieren sollte. Er zuckte mit den Schultern und antwortete diplomatisch: »Wir werden diese Möglichkeit im Auge behalten.«

Saskia trat auf die beiden Männer zu. »Die Freundin, die die Frau gefunden hat, wartet oben in ihrer Wohnung, ich dachte, Sie wollten vielleicht mit ihr sprechen.«

»Natürlich, gehen wir!« Automatisch bezog er Braul mit ein, der aber darum bat, sich den Tatort noch genauer ansehen zu dürfen.

»Ich finde seine Theorie trotzdem nicht schlecht«, sagte Saskia auf dem Weg zum Vordereingang.

Feinbach lächelte müde. »Sie sollten nichts mit einem Kollegen anfangen, so etwas bringt nur Ärger, glauben Sie mir, ich weiß, wovon ich rede.«

Die Kommissarin wurde purpurrot. Für ihren Chef schien das Thema damit allerdings erledigt zu sein, denn er schwieg, bis sie die Wohnung der Zeugin betraten. Auch hier waren die Kollegen der Spurensicherung zugange. Das Opfer hatte eines der Zimmer bewohnt.

Durch eine offene Tür konnte Feinbach sehen, dass einer der Räume ähnlich wie der Keller eingerichtet war.

»Ich arbeite hier oben«, hörte er hinter sich eine belegte Stimme.

»Frau ...«

»Einfach Babsi«, entgegnete sie und bat die Beamten in die Küche. »Hier können wir uns in Ruhe unterhalten.«

»Das ist Kommissarin Trensch und ich bin Hauptkommissar ...«

»Ich weiß, wer Sie sind«, unterbrach ihn die Frau. Als Feinbach sie überrascht anblickte, erklärte sie: »Ist schon länger her, da haben Sie mal meiner Freundin Alexis geholfen. Die hatte Ärger mit einem brutalen Exfreund.«

Dunkel erinnerte sich der Beamte an den Fall, der schon einige Zeit zurücklag. Im Prinzip hatte er nur Glück gehabt, dass besagter Freund mit einer großen Menge Heroin unterwegs gewesen war und so zu einer Haftstrafe verurteilt werden konnte. Alexis hatte dadurch die Möglichkeit bekommen, sich abzusetzen.

»Ich hoffe, Ihrer Freundin geht es gut?«

»Ja, die ist jetzt in Berlin, scheint ganz zufrieden.«

Sie zündete sich eine Zigarette an und Feinbach tat es ihr gleich.

»Können Sie uns sagen, was passiert ist?«, begann er nun das Gespräch.

»Nein, ich kann mir nur vorstellen, dass Rosi, also Roswitha, noch kurzfristig einen Kunden angenommen hat. Ich war gestern nicht zu Hause, daher weiß ich es nicht genau.«

»Gibt es eine Kundenliste oder etwas Ähnliches?«

Sie lachte auf. »Sie wissen doch, dass wir nur Geld verdienen, wenn es solche Listen eben nicht gibt.«

»Hören Sie, ich will nicht alle Namen, nur die der Auffälligen. Gab es jemand, der besonders schräg war? Vor dem Ihre Freundin vielleicht Angst hatte?«

Sie zögerte.

»Es gab also jemand«, hakte Feinbach ohne Druck nach.

»Da war dieser Psychodoktor.«

»Was?«, rutschte es Saskia heraus, wofür sie einen vernichtenden Blick von Feinbach erntete.

Babsi sah die Kommissarin misstrauisch an.

»Erzählen Sie weiter«, bat nun der Hauptkommissar.

»Der Typ kam regelmäßig, war noch recht jung und hat wohl behauptet, er bräuchte diese Erfahrung für seine Arbeit. Na ja.«

»Robita hat ihm das also nicht geglaubt?«

»Oh nein«, antwortete die Zeugin. »Sie hat immer gesagt, da kann der noch so viele Notizen machen ...« Und Babsi begann, den Beamten zu erzählen, was sie von ihrer Freundin über den Freier erfahren hatte.

»Haben Sie den Mann einmal gesehen?«

Sie schüttelte den Kopf. »Nein, aber ich weiß, wie er heißt. Robita hat gesagt, der Name wäre echt.«

Die Beamten trauten ihren Ohren nicht.

»Und wie lautet sein Name?«, fasste Feinbach nach, der nur schwer die Ungeduld aus seiner Stimme heraushalten konnte.

»Von Dreistatt. Der Vorname ...«, sie legte die Stirn in Falten, »der war altmodisch. Rolf oder Gerd, nein«, rief sie erleichtert, »Hans. Sein Name ist Hans von Dreistatt.«

Der Hauptkommissar konnte sein Glück nicht fassen. Es war wie eine Erlösung, die noch größer wurde, als er nach Jan Zeiler fragte.

»Natürlich kannte Rosi den Jan!«

»Hat er Ihre Freundin belästigt?«

»Oh nein«, Babsi versuchte ein Lachen. »Er hat ab und zu für Rosi gearbeitet.«

Saskia konnte sich beim besten Willen nicht vorstellen, um was es hier ging, und die Zeugin bemühte sich, die Ratlosigkeit der Beamtin zu beseitigen. »Das hatte mit dem Service zu tun, den Rosi anbot. Hier oben«, sie machte eine Handbewegung in Richtung Flur, »da liefen nur die harmlosen Sachen. Ein bisschen Bestrafung, dosierter Schmerz und Demütigung. Aber unten im Keller, da ging es zur Sache. Rosi war als Robita sehr beliebt und hat fast alles gemacht. Manche ihrer Kunden hingen ewig da unten herum, und das meine ich durchaus wörtlich. Jedenfalls arbeitete sie ab und zu mit einem Voyeur. Manche brauchen das. Die wollen Zuschauer, wenn man ihnen den Arsch versohlt oder die Nippel quetscht.«

Saskia lief bei der Vorstellung ein Schaudern über den Rücken, aber ganz tief in sich drin hatte sie trotzdem den Wunsch, noch ein paar der schmutzigen Details zu erfahren, auch wenn diese Form der Sexualität für sie persönlich nicht infrage kam. Wie es schien, steckte auch in ihr ein klitzekleiner Voyeur, wie vermutlich in den meisten Menschen.

»Und Jan hat das dann gemacht?«

»Ja, er bekam einen Zwanziger dafür und musste nur in der Ecke sitzen oder mal hinter einem Vorhang durchgucken. So Sachen eben.«

»Auch abends?«

»Ja, natürlich.«

»Ist Ihnen bekannt, dass der Mann eine Phobie vor der Dunkelheit hat?«

Babsi seufzte. »Ja, aber mit genug Alkohol kriegt er das hin. Wobei Rosi immer sauer wurde, wenn er bei den Sitzungen einschlief. Manchmal übertreibt er es mit dem Schnaps.«

»Ein Schnarcher hinter dem Vorhang bringt wohl nicht die gewünschte Wirkung«, merkte Feinbach mit einem Lächeln an, dann wurde er sofort wieder ernst. »Wie lief das ab zwischen Robita und Jan Zeiler?«

Babsi machte eine Schnute. »Das war keine feste Geschäftsbeziehung, wenn Sie das meinen. Jan lungert öfter mal in der Gegend herum. Wenn Rosi ihn gebraucht hat und er war gerade aufzutreiben, dann spielte er ihren Voyeur. Manchmal stand er auch uneingeladen vor der Tür, weil er Kohle gebraucht hat.«

»Und was passierte dann?«

»Je nach Kunde nahm sie seine Dienste in Anspruch oder auch nicht. Ab und an hat sie ihm auch ohne Gegenleistung ein paar Euro zugesteckt.«

»Er wurde also nie aggressiv gegen Ihre Freundin, auch nicht, wenn die zum Beispiel keinen Job für ihn hatte?«, hakte Saskia nach.

»Nein«, erwiderte Babsi empört, »haben Sie mir nicht zugehört. Der Typ ist harmlos.«

»Nun, irgendwer ist es nicht, und den sollten wir schleunigst finden!«, mischte sich der Hauptkommissar ein. »Erzählen Sie mir, wie Robita ihre Termine vereinbart hat.«

Der Zeugin war anzumerken, dass sie derlei Dinge aus Rücksicht auf die Kunden nicht gerne preisgab. Gleichzeitig wollte sie jedoch, dass man den Mörder ihrer Freundin zur Strecke brachte. Schließlich entschloss sie sich, zu antworten. »Im Normalfall ruft ein neuer Freier an. Die Telefonnummer hat er von einem anderen Kunden, einer Kollegin oder jemand, den man kennt, sozusagen als Referenz. Dann wird ein Termin vereinbart und das war es.« Sie sah Saskia an, was diese dachte, deshalb sagte sie: »Wenn Sie glauben, Sie finden die Kerle über Rosis Anrufliste, dann wünsche ich Ihnen viel Glück.«

»Wie darf ich das verstehen?«, fragte die Kommissarin.

»Erstens werden Folgetermine meist direkt vor Ort ausgemacht, oftmals sind das immer die gleichen Wochentage und Uhrzeiten. Und zweitens, wenn jemand bei uns anruft, dann selten von seinem eigenen Handy aus, sondern viel eher von einer Telefonzelle, einem Restaurant oder der Lobby eines Hotels. Was die Angst vor Entdeckung angeht, sind die Kerle nämlich geradezu paranoid. Im Normalfall fürchten die allerdings die Ehefrau mehr als die Polizei.«

»Und wie war das, wenn Robita einen Termin verschieben musste? Wie hat sie ihre Kunden erreicht?«

»Gar nicht. Rosi hat immer gesagt: ›Die sollen mal nicht vergessen, um was es geht. Eine Domina wird sich kaum bei ihrem Sklaven entschuldigen.‹ Da stand er dann eben vor verschlossener Tür. In 99,9 Prozent aller Fälle hat er sich am nächsten Tag wieder bei ihr gemeldet.«

»Ach bitte«, fasste Feinbach nach, »das wollen Sie mir ernsthaft weismachen?«

»Prüfen Sie es nach. Ihre Leute haben doch sicher Robitas Handy. Sie hat die Kerle nie angerufen, die haben sich bei ihr gemeldet.«

»Ist das denn üblich?« Saskia klang verblüfft.

Babsi zuckte mit den Schultern. »Rosi war halt so. Außerdem konnte sie es sich leisten. So gefragt, wie sie war.«

»Hat sich denn Robita wirklich so von anderen Dominas unterschieden?«, die Kommissarin wollte es nun doch genau wissen.

»Allerdings, und das gebe ich neidlos zu!«, antwortete die Zeugin. »Rosi war nicht nur bereit, Grenzen mit ihren Kunden zu überschreiten, sie hat es auch geschafft, dass die ihr dabei voll und ganz vertraut haben. Sie hatte das richtige Gespür, was wer will und wie viel derjenige aushalten kann. Bei ihr gab es fast keine Tabus.«

Feinbach bot Babsi eine seiner Zigaretten an und fragte: »Kennen Sie Ralf Hortland?«

Der Gesichtsausdruck der Frau verhärtete sich. »Denken Sie, dass der es war?«

»Sie kennen ihn also?«

»Sagen wir besser, dass ich weiß, wer das ist, und ich nichts mit ihm zu tun haben will.«

»Kannte Ihre Freundin den Mann?«

Babsi schwieg.

Feinbach wollte seine Frage schon wiederholen, da schnappte sie: »Schon gut. Aber sorgen Sie dafür, dass er nicht erfährt, was ich Ihnen erzählt habe.«

Der Hauptkommissar machte ihr diese Zusicherung und dachte insgeheim, dass er selten einen Fall mit so vielen Verdächtigen hatte.

»Hortland hat einen Laden, das ›ChouChou‹. Rosi hat dort eine Zeit lang Hausbesuche gemacht. Anfangs lief alles ganz easy. Und das hat richtig Geld gebracht, aber dann fing Hortland an, blöd zu werden, wollte Rosi exklusiv.«

»Wie ging die Sache aus?«

Babsi lachte traurig. »Sie hat gesagt, dass sie das geregelt hätte. Fragen Sie mich nicht, wie.«

»Wie lange ist das her?«

»Zwei Monate, ungefähr.«

»Und seither hat sie Ralf Hortland in Ruhe gelassen?«

»Zumindest hat sie nicht mehr über ihn gesprochen.«

Plötzlich füllten sich Babsis Augen mit Tränen und sie schluchzte: »Wissen Sie, ich glaube, ihr Tod ist meine Schuld.« Ein Weinkrampf schüttelte die Frau und Feinbach, der sich schnell umblickte, stand auf und griff nach einer angebrochenen Flasche Rotwein, aus der er der Frau ein ordentliches Glas einschenkte.

»Trinken Sie einen Schluck.«

Saskia beäugte das mit gerunzelter Stirn. Sie hätte bei einer Vernehmung niemals zu Alkohol, sondern eher zu Tee oder Wasser gegriffen, behielt das aber für sich.

»Was heißt, Sie sind schuld an ihrem Tod?«

Noch einmal schluchzte die Zeugin, dann benutzte sie geräuschvoll ein Taschentuch, trank einen kräftigen Schluck Wein und begann zu erzählen: »Wir hatten gestern Morgen Streit. Rosi hat in unsere Gemeinschaftskasse gegriffen. Ich habe sie angeschrien und ihr gedroht, die Freundschaft aufzukündigen, wenn das Geld nicht augenblicklich zurückkommt. Sie müssen wissen, dass meine Freundin immer in Geldnot war, obwohl sie gut verdient hat. Aber was reinkam, rann ihr wie Wasser durch die Finger. Es war nicht das erste Mal, dass sie sich bedient hatte, deshalb war ich auch so sauer. Und jetzt befürchte ich, sie hat deshalb noch einen Kunden angenommen. Womöglich war sie leichtsinnig und hat keine Empfehlung verlangt. Und alles nur wegen des blöden Geldes.« Babsi liefen erneut Tränen über die Wangen.

»Das mit dem Streit tut mir leid«, entgegnete Feinbach leise und voller Mitgefühl. »Umso wichtiger wäre es jetzt, wenn Sie uns bei den Ermittlungen unterstützen würden. Denken Sie genau nach, gab es noch irgendeinen unter Robitas Kunden, der für diese Tat infrage käme?«

Sie schüttelte den Kopf.

Feinbach versuchte es aufs Geratewohl. »Vielleicht jemand, der auf Würgespiele steht?«

Babsi verneinte, dann hielt sie kurz inne. Es war deutlich zu sehen, dass ihr etwas eingefallen war. Ihr Seitenblick auf Saskia, dem Feinbach entnehmen konnte, dass die Zeugin seiner Kommissarin nicht vertraute, veranlasste ihn zu einem kleinen Manöver. Ohne nachzuhaken, beendete er die Vernehmung und sie verabschiedeten sich.

Sie waren schon im Treppenhaus, als er zu Saskia sagte: »Gehen Sie schon einmal vor, ich habe meine Zigaretten vergessen.«

Die Polizistin dachte sich nichts dabei und der Hauptkommissar betrat erneut Babsis Küche. Sie wedelte bereits mit der Zigarettenschachtel. »Sie haben also verstanden«, flüsterte die Zeugin leise.

»Ich nehme an, Ihnen ist doch noch etwas eingefallen.«

»Vielleicht. Aber ich will Ihr Wort, dass Sie mich aus der Sache heraushalten. Ich habe sowieso schon mehr gesagt, als gut für mich ist.«

»Ich werde es versuchen, mehr kann ich nicht versprechen.«

Sie überlegte einen Moment, gab sich schließlich einen Ruck und sagte leise: »Ich habe einen Kunden, der auf diese Strangulationsnummer steht. Ich mache so etwas nicht, deshalb habe ich ihn zu Rosi geschickt. Das war vor zwei Tagen. Ich habe ihm ihre Nummer gegeben und weiß nicht, ob er sie bereits angerufen hat.«

»Was wissen Sie von dem Mann?«

Sie schluckte. »Er glaubt, ich hätte ihn nicht erkannt, lässt sich als *Freddy* anreden.«

»Aber das ist nicht sein richtiger Name, oder?«

»Wenn sich herumspricht, dass ich Ihnen gesagt habe …« Nervös drehte sie eine Haarsträhne durch die Finger. »Dieser Psychodoktor, das ist eine Sache. Der hat seine Identität eh nicht geheim gehalten und gehörte außerdem nicht zu meinen Freiern, aber der andere Mann …« Sie stockte erneut. »Über den sind einige meiner Kunden gekommen, wenn ich die wegen Indiskretion verliere, dann muss ich zum Sozialamt gehen. Keiner hat eine Vorstellung davon, wer alles bei jemandem wie mir ein und aus geht. Geheimhaltung ist …«

Feinbach hob die Hand. »Babsi, ich habe es verstanden. Ich werde mein Bestes versuchen. Aber wir haben es hier mit Mord zu tun. Also erstens sind Sie das Ihrer Freundin Rosi schuldig und zweitens, sollte der Mann tatsächlich der Täter sein, dann stellt er auch für Sie eine Gefahr dar.«

»Oh mein Gott, Sie haben recht!«, stieß die Frau daraufhin panisch hervor und hob die Hand vor den Mund.

»Sagen Sie mir seinen Namen«, hakte Feinbach eindringlich nach.

»Also gut«, seufzte sie verzweifelt. »Ich habe ihn anhand von Zeitungsbildern erkannt, der Mann heißt nicht Freddy, sondern Kurt Jelot.«

Verfluchte Scheiße, dachte der Hauptkommissar beim Verlassen der Wohnung.

Warum hatte er überhaupt nachgefragt? Warum hatte

er den Wink der Zeugin nicht einfach ignoriert? Wie es aussah, schien ihn sein Glück zu verlassen, ausgerechnet jetzt, wo alles so gut für ihn lief.

Dieser verfluchte alte Sack, warum musste der sich auch ausgerechnet jetzt bei Robita und Babsi herumtreiben. Vor allem, wie lange würde es dauern, bis auch andere auf diese Information stoßen würden, von der Presse ganz zu schweigen? Antje würde ihm das sicher nie verzeihen. Nach außen hin gab sie sich natürlich als unabhängige Frau, die ihren Vater angeblich verachtete und alles tat, um »Daddy« auf die Palme zu bringen. Aber diese Fassade bekäme schnell Risse, wenn Jelot in den Zeitungen durch den Dreck gezogen würde. Damit konnte Feinbach alles vergessen: die Frau seiner Träume, Geld im Überfluss und hervorragende Karriereaussichten. Alles weg, wegen dieses notgeilen Arschlochs. Aber was konnte er tun? Sein Gehirn arbeitete fieberhaft. Babsi würde keinem von Jelot erzählen. Bisher wusste also außer ihm niemand davon.

Saskia stand mit Thomas Braul vor dem Haus, als er die Treppen herunterkam.

»Und, hat sie Ihnen noch etwas gesagt?«

»Nein«, log er und wechselte das Thema. »Wir sollten uns mit den drei Verdächtigen unterhalten. Allerdings will ich das auf dem Revier machen, schauen wir mal, wer unserer Einladung nachkommt.«

* * *

KAPITEL 10

Der Erste war Hans von Dreistatt mit seinem Anwalt noch am gleichen Nachmittag.

Dieses Mal sollte Thomas Braul bei dem Gespräch anwesend sein. Man stellte ihn vor und er nahm an einem Tisch in der Ecke Platz. Kurz musterte ihn Hans von Dreistatt neugierig, dann verlor er scheinbar das Interesse und wandte sich Hauptkommissar Feinbach zu.

Der hatte im Vorfeld keinen Hehl daraus gemacht, dass er Fragen zu der Beziehung zwischen von Dreistatt und Robita hatte, und war einigermaßen verwundert gewesen, dass der Zeuge sofort freiwillig zu einem Gespräch bereit gewesen war. Immerhin gab es keine richterliche Vorladung.

Feinbach nahm allerdings an, dass der angehende Psychologe das Ganze für ein Spiel, eine Art Kräftemessen hielt. Eine gefährliche Einstellung, denn Arroganz war manchmal wie Sprengstoff – stand man zu dicht daneben, konnte der Bombenleger selbst mit in die Luft fliegen.

Hans von Dreistatt saß mit der schon bekannten Überheblichkeit neben dem Anwalt, der die Polizisten mit einem leicht gequälten Gesichtsausdruck begrüßte.

»Lassen Sie uns von Anfang an festhalten«, sagte er als Nächstes, »dass mein Mandant freiwillig und gegen mein ausdrückliches Anraten hier erschienen ist. Das Privatleben von Herrn von Dreistatt sollte nicht Hauptbestandteil Ihrer Ermittlungen sein.«

»Wir danken Ihrem Mandanten für sein Erscheinen und versichern Ihnen, dass wir alle froh gewesen wären, wenn Herr von Dreistatt nicht schon wieder auf der Kundenliste einer Prostituierten gestanden hätte.«

»Ich habe nie ein Geheimnis aus meinen Kontakten zu den Prostituierten der Stadt gemacht. Das gehört alles zu meinen Studien. Genauso wie mein Wirken in der Einrichtung für Suchtkranke.«

»Es ist aber richtig, dass es bei Ihren Studien auch zu sexuellen Handlungen mit Robita gekommen ist?«

»Marginal, Herr Hauptkommissar, absolut marginal. Das hatte sich eben so ergeben. Ich wollte es ausprobieren, aber diese Art von Sexualität ging mir zu weit.«

»Sie wollen damit also sagen, dass Sie die Domina Robita nur aufgesucht haben, um zu recherchieren, und es lediglich, sozusagen versuchsweise, einmalig zu einem Sexualkontakt gekommen ist?«

»Sie haben es erfasst«, entgegnete der Zeuge lässig.

»Gut, dann will ich Ihnen einmal vortragen, wie sich Robita einer Freundin gegenüber geäußert hat, was das Verhältnis zu Ihnen betrifft.«

Der Hauptkommissar nahm das Protokoll mit Babsis Aussage und begann vorzulesen.

»Der Typ kam regelmäßig, war noch recht jung und hat wohl behauptet, er bräuchte diese Erfahrung für seine Arbeit. Na ja, Robita hat ihm das nicht geglaubt. Sie hat immer gesagt: ›Da kann der noch so viele Notizen machen. Wenn ich dem Stromschläge durch seine Eier jage, dann kreischt er vor Geilheit wie ein Pavian. Außerdem verlangt er immer nach mehr. Eines Tages schrumpeln dem die Hoden noch wie Rosinen zusammen. Der wird vermutlich einer meiner treusten Stammfreier…‹«

Feinbach blickte auf und sah, wie sich die Kiefermuskeln seines Gegenübers anspannten. Der Anwalt stieß ein »Unerhört« aus und wollte sich die Methoden des Hauptkommissars verbitten, aber wieder fuhr ihm sein Mandant in die Parade.

»Und wenn schon«, sagte der nun herausfordernd. »Ich bin jung und experimentierfreudig, das sollten Sie eigentlich verstehen können.«

»Stop«, unterbrach ihn der Hauptkommissar. »Wir werden die Analyse meiner Person hinten anstellen. Sie waren bei Nana Jakt und Robita – beide Frauen sind tot, erwürgt. Was halten Sie von *Choking Games*?«

Er lächelte arrogant. »Würgespiele? Sie meinen als Arzt oder als Mann?«

»Beides!«

Wieder ein Lächeln, das Saskia eine Gänsehaut verursachte. Vor diesem Psychologen würde sie niemals einen Seelenstriptease hinlegen.

»Interessant«, antwortete von Dreistatt und hob die Augenbrauen, »sowohl als auch.«

»Stehen Sie darauf, Frauen die Hälse zuzudrücken?«, fragte Feinbach völlig unerwartet und mit unschuldiger Miene.

Der Anwalt sprang auf, aber sein Mandant zog ihn am Ärmel zurück auf den Stuhl und sagte ruhig: »Reden Sie keinen Unsinn. Wir wissen doch, wie gut Sie eigentlich in Ihrem Job sind. Warum dann dieser Schnitzer mit mir? Sie verschwenden Zeit. Im Grunde Ihres Herzens haben Sie mich doch längst von der Verdächtigenliste gestrichen.«

»Sie sollten den Grund meines Herzens lieber nicht als Ihre Spielwiese betrachten«, gab Feinbach schneidend zurück.

Ein wenig überrascht, dann amüsiert sagte der Zeuge schließlich: »Also gut! Ich gebe Ihnen eine Speichelprobe für diesen Vaterschaftstest, sonst werden diese Zusammentreffen zwischen uns noch zur Gewohnheit. Ich habe mit den Morden nichts zu tun und ich bin auch ganz gewiss nicht der Vater dieses unglückseligen Geschöpfs.«

»Können Sie da so sicher sein?«, hakte Feinbach mit einem kalten Lächeln nach.

»Ich bin Psychologe, mein lieber Herr Hauptkommissar. Daher weiß ich eines: Wenn die Kleine von mir schwanger gewesen wäre, dann hätte sie es mir gesagt. Ich habe die Frau studiert, schon vergessen? Diese Nana hatte etwas, das man im Volksmund als *Bauernschläue* bezeichnet. Sie hätte ihren Vorteil zu nutzen gewusst und Geld verlangt. Keinesfalls hätte sie das Kind dem Vater verschwiegen. Ich bin mir sogar fast sicher, dass sie diese Schwangerschaft bewusst herbeigeführt hat. Also machen Sie Ihren Test und dann werden wir ja sehen.«

* * *

Nach dem Verhör sah Feinbach den neuen Kollegen erwartungsvoll an.

Thomas Braul, der sich eigentlich lieber auf die Auswertung der Fakten konzentriert hätte als auf die Interpretation der Zeugenaussagen, äußerte sich vorsichtig: »Er verhält sich verdächtig, aber vermutlich ist das nur Angeberei. Interessant fand ich, dass er einen Ehering trägt, obwohl er laut Akte nicht verheiratet ist.«

Sowohl Saskia als auch Feinbach sahen den Fallanalytiker überrascht an.

»Sie haben ein gutes Auge«, antwortete der Hauptkommissar anerkennend. »Warum denken Sie, tut er das?«

Braul schüttelte den Kopf. »Keine Ahnung. Vielleicht ein Andenken an die verstorbene Mutter, ein Spleen, wenn Sie so wollen, oder einfach nur ein harmloser Modegag.«

»Der Kerl ist mir nicht geheuer. Ehrlich gesagt wirkt er auf mich wie jemand, der selbst einen Psychiater gebrauchen könnte«, mischte sich Saskia ein und keiner widersprach ihr.

»Nun, mit einem hat dieser Hans von Dreistatt allerdings recht«, nahm Braul den Faden wieder auf. »Wenn man davon ausgeht, dass das Motiv bei dem Mord an Nana Jakt deren Schwangerschaft war, muss sie ihrem Mörder zwangsläufig gesagt haben, dass sie ein Kind von ihm erwartet hat.«

»Sie schließen also jeden anderen aus?« Die Stimme des Hauptkommissars klang ungläubig.

»Natürlich nicht, der Vater wäre nur am naheliegendsten.«

»Und was ist mit dem ersten Opfer, Jo? Sie sagten doch selbst, dass dahinter ein Voyeur stecken könnte. Wäre das nicht eine perfekte Verbindung zwischen allen drei Morden?«

»Sie denken an Ihren Verdächtigen Jan Zeiler«, entgegnete Braul, der die Akten genau studiert hatte.

»Immerhin kannten alle unsere Opfer den Mann. Er ist als Spanner verschrien und obwohl er behauptet, nachts nicht auf der Straße zu sein, wissen wir jetzt, dass er ab einem gewissen Alkoholspiegel auch bei Dunkelheit draußen herumschleicht.«

Wie aufs Stichwort öffnete sich die Tür und ein Kollege meldete: »Der Zeuge Jan Zeiler ist da«, und mit einem missbilligenden Gesichtsausdruck fügte er noch an: »Er hat eine Anwältin mitgebracht.«

Der laute Fluch, den Feinbach über Zeilers Zeugenbeistand aussprach, war weder besonders nett noch jugendfrei, trotzdem zeigte sich der Hauptkommissar bei der anschließenden Begrüßung äußerst galant. Saskia konnte feststellen, dass die Frau mit dem verbissenen Gesichtsausdruck, die offensichtlich vorhatte, Jan Zeiler zu verteidigen wie eine Löwin ihr Junges, nicht gänzlich immun war gegen Feinbachs Charme.

Jan Zeiler selbst wirkte geistesabwesend, obwohl er gelegentlich verstohlen zu Braul sah. Saskia war sich sicher, dass er weder nüchtern noch drogenfrei war, trotzdem schien er in der Lage, dem Gespräch zu folgen. Er nannte seine Daten und gab, nach Absprache mit der Anwältin, die Antworten auf die allgemeinen Fragen, die man ihm stellte.

Schließlich wurde Feinbach konkreter: »Wo waren Sie gestern Nacht, sagen wir zwischen zweiundzwanzig Uhr und Mitternacht?«

»Wollen Sie Herrn Zeiler etwas vorwerfen, Herr Hauptkommissar?«, ging die schneidende Stimme der Anwältin dazwischen.

Aber bevor Feinbach sich rechtfertigen konnte, antwortete Zeiler leise: »Ich weiß es nicht mehr.«

»Robita, die Domina, ist tot. Man hat sie gestern Nacht ermordet. Kannten Sie sie?«

Die Anwältin brauste erneut auf, aber der Hauptkommissar beachtete sie nicht. Er beobachtete Zeiler und warf unauffällig einen Blick zu Thomas Braul.

Es war, als hätte Feinbach mit der Information über Robitas Tod einen Schalter umgelegt. Zeilers Gesichtsausdruck veränderte sich, er bewegte seinen Kopf hin und her, schloss dabei die Augen und fing an, sich mit den Händen durch die filzigen Haare zu fahren. »Robita«, murmelte er, »ich warte auf Robita.«

»Was soll das heißen?«, hakte Feinbach sofort nach.

»Ich warte auf Robita, weil ich Geld brauche.« Er sah niemand an, bewegte sich mit ruckartigen Bewegungen vor und zurück und nuschelte dabei unzusammenhängende Sätze. »Robita ist nett zu mir, gibt mir Arbeit. Sie versteht mich.«

»Waren Sie gestern bei Robita?« Sämtliche Muskeln in Feinbachs Körper waren vor Ungeduld angespannt.

Aber Zeiler gab ihm keine Antwort, sondern wiegte sich weiter hin und her, so als hätte er den Verstand verloren.

»Mein Mandant braucht einen Arzt! Sie sehen doch, in welchem Zustand er ist. Ich bestehe darauf, dass wir hier abbrechen.«

»Haben Sie Robita getötet?«

Die Anwältin fuhr nun ungehalten von ihrem Stuhl hoch, aber wieder kam ihr Zeiler mit einer Antwort zuvor.

Sein Kopf schnellte in die Höhe und seine Bewegungen stoppten. Er saß stockstein da, die Hände unter die Oberschenkel geklemmt und rief entsetzt: »Ich war es nicht! Nein, ich war es nicht!«

Tränen liefen ihm nun über die Wangen. »Sie wissen, dass ich es nicht war!«, schrie er verzweifelt in Feinbachs Richtung. »Ich sehe die bösen Dinge, aber ich mache sie nicht. Niemals! Sie wissen das genau! Sie wollen mir Angst machen und mich in eine Falle locken!« Jetzt huschte ein Ausdruck von Panik über sein Gesicht und er betrachtete Feinbach, als hätte er ihn noch nie zuvor gesehen. »Sie verfolgen mich, Sie und Ihre Kollegen, stimmt doch, oder?« Hilfe suchend sah er zu seiner Anwältin. »Sie erzählen Lügen. Ich tue niemandem etwas.«

Der Hauptkommissar lehnte sich zurück und verschränkte die Arme vor der Brust. »Sie behaupten weiterhin, dass Sie nachts nicht auf die Straße gehen?«

Zeiler schien verdutzt wegen des abrupten Themenwechsels und machte ein dümmliches Gesicht. »Ja, nachts ist es nicht sicher.«

»Aber wenn Sie getrunken haben, dann ist das etwas anderes, oder?«

Nervös blickte der Zeuge zu seiner Begleiterin.

»Um was geht es, Herr Hauptkommissar?« Der Ton der Anwältin war scharf.

Mit einem milden Lächeln wandte er sich an die Frau. »Es gibt eine Zeugin, die ausgesagt hat, dass Ihr Mandant auch des Öfteren nachts bei der ermordeten Domina aufgetaucht ist, und zwar im alkoholisierten Zustand. Offensichtlich gelingt es ihm, seine Phobie auf diese Weise zu unterdrücken.«

»Ich gehe normalerweise nicht raus, das sind Ausnahmen, ich ...« Zeiler brach ab und seine weit aufgerissenen Augen, der fiebrige Blick und die hektischen roten Flecken in seinem Gesicht zeugten davon, dass er im Laufe des Tages mehr als nur Alkohol konsumiert hatte.

»Ich muss mit Herrn Zeiler sprechen, allein!«, sagte die Anwältin nun sichtlich genervt.

Feinbach stimmte zu und beobachtete, wie sich die Frau mit schnellen Schritten aus dem Raum bewegte. Einen Augenblick lang stierte er auf den runden Hintern, der sich unter ihrer teuren Designerhose abbildete, dann wandte er sich an Saskia.

»Das war Ihre Idee!«

Die Kommissarin blickte ihn überrascht an.

»Sie haben vorgeschlagen, das mit der nächtlichen Phobie zu überprüfen, Sie hatten den richtigen Riecher. Der Mann ist ein Lügner und diese sowieso schon mehr als dünne und völlig unglaubhafte Ausrede kann er jetzt nicht mehr verwenden.«

Es vergingen nur wenige Minuten, dann trat die Anwältin mit ihrem Klienten erneut in den Raum und verkündete: »Herr Zeiler erklärt sich bereit, freiwillig einen Vaterschaftstest machen zu lassen. Der Test wird negativ ausfallen, womit bewiesen wäre, dass mein Mandant unschuldig ist.«

Feinbach hob eine Augenbraue. »Unschuldig? Es beweist lediglich, dass er nicht der Vater von Nana Jakts Kind ist, nicht mehr und nicht weniger.«

»Sie bleiben bei Jan Zeiler, nicht wahr? Sie denken, er ist unser Mörder?«, fragte Saskia ihren Chef, als der Zeuge mit seiner Anwältin gegangen war.
Der Hauptkommissar ließ sich Zeit mit der Antwort. Schließlich meinte er: »Wenn alles für die Schuld eines Verdächtigen spricht, dann ist er meistens auch schuldig. Gewöhnlich sind die Dinge so einfach.«

* * *

Nach Zeilers Verhör war es bereits spät. Saskia verließ zusammen mit Thomas Braul die Dienststelle.
Etwas verlegen fragte sie: »Wollen Sie vielleicht noch einen Kaffee trinken, da vorne gibt es ein kleines Bistro.«
Braul sah sie mit einem seltsamen Ausdruck an und blickte dann auf die Uhr.
Sie deutete diese Geste falsch und reagierte schnell. »Wir Kollegen gehen da öfter mal nach der Arbeit hin, vielleicht kommen Sie ein anderes Mal mit.« Das war natürlich gelogen, sie war schließlich überhaupt noch nicht lange genug da, um zu wissen, wo die Kollegen normalerweise hingingen. Jetzt war es ihr peinlich, etwas gesagt zu haben, und sie hatte nur den Wunsch, wegzukommen.
»Wir sehen uns«, fügte sie möglichst unbeschwert an und wollte sich schon umdrehen.
»Halt, warten Sie«, hielt sie Braul zurück. »Es ist nur so, dass ich noch schnell zu Hause Bescheid geben muss.«

»Verstehe«, entgegnete Saskia. Sie wusste zwar, dass der Kollege nicht verheiratet war, aber jetzt könnte sie sich dafür ohrfeigen, nicht an eine Freundin gedacht zu haben.

»Meine Schwester lebt bei mir«, fügte Braul schnell an, so als hätte er ihre Gedanken gelesen.

»Oh! Verstehe«, stammelte die Kommissarin daraufhin verlegen und war froh, dass es bereits dunkel war und man ihr gerötetes Gesicht nicht sehen konnte.

Aber nicht nur ihr ging es so, auch Thomas Braul kam sich vor, als wäre er ein verklemmter Teenager, der noch nie zuvor mit einer Kollegin einen Kaffee getrunken hatte.

Saskia ging schweigend neben Braul her, der eine SMS an seine Schwester Lisa schrieb. Im Bistro bestellten sie zwei Milchkaffee und Thomas fing an zu erzählen. Von Lisa, dem tödlichen Unfall seiner Eltern und dem Umstand, dass die Geschwister zusammen nach Karlsruhe gezogen waren. Irgendwie ergab es sich, dass auch Saskia offen über ihre Vergangenheit sprach. Die Kommissarin hatte das Gefühl, einem guten Freund gegenüberzusitzen. Einem Freund, bei dem man allerdings Schmetterlinge im Bauch hatte.

Sie waren bereits beim zweiten Kaffee angekommen und sie wusste jetzt schon, dass sie bei diesen Koffeinmengen heute Nacht kein Auge zumachen würde. Allerdings wäre sie, ohne zu zögern, bereit, noch drei weitere Tassen zu trinken, wenn sie dadurch das Ende des Abends verhindern könnte.

Erst als die Kellnerin abkassierte, lenkte Saskia das Thema doch noch auf den aktuellen Fall. »Ich glaube übrigens nicht, dass Ihre Theorie falsch ist.«

»Wirklich?«, entgegnete Braul überrascht und ein wenig belustigt zugleich.

»Das hat sich jetzt blöd angehört. Ich wollte nicht überheblich klingen.« Sie ärgerte sich, überhaupt etwas gesagt zu haben.

»Nein, ich habe das schon richtig verstanden. Und ich würde gerne Ihre Meinung hören.«

Sie zögerte kurz, dann gab sie nach und sprach weiter: »Mit Jan Zeiler als Täter, und vieles spricht für ihn, gibt es auch ein persönliches Motiv, genau wie Sie gesagt haben. Er hat alle drei gekannt, hatte Kontakt mit ihnen, also persönlicher geht es doch gar nicht.«

Thomas Braul antwortete nicht, sondern lächelte seine Kollegin an. »Sie sind ein lieber Mensch, Saskia. Danke!«

Verlegen sah sie zur Seite. Die Kellnerin, die das Wechselgeld brachte, erlöste sie aus der Situation.

Zurück auf dem Parkplatz, als die beiden Kollegen vor dem Auto der Kommissarin standen, da glaubte sie für einen Moment, er wollte sie küssen.

Aber der Zauber war schnell vorbei und er sagte nur: »Vielen Dank fürs Zuhören, das war ein schöner Abend!«

Sie sah ihm noch einen Augenblick nach und fragte sich, wie sich sein Kuss wohl angefühlt hätte, während Thomas Braul sich fragte, warum er wieder einmal viel zu zögerlich gewesen war.

* * *

Feinbach hatte sich mit Kurt Jelot in Verbindung gesetzt. Allerdings war er am Telefon nicht bereit gewesen, Antjes Vater zu sagen, über was er mit ihm sprechen wollte, sondern hatte ihn lediglich um einen Termin gebeten.

Jelot empfing ihn in seinem Büro, das sich auf dem Firmengelände befand. Trotz der späten Stunde herrschte hier noch Betrieb. In der gewaltigen Industrieanlage wurde in drei Schichten gearbeitet.

Feinbach hielt an dem Tor und erklärte, eine Verabredung mit dem obersten Boss zu haben. Zu seiner Verwunderung wusste man bereits Bescheid und ließ ihn passieren. Die Wegbeschreibung zum Bürokomplex war dann weniger einfach.

»Vielleicht sollte ich die Koordinaten in mein Navi eingeben«, scherzte der Hauptkommissar mit dem Mann am Tor, der allerdings keinen Sinn für Humor, zumindest nicht für den von Feinbach hatte.

Der Hauptkommissar war von dem Umfang der Anlage beeindruckt. Kein Wunder schwebte Jelot über den Dingen. Der Mann musste im Geld schwimmen und hatte sicherlich längst den Bezug zu den Problemen der Normalsterblichen verloren.

Interessant, dass sich Antje unter diesen Umständen eine Beziehung mit einem Polizisten wünschte. Heute hatte sie ihm eine SMS geschickt. Sie wäre gerade dabei, ein Wasserbett auszusuchen, und würde sich schon auf die Einweihungsparty freuen. Feinbach spürte den unwiderstehlichen Drang, zu ihr zu fahren und sie nach allen Regeln der Kunst flachzulegen, aber dann riss er sich zusammen. Er war schließlich aus einem bestimmten Grund hier.

Als er endlich Jelots Büro betrat, hätte er nicht mehr sagen können, wie viele Türen und Empfangsdamen er zuvor hatte passieren müssen.

Die näselnde Stimme von Antjes Vater tat ihm heute Abend in den Ohren weh. Ganz offensichtlich glaubte Jelot, der Besuch beträfe Feinbachs Verhältnis zu Antje.

»So so, Herr Hauptkommissar, Sie haben sich also entschlossen, es mit meiner Tochter zu treiben. Was wollen Sie nun von mir? Meinen Segen? Den werde ich Ihnen niemals geben. Wie wäre es mit Geld oder einem

Gefallen? Spucken Sie es aus, wie bekomme ich jemand wie Sie wieder los? So eine Chance erhalten Sie sicher kein zweites Mal. Wer weiß, morgen hat meine Tochter vielleicht sowieso genug von Ihnen, dann stehen Sie so da, wie Sie gekommen sind, mit nichts!«

»Meinen Sie nicht, dass Sie diese Entscheidung Ihrer Tochter überlassen sollten?«

Jelot lachte auf, drehte sich lässig in seinem breiten ledernen Bürosessel nach rechts und griff in den kleinen Humidor auf seinem Tisch. Er bot Feinbach keine der Zigarren an und ließ ihn während des Gesprächs stehen. Der intensive Rauch des dicken Stumpens erfüllte den Raum, als Antjes Vater sich die Zigarre umständlich angezündet hatte.

»Ich erzähle Ihnen einmal etwas über meine Tochter.«

Feinbach stieß die Luft aus und versuchte, ein wenig unsicher zu wirken. Das würde später die Genugtuung noch verstärken. Sollte dieses Arschloch ruhig glauben, er wäre als Bittsteller hier.

»Meine Tochter ist ein launisches Mädchen. Denken Sie nicht, dass Sie der erste Vertreter der Unterschicht sind, den sie nach Hause bringt. Sie ist wie ein Kind, das die verletzten Tiere des Waldes anschleppt, nur sind es bei ihr Dienstboten, Tennislehrer oder eben Polizisten. In ihrem Bestreben, die Retterin zu spielen, kann sie«, er schnippte die Asche achtlos in den Mülleimer und suchte nach den richtigen Worten, »unermüdlich sein.«

Eigentlich hätte sich Feinbach ärgern müssen, dass dieser Kotzbrocken seine eigene Tochter als Nymphomanin darstellte, aber diese Vorstellung von Antje gefiel ihm zu gut, um wirklich über Jelots Worte aufgebracht zu sein.

Er stand also schweigend da und konnte nur mühsam seinerseits ein arrogantes Grinsen unterdrücken.

Jelot schien jedenfalls nichts zu bemerken und betrachtete einen Augenblick konzentriert die Glut der Zigarre. »Nun?«, fragte er schließlich in einer Art und Weise, die klarstellen sollte, dass er das Gespräch möglichst schnell beenden wollte.

Der Hauptkommissar setzte sich unaufgefordert, ohne eine Miene zu verziehen. Dann zog er seine Zigaretten aus der Tasche, zündete sich in aller Ruhe eine an und lehnte sich entspannt zurück.

Sein Gastgeber brachte ob dieser Unverfrorenheit keinen Ton heraus.

Feinbach überging all das, was er eben gehört hatte, und kehrte den Polizisten raus. »Herr Jelot, ich ermittle in einer Serie von Mordfällen.«

Jelot wollte einwerfen, was ihn das denn anginge, aber der Hauptkommissar sprach bereits weiter. »Ich werde Ihnen ein paar Fragen stellen, und dann bin ich auch schon wieder weg.«

Nun platzte Jelot der Kragen. »Was erlauben Sie sich? Wissen Sie eigentlich, mit wem Sie es zu tun haben? Ich bin ...«

Feinbach schnitt ihm das Wort ab: »Wenn ich es nicht wüsste, dann wäre ich mit einem Haftbefehl gekommen.« Das war natürlich übertrieben, verfehlte aber nicht seine Wirkung. Antjes Vater horchte auf.

»Was wollen Sie damit sagen?« Ein Hauch von Angst schwang in seiner Stimme mit.

»Ich will damit sagen, dass ich Sie für einen Verdächtigen halte. Wo waren Sie gestern Nacht zwischen zweiundzwanzig Uhr und Mitternacht?«

Kurt Jelot lief rot an. »Ich werde darauf nicht antworten.«

»Gut, dann gehe ich direkt zur Staatsanwaltschaft und wir besprechen anschließend auf dem Revier zusammen mit Ihrem Anwalt, einigen meiner Kollegen,

Ihrem guten Freund Franz Blach und wer sonst noch gerade so anwesend ist, was für eine Verbindung Sie zu einer Domina namens Robita hatten, die gestern Nacht ermordet wurde, und wie weit Sie bekannt waren mit der Prostituierten Nana Jakt und dem Strichjungen Joachim Lisske, die ebenfalls tot sind.«

Zur gleichen Zeit in der Wohnung von Thomas und Lisa Braul

»Mit wem hast du denn Kaffee getrunken?«, fragte ihn Lisa statt einer Begrüßung. Sie hatte es sich wie immer auf der Couch bequem gemacht und schlürfte eine Fertigsuppe.

»Ich habe dir etwas aufgehoben«, sagte sie und starrte weiter auf den Fernseher.

Ihr Bruder verschwand in der Küche, warf einen Blick in den Topf und staunte nicht das erste Mal über die geradezu unterirdischen Kochkünste seiner Schwester.

Ohne ihr eine Antwort zu geben, suchte er die letzten Reste Gemüse zusammen und schnippelte sie zu einem Salat klein.

Plötzlich stand Lisa unter der Tür. »Ist alles in Ordnung?«

Seine Schwester war vielleicht eine miserable Köchin, aber dafür hatte sie sehr feine Antennen, wenn es darum ging, seinen Gemütszustand zu erfassen.

»Es hat mit diesem Fall zu tun, oder?«

Widerwillig nickte er. »Du weißt, dass ich nicht darüber reden darf.«

Das Mädchen rollte die Augen und verzog den Mund. »Nun sei mal nicht so oberkorrekt, ich erzähle es schon keinem weiter. Abgesehen davon steht das meiste doch eh in der Zeitung.«

»Du liest Zeitung?«, zog er sie auf.

»Internet-Zeitung«, gab sie schnippisch zurück. Dann ging sie auf ihn zu, drückte ihm einen Kuss auf die Wange und setzte sich an den Tisch.

»Na los, erzähl schon, ich werde schweigen wie ein Grab, keiner wird dich dafür bestrafen, dass du mit deiner Schwester sprichst.«

»Wenn ich Interna einer laufenden Ermittlung verrate, dann schon.«

»Ich werde dich im Gefängnis besuchen, versprochen«, spottete Lisa, dann machte sie ein besorgtes Gesicht. »Sag mir wenigstens, was dich bedrückt, ich kann vielleicht helfen.«

Thomas zog übertrieben die Schultern hoch. »Was soll ich sagen, ich glaube, ich habe Mist gebaut.«

Sie sah ihn zweifelnd an, das konnte sich die junge Frau nun beim besten Willen nicht vorstellen.

»Ich habe diesen Fall betrachtet und eine Einschätzung abgegeben, aber so wie es aussieht, liege ich damit total daneben.«

»Glaube ich nicht!«

Er entspannte sich und lächelte. »Das nenne ich Loyalität!«

»Im Ernst«, warf Lisa ein, »du liegst nie total daneben. Vielleicht ein bisschen, aber meistens hast du doch recht. Das ist typisch für das Sternzeichen Jungfrau.«

Jetzt war Thomas verdutzt und amüsiert zugleich. »Du setzt also wegen meines Sternzeichens so viel Vertrauen in mich? Seit wann interessierst du dich denn überhaupt für so etwas?«

»Seit ich festgestellt habe, dass es stimmt.«

Sein »Oh je« überhörte das Mädchen. »Du hast dieses entführte Kind zurückgebracht.«

Braul dachte an seinen letzten Fall. »Das war etwas anderes. Außerdem war ich das nicht allein, sondern das ganze Team.«

»Und was ist dieses Mal das Problem?«, fragte sie neugierig.

»Im Moment bin ich der Einzige, der in eine bestimmte Richtung denkt. Die Kollegen sind alle anderer Meinung.«

»Dann irren die sich!«, stieß Lisa im Brustton der Überzeugung hervor. »Du hast mir gesagt, ich soll nicht irgendetwas tun, nur weil es alle machen. Fass dir an die eigene Nase. Bloß weil die sich alle einig sind, heißt das noch lange nicht, dass sie auch richtig liegen.«

Braul sah sie einen Moment liebevoll an. Seine kleine Schwester hatte wirklich eine herzerfrischende Art seine trüben Gedanken zu vertreiben. »Du hast recht, morgen gehe ich noch einmal alles durch, vielleicht löst sich dann der Knoten.«

Lisa griff nach einem Stück Salatgurke und knabberte daran. »Und jetzt will ich wissen, mit wem du Kaffee getrunken hast.«

Tatsächlich errötete Braul bei der Frage und seine Schwester grinste. »Ich hoffe, sie ist nett. Wann lerne ich sie kennen?«

Er gab sich geschlagen und antwortete: »Sie ist nett, heißt Saskia und ist nur eine Kollegin!«

»Natürlich!«, ahmte Lisa seinen Tonfall nach, »nur eine Kollegin!«

Zur gleichen Zeit in Kurt Jelots Büro

»Gestern Nacht war ich zu Hause«, presste Jelot zwischen den Lippen hervor.

»Zeugen?« Feinbach versuchte erst gar nicht, freundlich zu klingen.

»Nein, ich war allein.«

»Ihr Personal?«

»Wohnt nicht im Haus.«

Dann fragte der Hauptkommissar nach einem Alibi für den Mord an Nana, aber Jelot schwieg.

Zufrieden registrierte Feinbach diese Reaktion. Auf was war er da gestoßen?

»Herr Jelot, was ist mit Joachim Lisske, der Strichjunge, kannten Sie den?«, versuchte er es weiter.

Immer noch Schweigen.

»Wir haben Hinweise, dass Sie mit der Domina Robita in Kontakt standen.« Schließlich spielte der Hauptkommissar seinen letzten Trumpf aus. »Nana Jakt war schwanger!«

»Was?« Alle Farbe wich aus Jelots Gesicht.

Eben noch strotzte er vor Selbstsicherheit und jetzt, von einer Sekunde zur anderen, saß Feinbach einem verzweifelten Mann gegenüber. Die Zigarre lag mittlerweile im Aschenbecher, wo sie langsam vor sich hin glimmte. Antjes Vater stützte die Ellenbogen auf den Tisch und schlug die Hände vors Gesicht.

Eigentlich hatte der Hauptkommissar nicht damit gerechnet, dass Jelot so schnell einbrechen würde. Aber nun schien sich hier eine interessante Wendung zu ergeben.

Endlich hob der Mann den Kopf, die Panik war ihm anzumerken. »Ich war bei ihr.«

»Bei Robita?«

Jelot verneinte energisch und blickte erschöpft zu Feinbach. »Bei Nana, an dem Abend, als sie starb.«

Der Gesichtsausdruck des Polizisten veranlasste den Mann, sich hastig zu erklären. »Sie hat noch gelebt, als ich ging, das schwöre ich Ihnen.« Seine Stimme wurde schrill. »Sie hat noch gelebt!«

»Wer weiß davon?«

»Mein Chauffeur!«

»Kann er bestätigen, dass die Frau noch wohlauf war.«

»Natürlich nicht, er hat ein paar Straßen entfernt geparkt.« Es klang gereizt, aber richtete sich nicht gegen den Beamten. »Ich weiß, dass sich das unglaubwürdig anhört.«

»Wann genau sind Sie gegangen?«

»Kurz nach halb elf.«

Feinbach ließ sich in seinem Stuhl zurückfallen und schnaubte. »Die Gerichtsmedizin geht davon aus, dass sie gegen dreiundzwanzig Uhr starb.«

»Aber ich war es nicht!«, rief Jelot verzweifelt.

»Was ist mit dem Strichjungen?«, fragte Feinbach unwirsch.

»Den kannte ich nicht, ehrlich!«

»Wo waren Sie in der Nacht, als er getötet wurde?«

»Bei Nana.«

»Zeugen? Ihren Chauffeur?«

»An dem Abend bin ich selbst gefahren!«

»Was ist mit Robita?«

»Ich hatte einen Termin für nächste Woche vereinbart. Telefonisch!«

»Wann haben Sie mit ihr gesprochen?«

»Gestern. Aber ich habe von einer Telefonzelle aus angerufen. Es gibt keine Verbindung zu mir.«

Feinbach konnte das eben Gehörte kaum glauben. Keine Alibis, Kontakt zu zwei der Opfer und jede Menge zu verlieren. Ein guter Staatsanwalt brächte Jelot lebenslänglich hinter Gitter.

»Das ist der Stress. Ich habe einen Weg gebraucht, zu entspannen. Diese käuflichen Damen helfen mir dabei. Niemand kann sich vorstellen, wie es ist, diese ganze Last der Verantwortung zu tragen. Tagein, tagaus hängen Hunderte von Menschen von meinen Entscheidungen ab.« Er wirkte müde. »Ich habe den Frauen nichts getan und den Jungen kannte ich überhaupt nicht, das müssen Sie mir glauben!«

»Was ich glaube, spielt ehrlich gesagt keine Rolle!«, erwiderte Feinbach langsam und sah an seinem Gegenüber vorbei.

»Weiß man, wer der Vater des Kindes ist? Ich meine, kann man das feststellen? Ich habe nur mit Kondom, also eigentlich kann ich doch gar nicht ...« Es war klar, in welche Richtung Jelots Gedanken gingen. Er spürte die imaginäre Schlinge, die sich um seinen Hals gelegt hatte und sich immer fester zusammenzog.

»Herrgott Mann! Wie konnten Sie sich auch nur in so eine Situation bringen?«, legte der Hauptkommissar weiter den Finger in die Wunde.

Antjes Vater sah ihn an. Der Polizist hatte nicht von Anwalt oder Verhaftung gesprochen, vielleicht gab es ja noch einen anderen Weg.

»Bitte, Herr Feinbach. Ich möchte, dass Sie eines wissen, ich liebe meine Tochter und würde alles für sie tun. Vor allem möchte ich das Mädchen vor Kummer bewahren.«

Der Beamte hörte reglos zu. Er wusste längst, worauf das hinauslaufen sollte. Außerdem stand für ihn fest, dass es Jelot keine Sekunde um Antjes Wohl, sondern lediglich um sein eigenes ging.

»Ich habe nichts Unrechtes getan. Die Untersuchungen in diese Richtung zu lenken, wäre also nur eine Verschwendung von Zeit und Geld der Steuerzahler.«

Sieh an, dachte Feinbach, *so schnell bist du also wieder obenauf.* Er sagte jedoch nichts und ließ den Mann weitersprechen.

»Ich habe gehört, Sie haben bereits einen Verdächtigen, diesen jungen Landstreicher.«

»Wir sind nicht alle der Meinung, dass er es getan hat«, antwortete Feinbach vorsichtig.

»Aber *Sie* denken, dass er es war?« Sein Blick wirkte flehentlich und er forschte regelrecht im Gesicht seines Gegenübers. Als der nicht antwortete, warf er sich ärgerlich in seinen Stuhl zurück und fluchte. »Vermutlich stellt sich dieser Fallanalytiker quer. Das ist alles nur Blachs Schuld, der wollte noch einen neuen Mann dabei haben. Vielleicht könnte ich veranlassen, dass man den Kerl abzieht«, sagte Antjes Vater nun mehr zu sich selbst. »Nein, das wäre schlecht, würde zu viele Fragen aufwerfen.« Mit einem Mal stockte er und blickte zu dem Hauptkommissar. »Werden Sie mir helfen?«

Vermutlich hatte Jelot das erste Mal in seinem Leben richtig Angst. Und in diesem Moment war er abhängig von einem Vertreter der Unterschicht, wie er ihn bezeichnet hatte, dem einfachen Polizisten, Christian Feinbach.

Als der Beamte nicht reagierte, sprach Jelot in beschwörendem Ton weiter: »Wenn Sie meine Tochter heiraten, gehören Sie zur Familie. Gegen den eigenen Schwiegervater können Sie nicht aussagen. Sehen Sie sich um. Das wird alles Antje gehören. Und, ich kann Ihnen bei Ihrer Karriere behilflich sein, falls Sie dann überhaupt noch arbeiten wollen.«

Der Hauptkommissar überlegte, ob er den Mann darauf hinweisen sollte, dass Verwandte sehr wohl gegeneinander aussagen konnten, es lediglich nicht mussten, aber dann verkniff er sich die Bemerkung. Was ihm Jelot gerade geboten hatte, war der Schlüssel zum Paradies. Der würde für immer an einem für Feinbach unerreichbaren Haken hängen bleiben, sollte er Antjes Vater offiziell der Verdächtigenliste hinzufügen.

Im Prinzip sprach alles für die Schuld von Jan Zeiler, seine ganze Abteilung war mittlerweile davon überzeugt. Aber so schnell wollte er Jelot nicht in Sicherheit wiegen. Den Anfang ihres Gesprächs hatte er noch längst nicht vergessen. Deshalb erhob er sich und sagte mit unergründlicher Miene: »Sie werden sich vorerst von den Nutten fernhalten. Und ich will Sie auch nicht auf dem Revier sehen. Nicht, bis diese Sache geklärt ist. Keine Einmischung!«

Jelot nickte und so etwas wie Dankbarkeit lag auf seinem Gesicht.

»Und noch etwas«, fuhr der Beamte nicht ohne Genugtuung fort, »solange der Fall offen ist, würde ich mich nicht allzu sicher fühlen. Manchmal reicht ein Fingerabdruck, ein positiver Vaterschaftstest oder ein unerwarteter Zeuge und«, er zuckte mit einer Schulter und beendete seinen Satz mit den Worten, »alles ist vorbei.«

Ab heute konnte sich Feinbach sicher sein, dass sich Jelot niemals wieder gegen ihn und seine Verbindung mit Antje stellen würde.

Am nächsten Morgen stand Thomas Braul unter der Dusche und dachte an sein Gespräch mit Lisa. Sie hatte ihn mit dem Stichwort »Gefängnis« auf eine Idee gebracht. Allerdings wollte er dieser Sache erst einmal selbst nachgehen, bevor er mit Feinbach und den anderen darüber sprach. Das war zwar nicht der übliche Weg, aber manchmal musste man auch seinen Instinkten folgen.

* * *

Christian Feinbach hatte die Nacht zu Hause verbracht. Er war erst spät heimgekehrt, auch um Sybille aus dem Weg zu gehen und ein wenig Zeit zum Nachdenken zu haben. Am Morgen drückte er sich ebenfalls vor einem Gespräch und seine Frau tat weiterhin so, als wäre alles in bester Ordnung. Während er den heißen Kaffee herunterstürzte, klingelte sein Handy.

»Gott, nicht einmal beim Frühstück hast du deine Ruhe«, kommentierte Sybille mitfühlend die Störung. »Vielleicht sollten wir ein paar Tage wegfahren«, beeilte sie sich, anzufügen. Womöglich wäre ein gemeinsamer Urlaub genau das Richtige.

Feinbach lächelte sie an und nahm das Gespräch entgegen. Es war Antje und er verschwand mit der Zigarettenschachtel wedelnd in den Garten.

Sybille schlich ins Wohnzimmer, öffnete vorsichtig eines der Fenster zur Terrasse und versuchte zu lauschen. Eigentlich war das unnötig. Sie wusste auch so, dass es *die andere* war.

Feinbach hatte sich in den letzten Winkel des Grundstücks zurückgezogen und versuchte, die Frau auf der anderen Seite der Leitung zu beschwichtigen. »Ich werde mit ihr sprechen, aber im Moment stecke ich mitten in einem Fall.«

»Wenn es dir nicht ernst ist, dann sag es, und die Sache ist erledigt!«, gab sie ihm nüchtern zur Antwort. »Du warst gestern bei ihr und nicht bei mir. Ich mache keine Kompromisse!«

Er hatte Angst, sie würde auflegen und sagte schnell: »Ich auch nicht!« Seine Stimme klang entschlossen. »Ich weiß genau, was ich will, und ich will dich.«

»Ist das die Wahrheit?« Antje bemerkte plötzlich, wie viel ihr an ihm lag. Auch wenn sie es niemals zugeben würde, Christian Feinbach hatte sie bereits um den Verstand gebracht.

Keinesfalls wäre sie allerdings bereit, die Rolle der Geliebten zu übernehmen.

Gerade versicherte er ihr seine Zuneigung. Dann sprach er noch leiser und fragte, was sie anhätte.

»Nichts«, entgegnete Antje anzüglich und beschrieb ihm, wie einsam sie sich gerade fühlte, so ganz allein, nackt auf dem großen, leeren Bett, die Beine leicht gespreizt, eine Hand zwischen den Schenkeln, die schon ganz feucht waren und sich nach seinen Berührungen sehnten.

»Du kleines Miststück, du willst mich den ganzen Tag mit einem Ständer herumlaufen lassen, oder?« Er hörte ihr Kichern.

»Ich kann dafür sorgen, dass er weggeht«, hauchte sie ins Telefon, »vergiss das nicht!«

»Bestimmt nicht«, gab er zurück und sah besorgt zum Haus. Sybille winkte ihm vom Fenster aus zu und er fühlte sich ertappt.

»Ich muss auflegen«, verabschiedete er sich schnell von Antje und ging zurück zur Terrasse.

Antje Jelot hingegen schleuderte vor Wut ihr Handy an die Wand, das daraufhin in tausend Stücke zerbrach. Sie hasste die Vorstellung, dass er jetzt bei seinem unscheinbaren Frauchen war und nicht bei ihr. Vermutlich brachte er es einfach nicht über das Herz, dieser verwelkten Sybille den Laufpass zu geben. Antje reckte ihr Kinn trotzig nach vorne. So konnte das nicht weitergehen!

* * *

KAPITEL 11

Im Revier arbeiteten die Kollegen an Robitas Anrufliste. Wie schon befürchtet, waren die meisten Telefonate von öffentlichen Orten aus geführt worden. Die wenigen privaten Nummern wären sicher schnell überprüft. Außerdem erwartete man die Auswertungen der Vaterschaftstests. Feinbach und sein Team hatten wirklich ganze Arbeit geleistet. Sie hatten nicht nur den angehenden Psychologen Hans von Dreistatt und den Obdachlosen Jan Zeiler zur Abgabe einer Speichelprobe überreden können, sondern auch noch einen weiteren Kandidaten.

Ralf Hortland, der Bordellbesitzer, von dem bekannt war, dass er sein Revier vergrößern wollte und mit Robita Streit gehabt hatte, ließ sich schließlich ebenfalls zur Zusammenarbeit bewegen. Ausschlaggebend dafür war ein Video, das die Kriminaltechniker bei der Wohnungsdurchsuchung gefunden hatten. Offensichtlich hatte auch der hart gesottene Hortland die Dienste der Domina in Anspruch genommen. Das Filmchen, das dabei heimlich von Roswitha alias Robita gedreht worden war, hätte ihm den Ruf in der Branche komplett versaut.

Nach einigem Hin und Her hatte er Folgendes zu Protokoll gegeben: »Ja, ich wollte die Schlampe exklusiv für meinen Laden und dann kam sie mit diesem Drecksvideo an. Wollte es im Internet veröffentlichen, wenn ich sie nicht in Ruhe lassen würde.« Er machte eine wegwerfende Handbewegung. »Was soll's, ich hätte eine andere gefunden. Nehmen Sie sich lieber diesen kleinen Spanner vor, der steht doch eh auf Ihrer Verdächtigenliste.«

»Wie kommen Sie darauf?«, fragten ihn die vernehmenden Beamten.

»Das pfeifen doch die Spatzen von den Dächern. Glauben Sie, das bleibt in unserem Viertel unbemerkt?«

»Ach und was genau pfeifen die Spatzen denn so?«, versuchte der Polizist, mehr zu erfahren.

»Na, dass ich, so ein Psychodoktor vom Suchtzentrum und dieser Penner eure engere Wahl sind.«

Natürlich bestritt Hortland den Mord an Robita und gab die gesamte Belegschaft seines Klubs als Alibizeuge an. Trotzdem schien ihm der Gedanke, dass die Polizei dieses Video besaß, wenig angenehm und aus Angst, es könnte in den falschen Händen landen, war er gerne zur Kooperation bereit gewesen.

Außerdem konnten die Beamten auch Nanas Zuhälter, Theo Waggert, ausschließen. Dessen medizinische Unterlagen ergaben, dass er sich bereits vor zwei Jahren einer Vasektomie unterzogen hatte. Damit kam er als Vater nicht infrage und zum Zeitpunkt des Mordes saß er ohnehin wegen Totschlags in Untersuchungshaft.

An diesem Morgen gab es allerdings noch eine weniger erfreuliche Überraschung. Die Zeitungen brachten die Morde auf Seite eins, und es schien, dass sich Ralf Hortlands Aussage, was die Gerüchteküche anging, bestätigte. Denn mittlerweile hatte die Verdächtigenliste auch den Weg zur Presse gefunden. Kein Wunder, ein guter Reporter, der vielleicht auch noch bereit war, für Informationen zu bezahlen, hätte das mühelos von jemandem aus dem Viertel in Erfahrung bringen können. Selbst wenn keine vollen Namen genannt wurden, war doch eindeutig, wer der erwähnte Medizinstudent, der obdachlose Punker und der Gastronom waren. Außerdem hatten die Journalisten herausgefunden, dass Oberkommissar Thomas Braul an dem Fall arbeitete. Es gab sogar ein Foto von ihm und eine extra Spalte, in der sein letzter Fahndungserfolg, die Kindesentführung, detailliert beschrieben wurde.

Feinbach konnte sich schon vorstellen, wie sein Chef Franz Blach deswegen tobte. Zum einen, weil vermutlich Hans von Dreistatts Anwalt ihn mit Beschwerdeschreiben bombardierte, und zum anderen, weil die Presse über die Verdächtigen und Brauls Mitarbeit Bescheid wussten. Aber so etwas konnte man eben nicht immer verhindern.

Ungefähr zur gleichen Zeit im Haus von Sybille und Christian Feinbach

Sybille tat, was sie schon so oft getan hatte. Sie durchsuchte seine Jacken- und Manteltaschen nach Hinweisen. Anschließend roch sie, auf der Suche nach einem fremden Damenparfüm wie ein Spürhund an seinen Hemden, hielt die Kleidungsstücke gegen das Licht, um den verräterischen Lippenstift zu entdecken, und begutachtete sogar die Schuhsohlen. Es gab nichts Konkretes und doch ließ sie sich unglücklich aufs Bett fallen.

In dem Moment klingelte es an der Tür.

Sybille betrachtete das Chaos, das sie im Schlafzimmer verursacht hatte, und ging hinunter, um zu öffnen.

»Frau Feinbach, ich bin Antje Jelot. Wir müssen uns unterhalten.«

Kein *Guten Tag*, keine Entschuldigung, nicht einmal Mitleid hatte die Frau, die jetzt im Hauseingang stand, für Sybille übrig. Die wusste auch so, dass diese aufreizende Person mit der glatten, straffen Haut, den schräg stehenden Augen und den golden glänzenden Haaren Antje Jelot war. Wie hatte sie auch nur eine Sekunde annehmen können, gegen dieses junge und unverschämt reiche Geschöpf eine Chance zu haben.

Sybilles Gesichtsausdruck war wie versteinert.

»Kann ich reinkommen? Oder sollen wir das hier vor aller Augen besprechen?« Antje sah sich um und verbarg nicht ihre Geringschätzung für diese gediegene Reihenhaussiedlung, in der Christian die letzten Jahre mit Sybille gewohnt hatte.

»Was wollen Sie?«, fragte Feinbachs Frau kalt.

Die Jüngere zuckte mit den Schultern. »Gut, dann eben gleich hier.«

Sybille hielt die Luft an. Sie wusste genau, welche Worte aus diesem wohlgeformten Mund mit den rot geschminkten Lippen sprudeln würden.

»Vielleicht haben Sie schon bemerkt, dass sich Ihr Mann in eine andere Frau verliebt hat.«

Sybille reagierte nicht, starrte nur in das Gesicht ihres Gegenübers und wünschte, der Albtraum würde endlich vorübergehen.

»Jedenfalls«, fuhr Antje unerbittlich fort, »sind Christian und ich ein Paar. Wir werden heiraten und ich fand es an der Zeit, dass Sie davon erfahren. Damit wir das wie erwachsene ...«

Weiter kam sie nicht. Sybille hatte ausgeholt und jetzt klatschte ihre Handfläche geräuschvoll auf Antjes Wange.

Diese sah erst verdutzt und dann wütend auf. »Sind Sie verrückt geworden, Sie alte Ziege?«, brüllte Jelots Tochter und wollte zurückschlagen, aber Sybille war schneller.

Ein zweites Mal sauste ihre Hand nach vorne, dieses Mal zur Faust geballt, und erwischte die Kontrahentin am Kinn. Aber damit war es noch nicht vorbei. Feinbachs Frau spürte einen unbändigen Hass in sich aufsteigen. All die Demütigungen der letzten Jahre, die Opfer, die sie für ihn gebracht hatte, die Angst, ihn zu verlieren, die ständig wie ein Gespenst um sie herumgeschwebt war, sobald er alleine das Haus verlassen hatte, all das entlud sich jetzt. Sie holte aus und trommelte mit beiden Fäusten auf ihre Rivalin ein. »Verdammtes Flittchen«, schrie sie dabei wie von Sinnen.

»Hören Sie auf!«, schluchzte Antje und versuchte, sich zu wehren.

In den Nachbarhäusern wurden die Fenster geöffnet. Trotz der Kälte streckten die Leute die Köpfe hinaus, um den Tumult in Feinbachs Vorgarten nicht zu verpassen.

Ein älterer Anwohner, der gerade seinen Hund ausführte, ging schließlich dazwischen und rief: »Ich bitte Sie, beenden Sie das!« Der Vierbeiner bellte, als sein Herrchen beherzt versuchte, die beiden Frauen zu trennen.

Obwohl der Mann nun Sybille den Weg versperrte, griff die noch einmal um ihn herum, erwischte Antjes dichtes Haar und riss brutal ein dickes Büschel heraus.

Die Jüngere schrie auf.

»Frau Feinbach, so beruhigen Sie sich doch!«, rief der Nachbar entsetzt.

Er erhielt keine Antwort. Sie starrte mit irrem Blick an ihm vorbei, das Haarbüschel fest umklammert und tobte wie eine Furie. »Sie wollen ihn? Dann nehmen Sie ihn. Nehmen Sie ihn mit all dem Unglück, das er über Sie bringen wird. Eines Tages werden Sie es bereuen, wenn er Sie erst einmal satthat.« Dann lachte sie schrill auf. »Und das wird früher geschehen, als Sie vielleicht glauben.«

Sybille riss sich von dem Mann los, der beschwichtigend seine Hände auf ihre Oberarme gelegt hatte, drehte sich abrupt um und ließ die Eingangstür krachend hinter sich ins Schloss fallen.

Der Helfer sah nun unsicher zu der anderen Frau, die sich die Stelle am Kopf rieb, an der man ihr so brutal das Haar herausgerissen hatte. »Geht es Ihnen gut?«

Antje fuhr mit der Zunge über ihre Lippen, die nach Blut schmeckten. Mit so viel Würde, wie sie nur aufbringen konnte, streckte sie den Rücken durch, strich ihren Mantel glatt und fummelte die blonden Strähnen aus dem Gesicht. »Ja, vielen Dank«, entgegnete sie möglichst kühl, bemüht, ihren bebenden Körper unter Kontrolle zu halten. »Ich wusste nicht, dass ich hier auf eine Irre treffen werde.«

Über den beiden ging das Fenster auf und ein leerer Koffer, gefolgt von einer Schubladenfüllung Herrenunterwäsche, einigen Hosen und zwei Jacketts landeten vor ihnen auf der Erde.

Der Mann aus der Nachbarschaft nahm seinen Hund und verließ kopfschüttelnd das Grundstück.

Noch einmal sahen sich die Frauen an und Antje gönnte sich einen kleinen Triumph. »Schmeißen Sie diesen billigen Polyesterscheiß in den Müll. Christian wird ab sofort ein richtiges Leben führen.« Damit stöckelte sie hocherhobenen Hauptes davon, während Sybille das Fenster zuknallte und Christians Nummer wählte.

Christian Feinbachs Handy klingelte und er sah, als er das Gespräch annahm, dass es Sybille war. »Was gibt es denn?«, fragte er gerade, als sich die Tür öffnete und ein Kollege mit einem Stoß Papiere wedelte.

»Die Testergebnisse«, rief der Mann.

Feinbach hörte nicht, was seine Frau am anderen Ende der Leitung zu ihm sagte, stattdessen nuschelte er in den Hörer: »Ich melde mich später«, und legte auf.

Sybille sank auf den Boden. Er hatte das Gespräch einfach beendet. Am liebsten wäre sie in diesem Moment gestorben. Sie weinte laut, geschüttelt von Krämpfen, dann wurde sie leiser und schließlich hörte man ihr Schluchzen kaum noch. Was sollte denn nun werden? Das war doch ihr Leben. Sie und Christian, bis dass der Tod ...

Aber es wäre nicht der Tod, sondern irgendein Fremder in Richterrobe, der die Scheidung aussprechen würde. Sybille machte sich keine Illusionen. Diese Antje Jelot würde Christian nicht mehr vom Haken lassen.

Sie betrachtete das blonde Haarbüschel, das mittlerweile auf dem Boden lag.

»Ekelhaft!«, stieß sie hervor.

Dann dachte sie an das, was eben passiert war. Es hatte gutgetan, die andere zu schlagen, doch jetzt schämte sie sich. Bis zum Abend würde die ganze Nachbarschaft davon wissen. Ein Wunder, dass niemand die Polizei gerufen hatte. Nun, vielleicht wäre Christian dann wenigstens ein bisschen beschämt gewesen. Das war wieder einmal so typisch. Er verbesserte sich in jeder Beziehung und sie blieb auf der Strecke. Komisch war nur, dass neben der Wut, dem Hass und der Verzweiflung noch ein anderes Gefühl auftauchte. Sybille spürte eine Art Erleichterung. Das Leben zwischen Bangen und Hoffen war endlich vorbei. Es war eingetroffen, was sie befürchtet hatte, und irgendwie war ihr dadurch eine Last abgenommen worden. Sie würde eine Freundin anrufen, jemand, der bereits geschieden war, und sich einen Anwalt empfehlen lassen. Denn das war doch das, was man in so einem Fall gewöhnlich tat.

Sie rief ihre Freundin an. Erzählte mit monotoner Stimme, was in der letzten halben Stunde passiert war, und erlebte dann wie in Trance den Rest des Tages. Erst Wochen später sollte sie in der Lage sein, die Ereignisse zu verarbeiten.

* * *

In der Dienststelle

»Keiner?«, rief Saskia Trensch überrascht. »Wir haben keine Übereinstimmung?«

»No!«, sagte der Kollege flapsig und Feinbach schnaufte ungeduldig.

»Das heißt aber noch lange nicht, dass keiner der drei der Mörder ist«, bemerkte der Hauptkommissar und sah zu Braul, der die Protokolle der letzten Vernehmungen durchging.

»Entweder das«, antwortete der nun, »oder wir müssen weiter nach dem Vater des Babys suchen.«

Manche der Kollegen stöhnten leise, weil sie Brauls Theorie für zu kompliziert hielten. Jemand sagte: »Es kann doch sein, dass der werdende Vater gar nichts von seinem Glück wusste. Bloß weil dieser von Dreistatt der Meinung ist, das Opfer hätte es dem Mann gesagt? Vielleicht wusste sie nicht einmal selbst, wer der Vater war. Hat daran schon mal jemand gedacht?«

»Unwahrscheinlich«, mischte sich Saskia ein. »Immerhin deutet alles darauf hin, dass sie das Kind wollte. Das sieht nicht nach Vater unbekannt aus.«

»Warum denn nicht. Liest von euch denn keiner mehr die Zeitschriften beim Arzt. Massenweise Frauen, die Kinder, aber keine Männer möchten.«

»Die Frau war eine Prostituierte, keine wohlhabende Geschäftsfrau, die es sich leisten kann, ein Kind allein zu versorgen. Ich glaube einfach nicht, dass Nana Jakt so ein Typ war.« Saskia sah den Kollegen herausfordernd an.

»Gut, aber dann erklär mir mal einer, warum der Vater des Kindes erst einen Strichjungen und dann eine Domina umbringt. Ist es nicht viel plausibler, dass wir es mit einem Serienmörder zu tun haben, der seine Opfer im Milieu sucht – und zufällig war eben eines davon schwanger? Ganz einfach ...«

Saskia sah zu ihrem Chef, der nickte. »Da ist etwas dran, nichts für ungut«, wandte sich Feinbach an Braul. »Wir haben keine andere Wahl, als den Druck auf unsere Verdächtigen weiter zu verstärken. Gleichzeitig suchen wir nach neuen Anhaltspunkten.« Er blickte in die Gesichter seiner Mitarbeiter. »Nur, dass eines klar ist: Wir bleiben in alle Richtungen offen!«

Am späten Abend

Unter dem Vorwand, frische Luft zu brauchen, um sich die Fakten noch einmal durch den Kopf gehen zu lassen, hatte Thomas Braul das Revier am Nachmittag früher verlassen. Warum er aus seinen Nachforschungen ein Geheimnis gemacht hatte, konnte er selbst nicht so richtig erklären. Vermutlich hatte er weiteren Unmut der Kollegen vermeiden wollen, bevor er nicht etwas Handfestes vorweisen konnte.

Es war kurz vor zweiundzwanzig Uhr. Flüchtig kam ihm die Befürchtung, dass es vielleicht ein Fehler war, sich direkt auf das alte Bahnhofsgelände zu begeben. Schließlich hatte er zuerst andere Pläne gehabt. Jedoch schob er diesen Gedanken beiseite, denn es schien ihm wirklich besser, nicht länger zu warten. Dieser Bastard musste gestoppt werden. Und wenn es dafür notwendig war, mitten in der Nacht durch die Kälte zu stapfen, dann würde er davor selbstverständlich nicht zurückschrecken. Das ganze Team hatte es verdient, dass die Morde endlich aufgeklärt wurden. Er straffte sich und setzte den Weg fort. Er sah ein, dass das Gespräch, das er ursprünglich mit Feinbach bei einem heißen Kaffee hatte führen wollen, alles nur unnötig in die Länge ziehen würde. Letzten Endes war es wichtiger, schnell die nötigen Informationen zu beschaffen und zu sichern.

Nägel mit Köpfen zu machen war, wenn er es so betrachtete, auf jeden Fall die richtige Option.

* * *

Er wartete bereits auf den superklugen Fallanalytiker, auf den Held der Presse, dem sie den roten Teppich auslegten und den Boden küssten, auf dem dieser Vorzeigepolizist wandelte. Was für eine Farce. Was hatte der Kerl denn schon erreicht? Als hätte der diese Kindesentführung, die in der Zeitung wieder aufgerollt worden war, ganz alleine aufgeklärt. So viel Aufhebens wegen gar nichts. Trotzdem durfte man diesen Braul nicht unterschätzen. Wenn so einer auftauchte, dann wollte er auch Ergebnisse liefern. Der würde niemals lockerlassen und wie ein Frettchen, das durch einen Fuchsbau jagt, alles aufscheuchen, was seinen Weg kreuzt. Und dann, eines Tages gäbe es doch noch diesen einzigen klitzekleinen Hinweis, der direkt zu ihm führen würde. Da war es besser, kein Risiko einzugehen.

Eigentlich konnte der Typ doch nicht so schlau sein, wie alle sagten, schließlich hatte er sich ganz leicht in die Falle locken lassen. Immerhin vergaß er bei der Aussicht auf wichtige Informationen alle Vorsicht. Für seinen Ehrgeiz würde Braul gleich teuer bezahlen.

Er sah auf seine Uhr. Das schwere Eisenrohr bereits mit der Hand fest umschlossen, stand er neben einer baufälligen Hütte und verschmolz komplett mit der Dunkelheit. Seine Atmung war völlig ruhig. Er spürte weder Lust noch Aufregung, sondern konzentrierte sich ganz auf die Geräusche der Nacht. Da, endlich, er hörte Schritte. Offensichtlich schien Thomas Braul sehr arglos mit seinem Leben umzugehen, denn der Fallanalytiker bemühte sich weder, besonders leise aufzutreten, noch hatte er Angst vor Entdeckung.

Er schlich nicht an den dunklen Schrottbergen, alten Fahrzeugen oder Holzverschlägen vorbei, sondern lief über die beleuchteten Bereiche des Geländes.

Leise rief er den Namen seines vierten Opfers: »Herr Braul, kommen Sie hier herüber.«

Täuschte er sich, oder hob der Mann noch seine Hand zum Gruß? Was für ein Dummkopf.

Braul lief nun eiligen Schrittes auf die Hütte zu. »Eine kalte Nacht, ich hoffe ...«, wollte er das Gespräch beginnen, konnte den Satz allerdings nicht mehr beenden.

Das Eisenrohr krachte mit derart viel Wucht auf Brauls Schädel, dass es ihn sofort von den Füßen riss. Er stürzte hart zu Boden und stöhnte leise. Der Schlag war so heftig gewesen, dass der Beamte überhaupt nicht in der Lage war, entsprechend zu reagieren. Braul spürte den Schmerz in seinem Kopf, dachte an Lisa und wollte sich um ihretwillen auf jeden Fall retten. Umständlich tastete er nach der Dienstwaffe, aber seine Hand bewegte sich zu langsam. Die Finger erreichten die Pistole einfach nicht.

Sein Angreifer hatte das Eisenrohr bereits erneut geschwungen, hielt jedoch kurz inne, als er erkannte, was sein Opfer vorhatte. Das Rohr sauste auf Brauls Hand nieder und man hörte das Brechen von Knochen.

»Jetzt hast du mich auf eine Idee gebracht«, sagte er nun äußerst zufrieden, beugte sich zu dem verletzten Mann auf dem Boden und zog ihm die Waffe aus dem Gürtelholster. Ohne zu zögern, richtete er den Lauf auf Braul und drückte zwei Mal ab.

Die Schüsse wurden nur teilweise von dem lauten Rumpeln der Züge verschluckt. Wer sich in der Nähe aufhielt, der konnte sie natürlich hören. Ihm war das klar, deshalb drehte er sich schnell um. Längst kannte er die Behausung, in der Jan Zeiler kampierte.

Wie praktisch jeder, der in der Zeitung die Berichterstattung über den Obdachlosen verfolgt hatte. Außerdem wusste er, dass dieser verlauste Penner heute Nacht da war. Zugedröhnt hatte er bis vor wenigen Minuten noch auf seinen aufgeweichten Pappdeckeln gelegen und geschnarcht; davon hatte er sich vor Brauls Eintreffen natürlich überzeugt. Jetzt stand Zeiler allerdings vor seiner Hütte und starrte ungläubig auf die Gestalt mit der Waffe.

»Ich ... was ...« Er brachte keinen ganzen Satz heraus.

Die Waffe wurde angehoben und Zeilers Gesicht war bleich vor Todesangst.

»Lauf!«, zischte der Mann mit der Pistole und ein teuflisches Grinsen verzerrte seinen Mund.

Zeiler, der nicht klar denken konnte, geriet in Panik – der Fluchtinstinkt war größer als die Vernunft. Er rannte los, stolperte, rappelte sich mühsam wieder auf und ließ sich von dem Verfolger wie ein ahnungsloses Kaninchen immer weiter Richtung Bahngleise treiben.

Der junge Obdachlose war langsam. Die körperliche Anstrengung raubte ihm die letzten Kräfte, bald konnte er nicht mehr rennen und der Abstand zwischen ihm und dem Mann mit der Waffe verkürzte sich immer mehr. Er sah die Gleise vor sich und die Lichter. Hier gab es keinen Übergang für Fußgänger. Nur ein Lebensmüder hätte es gewagt, an dieser Stelle die Schienen zu überqueren.

Der Verfolger war nun ganz dicht hinter Jan.

»Du solltest versuchen, auf die andere Seite zu kommen, sonst muss ich dich erschießen! Na los!«, schrie der, der Jagd auf Zeiler machte, mit gezogener Waffe. Das laute Rattern und Grollen der langen Güterzüge, die in hohem Tempo an ihnen vorbeirasten, war schwer zu übertönen.

Zeiler schluchzte, Tränen liefen ihm über das Gesicht. Er wollte nicht sterben, also musste er über die Gleise, weg von diesem Monster mit der Waffe.

Er glaubte, eine Lücke zu sehen, und stürzte los, aber er hatte keine Chance. Die Geschwindigkeit des Zuges machte es ihm unmöglich, unbeschadet die Schienen zu überqueren. Sein Körper klatschte auf die Lok wie eine Mücke auf die Windschutzscheibe eines fahrenden Autos. Im nächsten Augenblick wurde er von den schweren Rädern der Waggons überrollt. Es würde einige Zeit dauern, seine Überreste einzusammeln.

Eigentlich hatte er vorgehabt, Zeiler bewusstlos zu schlagen und dann die wenigen Meter bis zu den Schienen zu tragen, um ihn dort vor den Zug zu werfen; aber so war es schneller und einfacher gewesen.

Ein lautes Quietschen zeugte davon, dass der Lokführer auf den Unglücksfall reagierte. Bald würde hier ein Tumult ausbrechen. Er musste zurück und den Rest erledigen. Obwohl er Handschuhe trug, wischte er die Waffe sorgfältig ab, das Gleiche tat er auch mit dem Eisenrohr. Beides deponierte er in der Hütte des Obdachlosen. Schließlich fasste er in seine Manteltasche und holte eine kleine Schachtel heraus. Den Inhalt umwickelte er mit einem Blatt aus Zeilers Skizzenblock.

»Das ist mein Abschiedsgeschenk«, flüsterte er beim Verlassen der schäbigen Behausung und entfernte sich, ohne die Leiche von Braul auch nur eines Blickes zu würdigen.

* * *

Feinbach betrat Punkt zweiundzwanzig Uhr dreißig die Kneipe in der Nähe des Bahnhofs. Als ihn die Bedienung erkannte und rief: »Welch unerwarteter Glanz in meiner Hütte, hoffentlich nicht dienstlich!«, antwortete er: »Nein, ich bin mit einem Kollegen verabredet, ganz privat!«

»Bis jetzt hat sich noch niemand blicken lassen«, antwortete sie versöhnlich und deutete mit dem Kinn auf den leeren Gastraum. Nur an der Theke saß ein halbes Dutzend Stammgäste.

Feinbach war etwas außer Atem und strich sich das vom Wind zerzauste Haar aus der Stirn. »Gut, denn ich bin spät dran. Einen extra starken Kaffee bitte.«

Nachdem er seine Bestellung aufgegeben hatte, setzte er sich mit der Sportzeitung an einen Tisch. Als weitere zehn Minuten vergangen waren, rief er Thomas Braul an und hinterließ die Nachricht, dass er warten würde. Es verstrichen weitere zehn Minuten und die Bedienung, die ohnehin nicht viel zu tun hatte, rief über den Tresen: »Hat dich wohl versetzt, dein Freund?«

Feinbach stand auf und gesellte sich zu den anderen an die Bar. »Ehrlich gesagt passt das gar nicht zu dem Mann. Langsam mache ich mir Sorgen.«

»Komm, ich geb einen aus«, sagte die Frau, die der sechzig näher war als der fünfzig, verständnisvoll und schenkte sich und dem Hauptkommissar einen Schnaps ein.

In dem Moment öffnete sich die Tür, und ein Taxifahrer, der gegen die Kälte in die Hände hauchte, betrat die Kneipe.

»Vorne am alten Bahngelände ist einer hopsgegangen! Bestimmt wieder ein Selbstmörder«, teilte er den Anwesenden grimmig mit.

»Armer Teufel«, murmelte einer der Männer an der Theke.

Die Wirtin seufzte: »Wie verzweifelt muss jemand sein, dass er sich auf diese Art das Leben nimmt.«

»Ich sag ja immer, da sauf ich mich lieber tot!«, plärrte darauf einer der Stammgäste pietätlos und die anderen quittierten seine Bemerkung mit verhaltenem Gelächter.

»Dummschwätzer«, fuhr ihn die Bedienung an und sah kopfschüttelnd zu Feinbach.

Der Hauptkommissar rieb sich über das Gesicht. Er war müde.

»Noch einen?«, fragte ihn die Wirtin.

Feinbach schüttelte den Kopf und wollte sich gerade auf einen der Hocker setzen, als der Anruf kam.

Ab diesem Zeitpunkt änderte sich das Leben für alle Beteiligten. Die Leiche von Thomas Braul lag noch auf dem Platz bei den schäbigen Hütten, als Feinbach eintraf.

»Ich habe ihn gleich erkannt, aus der Zeitung. Ich …«, der Streifenbeamte wusste nicht, was er sagen sollte. »Mitarbeiter der Bahn haben die Leiche gefunden und uns alarmiert. Wäre das Zugunglück mit dem Selbstmörder nicht gewesen, wer weiß, wann man ihn entdeckt hätte.«

Feinbach sah den Kollegen an. »Ich war mit ihm verabredet, vorne in der Kneipe, gerade um die Ecke. Er ist nicht gekommen.« Seine Stimme klang heiser, war mehr ein Flüstern. Der Kollege legte ihm mitfühlend die Hand auf die Schulter.

Aber das war erst der Beginn des Albtraums.

Saskia Trensch traf wenig später am Tatort ein. Die ganze Abteilung war informiert worden. Blach hatte die Nachricht mit Fassungslosigkeit aufgenommen und sich ebenfalls sofort auf den Weg gemacht.

Das Gesicht der Kommissarin war geradezu gespenstisch weiß. Sie bewegte sich, als hätte sie Schmerzen.

Man hatte ihr gesagt, was passiert war, aber erst jetzt, als sie ihn da liegen sah, traf sie der Verlust mit voller Wucht. Sie schrie auf, konnte die Tränen nicht mehr zurückhalten und brach in Feinbachs Armen zusammen.

»Mein Gott, so deckt ihn doch endlich zu«, rief der Hauptkommissar gequält und selbst die Kollegen, die schon lange dabei waren, hatten Mühe, die notwendigen Arbeiten am Tatort mit der gewohnten Routine auszuführen.

»Er hat eine Schwester, Lisa, jemand muss es ihr sagen«, ertönte Saskias Stimme. Sie war nicht mehr in der Lage, ihre Gefühle zu verbergen. »Vor Kurzem sind erst ihre Eltern gestorben, man muss es ihr sagen.«

Feinbach bemerkte dankbar, dass jemand einen Krankenwagen gerufen hatte.

»Ich werde das tun«, sagte er mit ruhiger Stimme und drückte Saskia fest an sich. »Ich werde mich darum kümmern, versprochen.«

Dann schob er sie sanft ein Stück von sich weg und gab den Sanitätern ein Zeichen, die sich sofort der Kommissarin annahmen.

»Ich will, dass ihr jeden Zentimeter dieses Drecklochs absucht«, brüllte er plötzlich. »Dreht mir jeden verdammten Stein um, holt euch so viele Männer, wie ihr braucht. Ich will das gesamte Team, jeden verfluchten scheiß Kriminaltechniker. Wer nicht spurt, dem trete ich persönlich in den Arsch ...« Er brach ab.

Niemand nahm ihm seine Worte übel. Die Männer und Frauen nickten grimmig, sie würden alles geben, um den Mord an Thomas Braul aufzuklären.

»Ich will rund um die Uhr auf dem Laufenden gehalten werden. Jede Kleinigkeit ist wichtig, ruft mich sofort an, wenn ihr etwas habt. Ich werde es jetzt der Schwester sagen.«

Plötzlich tauchte Franz Blach neben Feinbach auf.
»Ich begleite dich.«

* * *

Es war ein kalter, dunkler Tag. Der Regen trommelte unbarmherzig auf die Menschen nieder, die sich vor dem offenen Grab versammelt hatten. Lange Schlangen schwarz gekleideter Gestalten bildeten sich um die Grabsteinreihen. Gerade wurde der Sarg in das ausgehobene Erdloch heruntergelassen. Die anwesenden Polizisten und ihre Partner beobachteten die Zeremonie mit tief empfundener Trauer. Ihre Mienen waren versteinert, die Kiefermuskeln angespannt, die Lippen fest aufeinandergepresst. Es war ihnen nur ein geringer Trost, dass auch der Mörder nicht mehr am Leben war.

Nachdem man die Leiche von Thomas Braul auf dem alten Bahngelände gefunden hatte, entdeckten die Beamten schnell die Mordwaffe, seine eigene Dienstpistole, genauso wie das Eisenrohr und den abgeschnittenen Finger der Domina Robita. Alles befand sich im Besitz des Obdachlosen Jan Zeiler. Zuerst fehlte von dem Mann jede Spur, aber dann wurde immer klarer, dass es sich bei ihm um den vermeintlichen Selbstmörder handelte, der in der Mordnacht vom Zug erfasst worden war.

Man befragte Feinbach zu dem Fall, der zu Protokoll gab, von Braul an jenem Abend angerufen worden zu sein.

»Er hat ein Treffen vorgeschlagen, um noch einmal über Zeiler zu sprechen. Es klang so, als wäre ihm in diesem Zusammenhang eine Idee gekommen«, führte der Hauptkommissar weiter aus.

»Ist so ein privates Treffen in einer Kneipe nicht ungewöhnlich?«, fragte der Beamte, der mit der Untersuchung betraut war.

»Eigentlich nicht, wir arbeiten rund um die Uhr, sind ständig unterwegs, reißen uns den Arsch auf und ...«

Blach der bei dem Gespräch dabei war, mischte sich schnell ein. »Niemand macht dir einen Vorwurf.« In dieser angespannten Situation benutzte der Vorgesetzte ganz selbstverständlich das »Du«.

»Aber ich mache mir Vorwürfe«, entgegnete Feinbach zornig. »Ich hätte merken müssen, dass der Junge Blut geleckt hatte. Er war auf der Jagd, wurde unvorsichtig. Ich hatte doch keine Ahnung, dass er alleine einen Mörder stellen wollte ...«

»Wie Kriminalhauptkommissar Blach eben sagte, keiner macht Ihnen einen Vorwurf. Thomas Braul hatte das Richtige tun wollen und wurde leichtsinnig. Das war ihm zum Verhängnis geworden«, hatte ihn schließlich der vernehmende Kollege beschwichtigt.

Niemand hatte vergessen, dass bereits zu Beginn der Ermittlungen einiges für die Schuld des Obdachlosen Jan Zeiler gesprochen hatte. Man fand in seiner Hütte die Waffe und das Eisenrohr, beides sorgsam abgewischt. Für die meisten war das ein Indiz, dass der Mann gar nicht vorgehabt hatte, sich vor den Zug zu werfen, denn wozu dann noch Spuren verwischen? Wahrscheinlicher war, dass er zugedröhnt unvorsichtig gehandelt hatte. Robitas eingewickelter Daumen in Zeilers Behausung war dann noch ein weiterer Beweis für die Schuld des Mannes und der Fall war damit abgeschlossen worden.

Die Kollegen erinnerten sich noch gut daran, dass Christian Feinbach von Anfang an auf der richtigen Spur gewesen war. Wäre man Feinbachs Instinkt gefolgt, dann könnte Oberkommissar Braul noch leben.

Das war zumindest die einhellige, wenn auch unausgesprochene Meinung der Trauernden an Thomas Brauls Grab.

Die Frauen und Männer, die mit einem der anwesenden Polizisten verheiratet waren, fühlten Angst, während sie den Worten des Pfarrers lauschten. Womöglich könnten sie eines Tages in vorderster Reihe vor einem Loch in der Erde stehen, voller Verzweiflung und ohne Hoffnung. Sie schämten sich für die Erleichterung, die sie dabei empfanden, heute nicht als Witwe oder Witwer weinen zu müssen. Die Tränen konnten sie trotzdem nicht zurückhalten. Diese vermischten sich mit dem kalten Regen, der sie bis auf die Knochen durchnässte; niemand hatte in dem dichten Gedränge einen Schirm aufgespannt. Bis auf die junge Frau ganz vorne. Umringt von Menschen wirkte sie trotzdem, als wäre sie vollkommen allein auf der Welt. Ein einsames Mädchen weit weg von zu Hause.

Lisa Braul umklammerte mit beiden Händen ihren dunkelroten Schirm, der seltsam deplatziert wirkte. Er war ein Geschenk ihres Bruders gewesen. Irgendwer startete unvermittelt das Band und eine wunderschöne, gefühlvolle Rock-Ballade fing an, das Plätschern des Regens zu übertönen. Es war ein englischer Song, der von Liebe und Abschied handelte. Lisa hatte darauf bestanden, ihn zu spielen. Es war Thomas' Lieblingslied gewesen. Sie hatte ihn immer damit aufgezogen, dass er im Grunde seines Herzens doch ein hoffnungsloser Romantiker sei. Sie wünschte, er wäre nicht so ein wunderbarer Mensch gewesen. Unaufhörlich liefen ihr die Tränen über das Gesicht. Sie hörte die nächste Zeile, sah ihren Bruder vor sich, wie er manchmal leise mitgesungen hatte. Lisa erinnerte sich plötzlich an so vieles. Der große Bruder, der immer für sie da gewesen war, er hatte ihr alles bedeutet und jetzt?

Sie starrte auf das Grab und plötzlich begriff sie, was hier gerade passierte. Man würde ihn in diesem nassen, kalten Loch verscharren und er käme nie wieder zu ihr zurück. Lisa schrie auf und brach zusammen. Sie stürzte auf die Knie, ließ den Schirm los, der sofort vom Wind davongetragen wurde. Augenblicklich waren Hände da, die nach ihr griffen, sie aufrichten wollten, aber sie wehrte sich. Sie wollte nie wieder aufstehen. Ihr Schluchzen ließ ihren ganzen Körper erbeben, sie saß auf dem matschigen Boden und brachte nur ein Wort heraus. »Nein«, schrie sie gequält, »nein!«

Schließlich war es Antje Jelot, die sich zu ihr kniete, sie in die Arme nahm und sanft hin und her wiegte. Ihr gelang es, Lisa dazu zu bewegen, aufzustehen. Die Musik verstummte, es war vorbei. Gestützt von Antje auf der einen und Christian Feinbach auf der anderen Seite brachte man das Mädchen nach Hause. Für Lisa fühlte es sich jedoch so an, als hätte man sie auf einem einsamen Weg zurückgelassen.

* * *

KAPITEL 12

10 Jahre später

Im April 2016

Lisa Braul wurde unsanft von ihrem Handy geweckt. Sie hasste es, wenn sie der Signalton aus ihren Träumen riss. Jeden Abend nahm sie sich vor, mithilfe der inneren Uhr am nächsten Morgen von alleine aufzuwachen, was aber in den seltensten Fällen funktionierte.

Boller gab ein leises Winseln von sich.

»Du hast auch keine Lust aufzustehen, was?«, murmelte sie verschlafen und griff mit der Hand neben das Bett. Das weiche Fell ihres Beagles und sein etwas zu kugeliger Bauch, den sie nun liebevoll tätschelte, hatten eine angenehm entspannende Wirkung auf sie.

»Ich werde wieder einschlafen«, knurrte Lisa ärgerlich und richtete sich auf.

Boller blieb liegen und schloss die Augen, während sein Frauchen sich ihrer Morgentoilette widmete. Der zehnjährige Rüde bevorzugte es mittlerweile auszuschlafen, anstatt mit den jungen Wilden auf der Hundewiese zu toben.

Liebevoll betrachtete Lisa ihren Vierbeiner. Antje hatte ihn ihr vor zehn Jahren geschenkt, ein paar Wochen nach Thomas' Beerdigung. Lisa, die mittlerweile siebenundzwanzig Jahre alt war, sah sich im Zimmer um. Sie hatte die Wohnung, in die sie damals mit ihrem Bruder eingezogen war, behalten. Sanft lächelnd betrachtete sie das eingerahmte Foto, das sie und Thomas zeigte. Mit dem Zeigefinger strich sie zärtlich über das Bild.

Erst vor zwei Wochen hatte sich sein Todestag zum zehnten Mal gejährt. Der Schmerz war immer noch da und auch die Einsamkeit, die sie seither empfunden hatte, ließ sich nicht vollständig verdrängen. Aber das Leben war tatsächlich weitergegangen, was irgendwie erschreckend schien. Sie betrachtete ihr Spiegelbild. Die meisten bezeichneten sie als attraktiv. Wer sie nicht kannte, hielt sie für unbeschwert, aber die wussten auch nichts von dem Selbstmordversuch, den Therapien und den endlosen Sitzungen beim Seelenklempner. Jedenfalls wäre sie ohne Antje und Christian nie wieder auf die Beine gekommen.

Seltsam, überlegte sie gerade, während sie dem störrischen Boller sein Halsband überstreifte. Die beiden waren einfach so in ihr Leben getreten.

Nur ungern dachte sie an den Abend zurück, an dem Christian Feinbach zusammen mit Franz Blach vor ihrer Tür gestanden hatte.

»Ihr Bruder ist tot ...«

Diesen Satz würde sie nie aus ihrem Gedächtnis streichen können. Viele Dinge, die ab diesem Zeitpunkt passiert waren, hatte sie hingegen vergessen. Natürlich waren ihr damals Medikamente verabreicht worden. Zur Beruhigung, zum Schlafen, zum Wachwerden und einmal, da hatte sie sich selbst welche verabreicht. Antje Jelot war gerade noch rechtzeitig dazugekommen. Kurz darauf hatte sie ihr dann diesen tollpatschigen Welpen gebracht und auf eine sehr durchschaubare Art gesagt: »Der braucht jemanden, der sich um ihn kümmert.« Das Subtile lag Antje nicht, sie fiel immer mit der Tür ins Haus.

Antje und Christian hatten sich anfangs um sie gekümmert, alles für sie geregelt und waren so zu einer Ersatzfamilie geworden. Dass Christian sich damals gerade frisch von seiner Frau getrennt hatte, war an Lisa völlig vorbeigegangen. Heute waren er und Antje verheiratet und lebten in ihrer eigenen Villa auf dem

Jelotschen Anwesen. Lisa kannte auch Kurt Jelot, der alleine im Haupthaus wohnte, den sie aber nicht besonders mochte.

»Na los, Boller, sonst komme ich zu spät zur Arbeit! Und dann gibt es kein Gehalt und damit auch keine Hundesnacks.«

Diese Drohung schien zu wirken, denn endlich setzte sich der Vierbeiner in Bewegung.

* * *

Zur gleichen Zeit saß Antje ihrem Mann Christian schweigend gegenüber.

Er sieht immer noch fantastisch aus, überlegte sie gerade und betrachtete das markante Gesicht und das Haar mit den grauen Strähnen.

Sie dachte an die letzten Wochen zurück und fühlte sich nicht wohl. Irgendetwas war passiert. Es hatte eine Veränderung gegeben, Christian hatte sich verändert.

»Wie fandest du es gestern Abend?«, fragte sie unschuldig.

Er ließ die Zeitung sinken und sah sie mit einem spitzbübischen Blick an. »Die haben sich ja fast um dich geprügelt!«, antwortete er nicht ohne Anerkennung.

»Das hatte nichts mit mir zu tun, die waren eben einfach nur geil!«

Er grinste und nahm die Zeitung wieder auf. »So ist das doch immer«, fügte er noch hinzu und damit schien das Thema für ihn erledigt.

Obwohl Antje mit ruhiger Hand ihr hart gekochtes Frühstücksei köpfte, brodelte es in ihrem Inneren. Sie war klug genug, jetzt nicht einen Streit vom Zaun zu brechen. Am liebsten hätte sie ihrem Mann jedoch auf den Kopf zugesagt, dass er sich in irgendeine der Tussen von gestern Abend verguckt hatte.

Seit fünf Jahren besuchten sie nun schon, mehr oder weniger regelmäßig, private Swingerpartys. Ursprünglich war das sogar ihre Idee gewesen. Antje hatte die Worte von Christians Exfrau Sybille nicht vergessen. Natürlich war ihr von Anfang an klar gewesen, dass ihr Mann die Abwechslung liebte, und natürlich war dann auch in ihrer Ehe irgendwann die Routine eingekehrt, so war ihr die Idee mit dem Swingen gekommen. Das Ganze lief sehr diskret ab und hatte bislang auch gut funktioniert. Ihn hatte es angetörnt, ihr beim Sex mit einem anderen zuzusehen, und sie hatte es genossen, ihn zu reizen. Aber seit einiger Zeit war er unkonzentriert, verlor sie immer mehr aus den Augen und gestern hatte sie beobachtet, wie er Nadine und Holger zugesehen hatte. Zugegeben, Nadine war sehr attraktiv und jünger als Antje, aber im Prinzip doch nur ein Dummhuhn, das sich die Titten hatte machen lassen.

Obwohl sie sich eigentlich zurückhalten wollte, sagte sie, als er nach dem Frühstück aufstand, um ins Büro zu gehen: »Dir hat wohl gestern gefallen, wie Holger sich auf Nadine abgemüht hat?«

Christian reagierte unerwartet schroff. »Was soll der Scheiß? Wenn du nicht mehr dort hinwillst, dann sag es einfach und komme mir nicht mit der Eifersuchtsnummer. Schließlich war das Ganze deine Idee!« Damit drehte er sich ohne ein weiteres Wort um und verschwand.

Antje blieb verstört zurück. Eigentlich hatte sie gehofft, er würde vehement abstreiten oder irgendeinen anzüglichen Witz machen, aber diese Reaktion verunsicherte sie. Es war wie eine Bestätigung dafür, dass sich etwas verändert hatte. Vielleicht wäre es wirklich besser, das Swingen eine Zeit lang auszusetzen. Sie wollte ihm zwar Abwechslung bieten, aber natürlich war ihr nicht daran gelegen, dass er sich eine andere Frau suchte.

Verärgert setzte sich Christian Feinbach in seinen Wagen. Der Sportflitzer war ein Geschenk von Antje zum fünfzigsten Geburtstag gewesen. Sein Leben lief eigentlich gut. Es war herrlich zu wissen, dass Geld keine Rolle mehr spielte. Er und Antje hatten ein wundervolles Haus, machten traumhafte Reisen und genossen ihr Eheleben. Zwischendurch hatte es zwar eine Durststrecke gegeben – das war die Zeit, als Antje unbedingt Kinder haben wollte, die Ärzte jedoch feststellten, dass sie unfruchtbar war. Am Ende hatten sie sich aber zusammengerauft. Wenigstens bis vor Kurzem. Aber daran wollte er jetzt nicht denken.

Gerade, als er zum Tor fuhr, überquerte sein Schwiegervater den Weg. Die beiden Männer nickten sich zu, mehr Kommunikation fand für gewöhnlich nicht zwischen ihnen statt.

Feinbach dachte an den Tag von Thomas Brauls Beerdigung. Lisa, die für Antje in den letzten Jahren zu einer kleinen Schwester geworden war, hatte sie erst letzte Woche besucht. Heute vermieden sie es, darüber zu sprechen, was damals passiert war. Aber Feinbach waren die Ereignisse immer noch präsent. Auch der Blick seines Schwiegervaters, als er ihm von Zeilers Tod und dem Abschluss des Falls berichtet hatte, war ihm noch ausgezeichnet in Erinnerung. Erleichterung und Triumph hatten darin gelegen und Feinbach hatte sich damals das erste Mal gefragt, ob es Jelot nicht verdient gehabt hätte, dass sein Name bei den Ermittlungen ins Spiel gebracht worden wäre.

Zur gleichen Zeit in einem Vergnügungsviertel in Karlsruhe

Theo Waggert lief neugierig durch die Straßen. Die zehn Jahre Knast hatten der Gegend keine allzu großen Veränderungen gebracht. Hier ein Abriss, dort ein Neubau, die eine Fassade renoviert, die andere heruntergekommen.

Die schweren, dunklen Möbel seiner Stammkneipe hatte man gegen hippe Plastikstühle in allen möglichen Farben eingetauscht. Das schummrige Licht wurde von grellen Neonleuchten verdrängt und das Publikum war irgendwie ernster als noch vor zehn Jahren. Aber die Theke stand immer noch am gleichen Platz, die Bedienung war immer noch unfreundlich und das Bier schmeckte immer noch besser, als es für die Leber eines Erwachsenen gut war. Waggert machte sich keine Illusionen. Er war raus aus dem Geschäft. Die, die jetzt das Sagen hatten, waren jünger und vor allem brutaler, als er es jemals gewesen war. Denen wollte er nicht in die Quere kommen. Die alten Tricks waren überholt, die Straßen neu aufgeteilt und er hatte nicht vor, in einer der schäbigen Kaschemmen die Toiletten zu reinigen, um über die Runden zu kommen. Außerhalb des Milieus hatte er schon gar keine Chance. Einen Exknacki, der wegen Totschlags gesessen hatte, stellte niemand mehr ein.

Sein Lebenswandel in jungen Jahren und die Zeit im Gefängnis hatten Spuren hinterlassen. Seine Gesundheit war, gelinde gesagt, angeschlagen. Deshalb war es nun umso wichtiger, das Richtige zu tun. Und das war ein Umzug in die andalusische Sonne. Er hatte sich bereits alles ausgemalt: eine kleine Finca irgendwo im Hinterland. Niemand würde ihn dort kennen und er konnte gemütlich seine Rente versaufen.

Und das wäre bei Gott ein gewaltiges Besäufnis. Waggert hatte vor, richtig Kasse zu machen. Jemand würde ihn entschädigen – dafür, dass er all die Jahre den Mund gehalten hatte.

* * *

Einige Tage später

Er hätte sich nicht träumen lassen, dass ihn diese Sache nach zehn Jahren noch einmal einholen könnte. Natürlich war es nicht so, dass er nie mehr daran gedacht hatte. Anfangs träumte er sogar von den Morden. Aber zum Glück gab es genug Möglichkeiten, sich abzulenken. Das Gefühl, eine Schuld auf sich geladen zu haben, ließ er erst gar nicht aufkommen. Immerhin war es ja so gewesen, dass er keine andere Wahl gehabt hatte. Längst waren die Opfer von damals vergessen, aber sein Leben, das musste schließlich weitergehen.

Es gab jedoch etwas, das ihm zu schaffen machte. Seit einiger Zeit war sie wieder da, diese starke, unnatürliche Lust. Mit ihr hatte vor zehn Jahren alles angefangen und jetzt hatte sie ihn sich, wie eine Katze die Maus, wieder gekrallt. Erst waren es nur kurze, sehnsüchtige Momente gewesen; aber dann wurde das Bedürfnis, dieser Begierde nachzugeben, immer stärker.

Ärgerlich schlug er aufs Lenkrad. »Wieso?«, rief er wütend, »wieso kann das nicht einfach aufhören?«

Seine Gedanken kehrten zu dem Telefonat zurück. Wie war dieser Waggert überhaupt auf ihn gekommen? Selbstverständlich konnte er den Anruf des Mannes nicht ignorieren. Erst hatte er überhaupt nicht gewusst, wer der Fremde am Telefon war. Aber das klärte sich schnell auf, als sich der Anrufer als ehemaliger Zuhälter von Nana Jakt vorstellte.

Eine längst vergessen geglaubte Erinnerung war damit in sein Gedächtnis zurückgekehrt.

Es war nicht schwer zu erraten gewesen, was Waggert wollte. Nun musste er sehen, wie er diese Angelegenheit bereinigen konnte. Der erste Schritt war bereits getan: Waggert wollte sich mit ihm an einem öffentlichen Ort treffen. Offensichtlich hatte sein Erpresser Angst, und dazu gab es auch allen Grund. Wenn sein Plan nämlich funktionierte, dann wäre Nanas ehemaliger Zuhälter kaum mehr in der Lage, sich in diesem Leben noch irgendetwas zu kaufen.

Theo Waggert lief mit steifen Schritten über den großen Platz, den man für die Veranstaltung ausgesucht hatte. Das »FeierMit-Event« war eine Mischung aus Kirmes, Flohmarkt und Wohltätigkeitsparty. Trotz der vorgerückten Stunde riss der Menschenstrom nicht ab, vor allem die großen Fahrgeschäfte konnten beeindruckende Besucherzahlen verbuchen. Der Mann nahm das zufrieden zur Kenntnis. Dieses Treffen sollte seine Zukunft sichern. Allerdings war er sich durchaus bewusst, dass er sich einen gefährlichen Geschäftspartner ausgesucht hatte. Der Ort hier war jedoch perfekt, um unauffällig, aber nicht unbeobachtet zu bleiben. Bei so vielen Menschen würde es niemand wagen, ihn anzugreifen. Zumindest redete er sich das ein.

Sein Weg führte ihn an den Autoskootern vorbei, wo junge Männer, offensichtlich Mitarbeiter des Fahrgeschäfts, sich mehr auf die heimischen Mädchen konzentrierten, die kichernd um die Bahn herumstanden, als auf ihren Job. Am obligatorischen Süßwarenstand mit den Lebkuchenherzen ging er etwas langsamer, hier lichtete sich die Menge.

Obwohl die Nacht recht kühl war, schwitzte er. Die vielen Leute, die seine Sicherheit garantieren sollten, machten ihm nun doch zu schaffen. Zehn Jahre in einer kleinen Zelle, immer die gleichen Abläufe, immer die gleichen Gesichter, das veränderte einen Menschen. Seit er wieder draußen war, erschreckte ihn manchmal die Rastlosigkeit, die um ihn herum herrschte. Auch das Wummern der Bässe, das von den großen Lautsprechern direkt in seinen Magen fuhr, verstärkte dieses Unwohlsein. Sie hatten sich am »Haus der 666 Qualen« verabredet. Eigentlich war es nicht Waggerts Vorschlag gewesen, weder diese Veranstaltung noch dieser ominöse Stand, aber sein »Geschäftspartner« schien sich auszukennen und bezeichnete den Treffpunkt als passenden Ort für ein Vorgespräch.

Nanas ehemaliger Zuhälter stellte beunruhigt fest, dass das »Haus der 666 Qualen«, das einem Eisenbahnwaggon glich, ziemlich einsam in einer wenig frequentierten Ecke des Geländes stand. Vielleicht sollte er sich zurückziehen und ein erneutes Treffen vereinbaren. Andererseits wollte er so schnell wie möglich an das Geld. Und es war ja nicht so, dass hier überhaupt niemand vorbeikam. Ganz in der Nähe standen die Wohnwagen der Fahrgeschäftbetreiber. Dort brannten vereinzelte Lichter. Außerdem war sicher auch Personal vor Ort. Waggert schob seine Bedenken beiseite.

Die Frau am Eingang, die entweder Italienerin oder Spanierin war, hatte ganz offensichtlich vor, einen Rekord im Dauertelefonieren aufzustellen. Sie sah ihn nicht an, als er ihr den Fünfeuroschein entgegenstreckte, sondern quasselte unentwegt in das Headset ihres Handys und studierte dabei eine Frauenzeitschrift. Waggert war versucht, sie deshalb anzupflaumen, beließ es aber schließlich bei einem Kopfschütteln und verschwand im Inneren.

* * *

Er hatte sich eine Ecke herausgesucht, in der er bequem auf Waggert warten konnte. Vorhin, als eine Gruppe angetrunkener Teenager diese Attraktion unsicher gemacht hatte, war er über einen Seiteneingang, der laut Schild nur dem Personal für Wartungsarbeiten zur Verfügung stand, hineingeschlüpft und unbemerkt geblieben. Er war schon einmal hier gewesen und hatte dabei zufällig erfahren, dass die Kassiererin das einzige Personal war, das diese »Attraktion« zu bieten hatte. Nicht ohne Grund hatte er deshalb diesen Treffpunkt vorgeschlagen. Unwahrscheinlich also, dass ein Angestellter hier aufkreuzen würde – und wenn doch, dann musste er seine Pläne eben ändern. Theo Waggert mochte sich vielleicht für besonders schlau halten, aber er war schlauer.

* * *

Der ehemalige Zuhälter verzog genervt das Gesicht, als er den ersten Raum betrat. Das Spiegelkabinett war nun wahrhaft nichts, das ihn amüsieren würde. Kurz drehte er sich um die eigene Achse, sah sich dabei als lang gezogene, geschrumpfte und dicke Variante und fluchte leise über den Unsinn.

Hinter sich hörte er Stimmen und eine Mutter mit zwei Kindern gesellte sich zu ihm. Die beiden Kleinen, die sichtlich übermüdet waren, hatten so wenig Spaß wie Waggert und das Mädchen quengelte: »Ich will zum Riesenrad!«

Die genervte Mutter zog ihren Nachwuchs weiter hinter sich her und bald hörte der ehemalige Zuhälter nur noch entfernt das Genörgel der Kinder. Er ging in den nächsten Raum und sah sich um. Nirgendwo stand Personal, das machte ihn nervös. Das Licht war düster und die aufgebaute Kulisse sollte offensichtlich die Gruft eines Vampirs darstellen. In der Ecke stand ein Sarg, dessen Deckel alle paar Minuten aufklappte, um den Blick auf ein mit Spinnweben bedecktes Skelett freizugeben, das sich langsam ein Stück erhob, um dann mit klappernden Knochen wieder zurückzufallen. Aus einem Lautsprecher drang unheilvolle Hintergrundmusik.

Auch wenn er eine ganze Weile weg vom Fenster gewesen war, konnte er sich beim besten Willen nicht vorstellen, dass das heute noch jemand unterhalten, geschweige denn gruseln würde.

»Sie sind zu spät«, hörte Waggert plötzlich eine Stimme hinter sich und schreckte zusammen.

Dann fiel ihm ein, dass er sich keine Blöße geben durfte, und besann sich auf die Zeit vor dem Gefängnis. Er war immerhin einmal ein harter Hund gewesen, die Menschen hatten ihn gefürchtet. Also drückte Waggert die Schultern durch und baute sich breitbeinig vor seinem Erpressungsopfer auf.

»Ganze zehn Jahre«, sagte er betont lässig und zog eine Zigarette aus der Tasche. Obwohl es ein Rauchverbotsschild gab, zündete er sie an. Zum einen, weil er angespannt war, zum anderen hoffte Waggert, damit vielleicht die Aufmerksamkeit des Personals auf sich zu lenken.

Sein Gegenüber durchschaute den Schachzug, kommentierte ihn aber nicht. »Sie wollten mich sprechen, hier bin ich. Also ...«, wandte er sich unfreundlich an den ehemaligen Zuhälter.

Der ließ sich nicht hetzen, tat so, als würde er voller Genuss an der Zigarette ziehen, und sagte schließlich: »Als diese kleine Schlampe vor zehn Jahren bei mir aufgekreuzt ist, um mir zu verkünden, dass sie nun aufhören wollte«, sein Gesichtsausdruck spiegelte den ganzen Zorn von damals wider, »da dachte ich mir schon, dass sie einen großen Fisch an der Angel hatte. Zugegeben, das Mädchen war dämlich, aber so dämlich dann nun auch wieder nicht.« Waggert legte den Kopf schräg. Endlich konnte er loswerden, was er all die Jahre für sich behalten hatte. »Jedenfalls wollte ich das natürlich nicht hinnehmen, das war ja noch vor meiner Verhaftung. Ich war zu der Zeit wirklich gut im Geschäft. Niemals hätte ich sie einfach so gehen lassen. Ich wollte ihr das klarmachen, daraufhin hat sie mir gedroht. Tja, und dabei ist ihr dann etwas herausgerutscht.« Nun triumphierte er. »Sie hat mir gesagt, dass sie schwanger von einem Freier wäre, und mir ein paar interessante Details über den Typen erzählt. Besonders das Gewerbe, dem er nachging, machte Eindruck auf mich.« Theo Waggert genoss seinen Auftritt. »Sie nannte zwar keinen Namen, aber eines stand fest: Der Kerl war von seinem guten Ruf abhängig. So jemand ist erledigt, wenn herauskommt, dass er mit einer Minderjährigen im Bett gewesen war und diese auch noch geschwängert hat.« Ein bösartiges Kichern entschlüpfte seiner Kehle, das jedoch in einem Hustenanfall endete. Schnell zog er an der Zigarette, als wäre die Medizin für ihn.

»Na ja«, fuhr er schließlich fort, »dann kam meine Verhaftung dazwischen. Ich hatte von Nana zwar keinen Namen erfahren, plante aber mir das, was ich bereits wusste, für meinen eigenen Prozess zunutze zu machen, und dann ...« Unappetitlich zog er die Nase hoch, bevor er erneut an dem Zigarettenstummel saugte, den er mit vergilbten, zittrigen Fingern hielt. »Ich hörte, die Kleine wäre ermordet worden, wurde vorsichtig und entschloss mich dazu, die Katze erst bei meiner Hauptverhandlung aus dem Sack zu lassen. Und plötzlich tauchte dieser junge Bulle namens Braul bei mir im Knast auf. Der hat irgendetwas geahnt und nicht lockergelassen. Als er mir versprach, sich für mich einzusetzen, da habe ich ihm das mit Nanas Freier gesteckt. Sie hätten mal dem sein Gesicht sehen sollen!« Waggert lachte auf, wurde dann aber sofort wieder ernst. »Vermutlich gelang es ihm noch am gleichen Tag, herauszufinden, wer dieser geheimnisvolle Kindsvater gewesen war, denn am Abend lag er bereits mit zwei Einschusslöchern im Leichenschauhaus. So hieß es zumindest in der Zeitung.« Endlich warf er die Reste seiner Zigarette weg. Der Gestank des angekokelten Filters war unerträglich. »Wie ein Besessener habe ich jede Information aufgesaugt, die ich zu dem Fall kriegen konnte, aber nirgendwo stand etwas von einer spektakulären Verhaftung. Stattdessen hieß es, Jan Zeiler wäre der Täter gewesen.« Waggert schnappte nach Luft und machte dabei ein pfeifendes Geräusch. »Dieser Braul wäre meine Chance gewesen, aber der war tot und ich bekam es nun richtig mit der Angst zu tun. Jemand, der einfach so einen Bullen umlegt und ungeschoren davonkommt, der hat noch ganz andere Möglichkeiten, wenn es um einen Knacki geht. Jedenfalls wollte ich nicht im Gefängnis hinterrücks ermordet werden, also hielt ich den Mund und nutzte die Zeit.« Er grinste hinterhältig. »Ich habe lange darüber nachgedacht, wer denn der Vater von Nanas Kind hätte sein können. Und wer gleichzeitig die Kaltblütigkeit besäße, diese Morde zu begehen. Ich dachte an ein paar Gerüchte, die ich hier und da einmal aufgeschnappt hatte. Anschließend zählte ich eins und eins zusammen und ...« Jetzt machte er eine ausladende Handbewegung. »Sie sind meine erste Wahl. Jetzt will ich eine Entschädigung für mein Schweigen!« Er fing den starren Blick seines Gegenübers auf. »Keine Mätzchen!«, sagte Waggert, um Selbstsicherheit bemüht. »Wir sind hier an einem öffentlichen Ort – wenn Sie mich anrühren, dann lasse ich Sie auffliegen.«

Das Grinsen seines Gegenübers verunsicherte den ehemaligen Zuhälter. Es war so furchtbar still hier. Wo war denn diese Mutter mit ihren Blagen, was trieb eigentlich die Kassiererin da draußen, und wo verflucht noch mal steckte das restliche Personal?

Waggert wollte zur nächsten Zigarette greifen, aber mitten in der Bewegung brach er ab.

»Mieses Erpresserschwein!« Das scharfe Messer, das in Waggerts Bauch gerammt wurde, hinterließ eine tiefe Wunde.

Der Verletzte keuchte auf, aber das Knirschen des Sargdeckels, der sich in dem Moment wieder einmal aufschob, übertönte sein hilfloses Stöhnen. Kaltblütig wurde das Messer in der Wunde gedreht, um dem Opfer besonders viel Schmerz zuzufügen.

Dann riss der Mörder die Klinge wütend zurück. Waggert sackte auf die Knie, sah die glänzenden schwarzen Schuhe seines Angreifers, die sich nun mit großen Schritten um ihn herumbewegten, und spürte dann, wie ihm der Kopf nach hinten gezogen wurde. Die mehrfachen Einstiche am Hals waren tödlich. Der, der zustach, kniff die Augen zusammen, spannte die Muskeln an und ließ dem Zorn freien Lauf.

»Mieses Erpresserschwein!«, zischte der Mann mit dem Messer erneut und hätte am liebsten auf den Kerl gespuckt, aber da übernahm wieder die Vorsicht die Kontrolle.

Er besann sich darauf, schnell und präzise zu handeln und keine Spuren zu hinterlassen. Noch war er völlig unentdeckt geblieben.

Schnell zerrte er den toten Waggert zu dem Sarg, öffnete den Deckel und wuchtete seinen Erpresser hinein. Anschließend löste er noch das Seil, das zu dem Hebemechanismus gehörte. Wenn er Glück hatte, bemerkten die Angestellten den defekten Sargdeckel vorerst nicht und die Leiche bliebe noch eine Weile unentdeckt. So wie es hier aussah, schien sich sowieso niemand dazu berufen, den Laden auf Vordermann zu bringen. Wie vor zehn Jahren trug er auch heute dunkle Kleidung, auf der man das wenige Blut, das er abbekommen hatte, nicht erkennen konnte. Das Messer würde er gleich anschließend entsorgen. Jetzt musste er nur noch so verschwinden, wie er gekommen war. Vorsichtig öffnete er die Tür des Personalzugangs und schlüpfte hinaus.

* * *

Carolina Juskov hatte sich in ihr kürzestes Minikleid gequetscht und sehr sorgfältig das grelle Make-up aufgetragen, als ihr Vater den Wohnwagen betrat. Eigentlich hätte er um diese Zeit am Los-Stand sein sollen. Und wo war überhaupt Maria, ihre jüngere Schwester? Abgemacht war, dass die ihr Rückendeckung geben sollte.

Es kam, wie es kommen musste. Carolinas Vater machte einen riesen Aufstand. Er würde seine Tochter nicht in diesem Aufzug durch die Straßen laufen lassen.

»Aber Papa«, quengelte Carolina. »Alle tragen das.«

»Nicht meine Tochter!« Er kniff die Augen zusammen und zog die richtigen Schlüsse. »Willst du etwa ausgehen?«

»Ich bin siebzehn!«

»Und meine Tochter. Ein anständiges Mädchen schleicht sich nicht einfach davon, angezogen wie eine …« Er nahm das Wort »Hure« nicht in den Mund, weil er sich dafür schämen würde. »Zieh dich um, du gehst nirgendwo hin!«

»Aber Papa«, bettelte sie erneut.

»Es gibt nichts weiter zu sagen.«

Carolina setzte sich seufzend auf ihr Bett. Langsam hatte sie es satt, dass ihr Vater sie wie ein Kleinkind behandelte. Immerhin war sie alt genug, selbst zu entscheiden.

Natürlich ging er nun davon aus, dass sie sich brav ins Bett legen würde, aber das konnte er vergessen. Es war nicht das erste Mal, dass sie sich davonschlich. Normalerweise kontrollierten ihre Eltern den Wohnwagen, in dem sie und ihre Schwester schliefen, nachts nicht. Man nahm einfach an, dass sie sich fügen würde. Für Carolina, die sich stets als Caro vorstellte, war das ein Glück. Sie packte ihre Handtasche, betrachtete noch einmal ihr Spiegelbild und zwinkerte sich zufrieden zu. Hoffentlich waren die anderen nicht schon aufgebrochen. Sie hatte sich mit ein paar Jugendlichen, die für die Standbetreiber arbeiteten, verabredet. Die Gruppe wollte nach Baden-Baden und durch die Kneipen und Bars ziehen. Schnell stöckelte Caro zum Parkplatz, um frustriert festzustellen, dass man nicht auf sie gewartet hatte.

»Arschlöcher!«, fluchte sie laut und marschierte zurück Richtung Wohnwagenstellplatz – aber zuvor wollte sie noch einen Joint rauchen. Dann wäre der Abend wenigstens nicht ganz so öde. Wie gewöhnlich schlich sie dafür hinter das »Haus der 666 Qualen«, da hatte man seine Ruhe.

Caro zündete sich gerade die Haschischzigarette an, als die Tür des Personalzugangs geöffnet wurde. Erschrocken stellte sie fest, dass es keiner von den Mitarbeitern war. Reflexartig warf sie den Joint auf den Boden und in einem Anflug von Panik dachte sie sofort an einen Drogenfahnder und die Wut ihres Vaters, wenn man sie verhaften würde.

Zur gleichen Zeit in Lisa Brauls Wohnung

Heute war wieder einer dieser Abende, an denen sie nicht zur Ruhe kam. Gegen 23.00 Uhr ging sie in Thomas' Zimmer und führte ihr übliches Ritual durch. Zuerst wurde das unbenutzte Bett glatt gestrichen, dann schob sie die wenigen Dinge auf dem Nachttisch hin und her. Das Buch, in dem irgendwo in der Mitte ein Lesezeichen steckte, eine Tonschildkröte, die sie im Kindergarten gemacht und ihrem Bruder anschließend voller Stolz geschenkt hatte und die aussah, als wäre sie überfahren worden, und den altmodischen Wecker.

Anschließend ging sie zum Sessel und nahm sein Lieblingssweatshirt in die Hand. Zum x-ten Mal legte sie es ordentlich zusammen. Man hatte ihr geraten, das Zimmer auszuräumen. Ihre Ärztin hakte bei jeder Sitzung nach. Während Lisa anfangs noch offen zugegeben hatte, dass sie das nicht könnte, log sie mittlerweile und behauptete, dass es langsam vorangehen würde.

Natürlich wusste sie selbst, dass es notwendig war, loszulassen. Man musste kein Hellseher sein, um zu erkennen, dass alle Probleme, die Lisa mit ihren Beziehungen, aber auch mit sich selbst hatte, auf die tragischen Umstände zurückzuführen waren, die ihr erst die Eltern und kurz darauf auch noch den Bruder genommen hatten.

»Beziehungsunfähig wegen zu großer Verlustängste«, so oder so ähnlich drückten sich die Psychologen aus.

Wenn ihre Therapeutin sehen könnte, was Lisa sonst noch hier aufbewahrte, dann würde sie sie mit Sicherheit wieder in die Klinik einweisen.

Die junge Frau kniete sich auf den Boden und zog unter dem Bett einen Schuhkarton hervor.

Auch das gehörte zum Ritual. Behutsam öffnete sie die Schachtel und nahm die ihr längst vertrauten Papiere heraus. Es waren Kopien der Fallakte von vor zehn Jahren, einige Zeitungsausschnitte und ein Block mit Thomas' Notizen.

Sie seufzte: »Ich weiß, ich sollte das nicht tun!«

Andererseits hatte man ihr geraten, sich mit dem, was geschehen war, auseinanderzusetzen. Mittlerweile hätte sie die Protokolle auswendig aufsagen können. Sollte Christian Feinbach von den Kopien erfahren, wäre er sicher stinksauer. Immerhin hatte sie die einfach angefertigt und mit nach Hause genommen. Er würde das als Vertrauensbruch ansehen und er hätte recht damit.

Aber in Lisa war einfach dieser starke Drang, zu verstehen, was sich in jener Nacht ereignet hatte. Alle schienen der Meinung zu sein, ihr Bruder hätte sich leichtsinnig in Gefahr begeben. Einerseits fühlte sie sich deshalb schuldig. Immerhin war er durch sie bestärkt worden, an seiner Einschätzung, was den Fall betraf, festzuhalten. Womöglich hatte er daraufhin versucht, sich und ihr etwas zu beweisen. Andererseits konnte sie trotzdem nicht glauben, dass er einfach so sein Leben riskiert hätte. So ein Typ war ihr Bruder nie gewesen.

Ihre Ärztin sah das anders. »Sie dürfen Thomas nicht auf einen Sockel stellen. Akzeptieren Sie, dass er ein Mensch aus Fleisch und Blut war und auch Fehler gemacht hat.«

Obwohl Lisa das begriff, gab es Tage wie heute, an denen sie das Offensichtliche nicht sehen wollte.

Mit Christian Feinbach hatte sie, als etwas Zeit vergangen war, versucht zu reden. Es war nicht so, dass er ihr keine Auskunft hatte geben wollen, aber, das wusste sie von Antje, er machte sich selbst große Vorwürfe, was den Tod seines Mitarbeiters betraf. Also hörte sie auf, Fragen zu stellen.

Lisa erinnerte sich an den Tag, an dem sie Antje und Christian verkündet hatte, dass sie zur Polizei wolle.

Beide waren fassungslos gewesen.

Antje, wie immer unverblümt: »Um Gottes willen, was ist das denn für ein Unsinn. Such dir eine gute Mode- oder Schauspielschule, irgendetwas Schönes!«

Christian hatte die Reaktion seiner Frau mit einem milden Lächeln kommentiert und sich Lisa anschließend zur Brust genommen. Es war ein gutes Gespräch gewesen und am Ende hatte er ihr vorgeschlagen, zuerst einmal eine Ausbildung in der Verwaltung zu machen.

Sie musste zugeben, dass diese Entscheidung die richtige gewesen war, auch wenn Antje das bis heute anders sah. Die Arbeit im Büro machte ihr Spaß und die Kollegen waren nett. Dass sie mit dem obersten Boss, Christian war mittlerweile Kommissariatsleiter, per Du war, hatte man anfangs zwar etwas argwöhnisch beäugt, aber mittlerweile interessierte das niemand mehr. Jedenfalls war sie auf diese Weise an die Kopien gelangt. Nicht, dass sie das geplant gehabt hätte. Der Wunsch, im Umfeld der Polizei zu arbeiten, der hatte natürlich damit zu tun, Thomas auf irgendeine Weise weiterhin nahe sein zu können, aber der Aktenklau, der war spontan gewesen.

Manchmal verfluchte sie sich dafür, denn jedes Mal, wenn sie in diese blöde Schachtel sah, war sie hinterher aufgewühlt. Leider war es ihr bisher noch nicht gelungen, die Unterlagen zu vernichten.

Plötzlich vernahm sie ein leises Fiepen. Boller stand an der Tür. Der Rüde wollte ins Bett, und da er sich als guter Rudelführer für Lisa verantwortlich fühlte, sollte sie gefälligst seinem Beispiel folgen.

Mit einem entschuldigenden Gesichtsausdruck sagte sie: »Ich komm ja schon!«, verschloss den Karton und schob ihn wieder an seinen Platz. Beim Hinausgehen flüsterte sie noch leise: »Gute Nacht, Thomas!«

Zur gleichen Zeit auf dem »FeierMit-Event«

Er zuckte unmerklich zusammen, als er die Gestalt neben dem Eingang entdeckte. Mit Zeugen hatte er nicht gerechnet. Das Licht hier an der Rückseite war zwar nicht besonders hell, aber da er das Mädchen gut erkennen konnte, war anzunehmen, dass es umgekehrt ebenfalls so war. Garantiert würde sie sich bei einer Befragung an ihn erinnern. Was für ein Mist, dabei war die Sache mit Waggert ohne Störungen über die Bühne gegangen. Unauffällig ließ er seine Hand in die Manteltasche gleiten, in der das Messer steckte. Es half nichts, er musste improvisieren. Lässig hob er die andere Hand zum Gruß.

Carolina starrte den Fremden an, bemerkte, dass er lederne Handschuhe trug, und fragte sich, was so ein Typ im »Haus der 666 Qualen« zu suchen hatte. Mittlerweile war sie noch mehr davon überzeugt, dass sie in ernsthaften Schwierigkeiten steckte.

»Hallo«, sagte er freundlich und blickte erst sie und dann den glimmenden Joint auf dem Boden neugierig an.

»Sie werden mich doch nicht verraten?«, fragte sie ängstlich.

Er war erleichtert. Die Kleine hatte selbst etwas zu verbergen, das machte die Angelegenheit einfacher. Vielleicht würde es ihm gelingen, sie von hier wegzulocken.

Also lachte er fröhlich auf und sie schien etwas zu entspannen.

»Nein, keine Sorge, ich fand es da drin nur ziemlich langweilig. Und was treibst du hier?«

Sie verzog ihr Gesicht und deutete in Richtung der Wohnwagen. »Mein Vater ist schrecklich spießig. Ich wollte hier nur in Ruhe entspannen.«

Sie hob den Joint wieder auf, ohne darauf zu achten, dass ihr Minikleid nach oben rutschte und man ihren Hintern sehen konnte.

Galant bot er ihr Feuer an und sie inhalierte mit einem leisen Hüsteln die illegale Substanz. Er lehnte ab, als sie ihm einen Zug anbot.

»Ich wollte nach Baden-Baden mit meinen Freunden. Die habe ich aber wegen meines Vaters nun verpasst!«, beschwerte sie sich und machte ein unglückliches Gesicht.

Mit Genugtuung nahm er ihre interessierten Blicke zur Kenntnis.

»Ich wollte eigentlich auch nach Baden-Baden. Was ist, hast du nicht Lust, mitzukommen? Ich bin in Feierlaune«, nahm er sofort den Faden auf.

Carolina überlegte nicht lange. Der Mann sah nach Geld aus, war allerdings schon ziemlich alt. Mit dem Wort »alt« bezeichnete Carolina Menschen über fünfundzwanzig. Sie dachte an ihre Freundin, die sogar schon einmal mit einem Fünfunddreißigjährigen geschlafen hatte. Nein, für Carolina sprach nichts dagegen, mit diesem Typen ein bisschen zu feiern. Das Angebot war verlockend und der Ärger auf ihren Vater immer noch groß. Außerdem bestand die Chance, in Baden-Baden ihre Freunde zu treffen.

»Klar, hast du ein Auto?«, antwortete sie deshalb schnell.

Er nickte.

»Wo hast du geparkt?«

»Nicht auf dem Parkplatz, sondern in einer Seitenstraße, hier in der Nähe.«

Er beglückwünschte sich selbst, dass er daran gedacht hatte, den Wagen abseits zu parken. So konnte er jetzt unauffällig mit diesem dummen Mädchen das Gelände verlassen und musste nicht den ganzen Platz überqueren. Die Kleine hätte mal wirklich besser auf ihren Vater gehört.

»Schönes Auto«, bemerkte Carolina scheinbar gelangweilt und machte eine lässige Handbewegung, so wie sie es schon einmal in einem Film gesehen hatte. »Ich bin übrigens Caro.«

»Freut mich, Caro«, sagte er freundlich und öffnete ihr, ganz Gentleman, die Beifahrertür, was sie zum Kichern brachte.

Kaum waren sie losgefahren, fragte sie: »Hast du hier auch Musik?«

Er deutete auf das Radio und sie fing sofort an, an den Knöpfen herumzufummeln auf der Suche nach dem richtigen Sender. Wieder rutschte ihr Kleid dabei verführerisch nach oben – aber für solche Gedanken war jetzt keine Zeit. Caro, die sich offensichtlich vorgenommen hatte, besonders welterfahren zu wirken, redete ununterbrochen.

Er hörte ihr nicht zu, sondern konzentrierte sich auf die Fahrt. Auf der Bundesstraße zwischen Rastatt und Baden-Baden bog er plötzlich ab und steuerte den Wagen auf einen Parkplatz, hinter dem ein verwildertes Stück Wald begann.

Caro sah nervös auf. »He, wo willst du hin?«

»Ich muss mal«, sagte er unschuldig und sie dachte sich nichts weiter.

Als er jedoch, anstatt in den Büschen zu verschwinden, um das Auto herumkam, da wurde die junge Frau unsicher.

»Lust auf eine Zigarette?«, fragte er schnell und öffnete ihr die Tür zum Aussteigen.

»Meinetwegen«, antwortete sie, während sie sich aus dem Auto hievte, wieder in diesem gelangweilten Ton und fügte noch an: »Für einen Moment hatte ich schon

Angst, du bist so ein Irrer, der Leute abschlachtet.«

Er grinste, zog das Messer aus der Manteltasche und stach zu.

»So einer bin ich nicht«, flüsterte er gefährlich.

Caro sah mit entsetztem Blick erst zu dem Mann, der die Klinge jetzt zurückriss, dann auf ihren Bauch. Langsam berührte sie mit den Händen die Wunde und spürte das warme Blut. Tränen kullerten ihr über die dick geschminkten Wangen. Das Messer traf sie erneut, dieses Mal in der Brust, der dritte Hieb verletzte ihr Gesicht und dann folgte der tödliche Stich in den Hals. Die junge Frau fiel zu Boden, ihre Augen blickten weit aufgerissen in den Nachthimmel. Die Autoscheinwerfer ließen das Blut seltsam künstlich aussehen.

Jetzt musste er sich beeilen. Er schleifte das Mädchen vom Wagen weg. Er kannte diese Ecke und wusste, dass hinter den Büschen die Reste eines alten Bunkers aus dem Zweiten Weltkrieg standen. Schnell zerrte er die Leiche dort hin. Es war mühsam, den toten Körper zu bewegen, auch wenn er sicher keine sechzig Kilo wog. Nachdem er die Tote in dem Betonbunker abgelegt hatte, eilte er zum Kofferraum. Er nahm einen gefüllten Benzinkanister heraus, mit dessen Inhalt er Carolinas Überreste übergoss und schließlich anzündete. Wenn er Glück hatte, würde man, nachdem das Feuer erloschen war, nicht so schnell auf die Leiche stoßen. Immerhin wussten nur die wenigsten von dem Bunker hinter dem Dickicht. Außerdem hoffte er, dass man auf diese Weise keine Verbindung zwischen der jungen Frau und dem toten Waggert herstellen würde.

* * *

KAPITEL 13

Drei Tage später

Christian Feinbach wusste nicht, warum er dieser Einladung überhaupt gefolgt war. Zu Hause wartete Antje. Sie war wunderschön und er neigte dazu, zu behaupten, dass ihr die Jahre gutgetan hatten. Sie wirkte nun reifer und das war unglaublich anziehend.

Trotzdem stand er hier, in dieser Absteige, vor der Tür eines schmuddligen Hotelzimmers, das vermutlich dringend einen Kammerjäger benötigte. Erneut fragte er sich nach dem Warum. Der Anruf hatte ihn aus dem Konzept gebracht.

»Ich dachte mir, du hast vielleicht Lust auf etwas Zweisamkeit?«

Er hatte sofort gewusst, wer da am anderen Ende der Leitung verführerisch als Nächstes ein »Christian, ich habe Lust auf dich!« ins Telefon hauchte.

Das Bild von Nadine tauchte vor seinem geistigen Auge auf, wie sie schwitzend auf dem Rücken lag und ihr zierlicher Körper von Holgers festen Stößen hin und herbewegt wurde. Ihre Augen waren die ganze Zeit über geschlossen gewesen. Holger hatte die prallen, künstlichen Brüste mit den aufgerichteten Brustwarzen geknetet, bis sie ihren Mund zum Schrei geöffnet hatte, während er keuchend zum Höhepunkt gekommen war.

Feinbach wollte das Gleiche spüren, deshalb war er hier. Noch bevor er an die Tür klopfte, wurde ihm geöffnet.

»Da bist du ja endlich!«

Mehr Worte waren nicht nötig. Feinbach starrte auf den nackten Körper, der sich ihm so freizügig anbot. Die Unsicherheit, die er plötzlich spürte, war ungewohnt.

»Du bist nervös, das musst du nicht sein.«

Feinbach schluckte, als er die Hand an seiner Hose spürte, und bemerkte, wie der Reißverschluss geöffnet wurde.

Seine körperliche Erregung ließ sich nicht verbergen.

»Ich habe das Gefühl, es ist nicht richtig«, stammelte er unvermittelt.

»Warum sollte das nicht richtig sein? Du gehst regelmäßig zu den Swinger-Partys, also, das hier ist dasselbe nur ohne Publikum.«

»Du weißt genau, dass es einen Unterschied gibt.«

»Ach ja? Ich bemerke keinen.«

Feinbach stöhnte, als ihm die Hose heruntergezogen wurde und zärtliche Küsse zuerst die Innenseite seiner Schenkel bedeckten, um sich schließlich weiter nach oben zu bewegen. Weiche Lippen umschlossen sein Glied. In diesem Moment war ihm Antje, seine Karriere und das Geld vollkommen egal. Er wollte nur noch das, was jetzt folgen würde, in vollen Zügen genießen. Alle anderen Gedanken schob Feinbach beiseite. Er hatte seiner Frau einmal geschworen, dass er sie nie betrügen werde. Der Schwur hatte keine Bedeutung mehr für ihn. Ohne weiteres Zögern ließ er zu, dass ihn die Lust führte. Seine Hände griffen gierig nach dem nackten Körper, der noch so wenig vertraut war. Neugierig berührte er mit den Lippen jede intime Stelle, und war nur allzu bereit, hier und jetzt Grenzen zu überschreiten. Es war ein wunderbares Gefühl, solange es dauerte.

Als sie schließlich beide erschöpft auf dem zerwühlten Bett lagen, ihre Körper verschwitzt und aneinandergeschmiegt, da kamen ihm Zweifel. Wie sollte das weitergehen? Antje würde es ihm anmerken, da war er sich sicher.

Das Augenpaar, das ihn liebevoll anblickte, faszinierte ihn. »Ich glaube, ich habe mich in dich verliebt!«, vernahm er die schüchtern gesprochenen Worte.

Feinbach wusste darauf nichts zu sagen. Er hatte eigentlich nicht vor, sein komfortables Leben im Reichtum aufzugeben. Sich von Antje zu trennen, würde alles verändern.

»Ich werde nichts von dir verlangen, keine Sorge! Wenn du willst, vergessen wir, was gerade passiert ist.«

Feinbach erschrak. »Heißt das, wir werden uns nicht mehr sehen?«

»Willst du mich denn wiedersehen?«

Er nickte hilflos, obwohl er genau wusste, dass er gerade dabei war, alles aufs Spiel zu setzen.

Zur gleichen Zeit am Arbeitsplatz von Lisa Braul

Lisa hatte gerade die Abschriften für ihren Boss erledigt und wollte sich den nächsten Text vornehmen, da hielt sie plötzlich in ihrer Bewegung inne. Sie hatte etwas entdeckt und der Name war ihr sofort vertraut. Die Meldung, die sie in der Hand hielt, riss sie auf unangenehme Weise aus dem Hier und Jetzt.

Man hatte gestern die Leiche eines Theo Waggert gefunden. Lisa vergaß, was sie eigentlich erledigen wollte, und loggte sich in die Datenbanken ein. Schnell fand sie die Protokolle.

Theo Waggert war am Morgen im »Haus der 666 Qualen« entdeckt worden. Konzentriert las Lisa die Aussage der Kassiererin. »Ich habe die Jungs gebeten, sich den Sarg anzusehen. Der Deckel hatte wieder einmal den Geist aufgegeben. Die beiden kamen, wollten den Mechanismus reparieren und fanden den Toten.«

»Kannten Sie den Mann?«, hatte sie einer der Beamten gefragt.

»Kann ich nicht behaupten. So viele Menschen, die tagtäglich an mir vorbeigehen ... da merke ich mir keine Gesichter.«

Lisa las mit offenem Mund weiter. Theo Waggert war erstochen worden, es gab bisher keine Verdächtigen, keine Zeugen und kein Motiv. Und dann war da noch die Information, dass der Mann vor wenigen Wochen aus dem Gefängnis entlassen worden war.

Sie lehnte sich zurück. Natürlich kannte sie Waggerts Namen. Er stand in der Akte, von der sie Kopien in einer Schuhschachtel unter dem Bett aufbewahrte. Er war der Zuhälter des zweiten Opfers, Nana Jakt, gewesen. Allerdings hatte er bei den damaligen Ermittlungen keine große Rolle gespielt. Mitarbeiter von Christian Feinbach hatten ihn im Gefängnis besucht und wegen Nana befragt, aber dabei war nichts herausgekommen. Als Mörder und als Vater von Nanas ungeborenem Kind war er ohnehin ausgeschieden. Lisa überlegte fieberhaft ob, und wenn ja was, sie mit dem, was sie eben erfahren hatte, anfangen konnte. Sie warf erneut einen Blick auf den Bildschirm. Die Ermittler, die den Mord an Waggert bearbeiteten, kannte sie nicht persönlich. Für einen Moment spielte sie mit dem Gedanken, sich an Christian Feinbach zu wenden. Aber dann verwarf sie die Idee. Er würde es Antje erzählen und die wäre sofort argwöhnisch und besorgt. Seit damals bemühte sich jeder, die Vergangenheit totzuschweigen. Nein, besser, sie würde erst einmal nichts sagen.

Verstohlen sah sie zu ihrer Kollegin Vanessa. Die schien nichts von Lisas außerdienstlichen Aktivitäten zu bemerken.

»Ich hole mir einen Kaffee«, sagte Lisa schnell und verließ den Raum, woraufhin die andere ein »O. k.« brummte, während sie verzweifelt versuchte, ihrem Schreibprogramm ein besonders ausgefallenes Sonderzeichen zu entlocken.

Lisa rannte in den Keller, denn dort wurden die alten Zeitungen für den Müll aufbewahrt.

In Windeseile fand sie die Ausgabe, in der man über die Eröffnung des FeierMit-Events berichtet hatte. Wie ein Schwamm saugte sie alles auf, was sie zu dem Thema finden konnte. Auf der ersten Seite gab es ein großes Foto. Einige der abgebildeten Personen kannte sie. Zum Beispiel stand dort neben dem Verantwortlichen für das Spektakel Kurt Jelot, Antjes Vater. Man betitelte ihn als großen Initiator. Im Hintergrund konnte sie den Kopf von Christian Feinbach erkennen. Über ihn war nichts geschrieben worden, aber Lisa wusste auch so, dass er beruflich dort gewesen war als Vertreter der Sicherheitsorgane. Aber interessanter war das Bild auf der zweiten Seite. Sie hatte es bereits vor ein paar Tagen zur Kenntnis genommen, wollte sich aber nochmals vergewissern.

»Der war also auch da!«, sagte sie zufrieden und betrachtete die Fotografie eines Mannes. Es war Hans von Dreistatt. Heute ein bekannter Psychologe und Autor, der sich im Kampf gegen die Drogen engagierte. Es gab eine Stiftung unter seiner Leitung, die nicht nur Süchtigen half, sondern auch jungen Frauen und Männer, die aus dem Milieu aussteigen wollten. Seine Stiftung war mit einem großen Informationsstand auf der Veranstaltung vertreten. Lisa riss die Seiten heraus und stopfte sie in die Tasche ihrer Jeans.

Sie wusste nicht, ob das etwas zu bedeuten hatte. Natürlich tauchte jemand wie von Dreistatt öfter in der Zeitung auf. Seinen Namen zu hören, war für Lisa nichts Besonderes mehr, auch wenn sie jedes Mal irritiert an das dachte, was über ihn in der Akte stand. Schwer vorzustellen, dass so jemand tatsächlich zum Lebensretter für andere wurde.

Dann fiel ihr der Block mit Thomas' Notizen ein. Viel hatte sie da nicht herauslesen können. Es gab eine Namensliste der Beteiligten.

Hinter von Dreistatt hatte Thomas kommentiert: »Trägt Ehering«. Bei Theo Waggert stand der Vermerk »Informationen über Nana Jakt« und bei Jan Zeiler »Verbirgt etwas«.

Bisher hatte sie nie dran gedacht, deshalb irgendwelche Schlüsse zu ziehen, aber unvermittelt hatte sie das Gefühl, dass hinter all dem mehr als das Offensichtliche stecken könnte. Ihre Hände fingen an zu zittern und sie begann zu schwitzen. Mit betont langsamen Schritten machte sie sich auf den Weg zur Kantine. Sie durfte jetzt keinesfalls den Eindruck erwecken, nicht Herr ihrer Sinne zu sein, sondern musste in Ruhe nachdenken.

Am nächsten Tag meldete sich Lisa krank. Sie log nicht gerne, aber es schien ihr keine andere Möglichkeit zu geben. Die ganze Nacht hatte sie gegrübelt. Schließlich war sie ganz methodisch vorgegangen, so wie man es ihr in den Therapiesitzungen immer gesagt hatte.

Als Erstes entschied sie sich dagegen, mit Feinbach zu sprechen. Momentan wusste sie nur, dass Theo Waggert nicht mehr lebte. Vermutlich war es nicht ungewöhnlich, dass jemand, mit dessen Vorgeschichte irgendwo erstochen wurde. Und eigentlich konnte sie noch nicht einmal konkret äußern, was sie an der ganzen Sache so beunruhigte, deshalb verschob sie das Gespräch mit Antjes Mann auf später.

Der nächste Punkt war schwieriger. Sie hatte keine Hinweise darauf, dass Waggerts Ableben etwas mit den Morden vor zehn Jahren zu tun haben könnte. Der Mörder war damals zweifelsfrei festgestellt worden. Trotzdem ließ ihr das keine Ruhe. Durch den Zugriff auf die Polizeidatenbanken wusste sie, dass Waggert keine Familie hatte. Einer plötzlichen Eingebung folgend, wollte sie daher mit jemandem sprechen, der noch bis vor Kurzem mit dem ehemaligen Zuhälter Kontakt gehabt hatte.

Mit weichen Knien stand sie deshalb gegen Mittag am Eingang der Justizvollzugsanstalt und bat um ein Gespräch mit Waggerts Zellennachbarn. Der Mann am Tor, ein junger Vollzugsbeamter, sah sie überrascht und ungläubig zugleich an.

»Wer sind Sie?«

»Lisa Braul, ich arbeite für die Polizei.« Sie legte ihren Personalausweis vor. Irgendwie hatte sie sich das einfacher vorgestellt.

Jetzt hob der Beamte eine Augenbraue und rief nach seinem Kollegen, ein großgewachsener Mann Anfang sechzig, der einen gutmütigen Eindruck machte und Lisa mit seinem runden Bauch an Boller, ihren Hund erinnerte.

Er betrachtete den Ausweis der Besucherin, nickte seinem Kollegen zu und sagte: »Meine Schicht ist sowieso zu Ende, vielleicht will mich Frau Braul ja nach draußen begleiten.«

Eigentlich wollte sie das nicht, doch noch bevor sie protestierte, ging ihr auf, dass das ein freundlicher Rauswurf gewesen war. Also fügte sie sich und wartete, bis der Mann sich abgemeldet hatte und mit ihr das Gefängnis verließ.

»Man kann nicht einfach in einem Gefängnis auftauchen und mit den Insassen sprechen. Es gibt dafür Richtlinien. Man braucht eine Besuchserlaubnis und so weiter. Und Polizisten haben einen Dienstausweis. Und wer für die Polizei arbeitet, der weiß das eigentlich.« Er war nicht unfreundlich, aber Lisa sah trotzdem aus wie ein begossener Pudel. Mit einem Mal war auch ihr klar, dass das Ganze eine idiotische Idee gewesen war.

»Ich wollte nichts Unrechtes tun, das müssen Sie mir glauben!«, beeilte sie sich, dem Mann zu versichern.

»Was wollten Sie denn überhaupt von Waggerts Zellennachbarn?«

»Das ist eine lange Geschichte …«, antwortete sie und dachte mit Schrecken daran, was sie sich alles anhören müsste, wenn Feinbach und Antje von ihrem unüberlegten Vorstoß erfahren würden.

Der Mann lächelte geduldig. »Sie sollten sie mir erzählen, denn momentan weiß ich noch nicht so recht, was ich mit Ihnen machen werde. Kommen Sie! Um die Ecke gibt es ein Gasthaus, wir müssen nicht hier auf dem Parkplatz stehen.«

Das Restaurant war noch leer. Ihr Begleiter, der sich als Hans Schmitt vorstellte, bestellte zwei Kaffee und sah die junge Frau dann erwartungsvoll an.

Zögerlich begann sie zu erzählen, was vor zehn Jahren passiert war, und dass sie, nachdem der Name Waggert aufgetaucht war, plötzlich die Idee hatte, ein bisschen nachzuforschen. Je mehr sie preisgab, desto dümmer kam sie sich vor.

»Dachte ich es mir doch!«, sagte Schmitt, als sie geendet hatte.

»Was?«

»Dass ich den Namen kenne. Sie sind also die Schwester von Thomas Braul. Es tut mir sehr leid, was mit Ihrem Bruder passiert ist.«

»Kannten Sie meinen Bruder?«, fragte sie.

»Wir sind uns begegnet. Er war hier an dem Tag, als er starb. Ich war bei der Beerdigung …«

Lisa war verwirrt. Sie hatte nirgendwo in der Akte einen Vermerk darüber gefunden, dass Thomas an seinem Todestag im Gefängnis gewesen war.

»Er war hier? Was wollte er?«

Schmitt erinnerte sich noch gut an Oberkommissar Braul, was natürlich mit dessen tragischen Ende zu tun hatte. »Er sprach mit Waggert.«

Sie riss die Augen auf. »Mit Waggert? Aber davon hat mir niemand etwas gesagt.« Gleich darauf schüttelte sie den Kopf, weil ihr einfiel, wie naiv sich das anhörte.

»Das war nicht besonders außergewöhnlich. Die Kollegen hatten in der Mordsache ermittelt. Waggert wurde natürlich auch befragt.«

Sie schüttelte immer noch den Kopf. »Das weiß ich, aber dass Thomas bei ihm war, davon stand nichts in der Akte.«

Schmitt horchte auf. »Sie haben die Akte gelesen?«

Lisa lief rot an. »Ich arbeite in der Verwaltung der Dienststelle«, antwortete sie ausweichend.

Ihr Gegenüber fragte nicht weiter, sondern erklärte: »Nun, Ihr Bruder starb an dem Tag. Der Mörder ebenfalls, der Fall war abgeschlossen.«

Sie ging nicht darauf ein, sondern fragte: »Und niemand wusste von Thomas' Besuch bei Waggert?«

»Keine Ahnung, mich hat zumindest niemand danach gefragt. Also wenn es nicht in der Akte stand, hatte Ihr Bruder womöglich keine Gelegenheit mehr gehabt, es den Kollegen mitzuteilen.« Er sah in ihr blasses Gesicht und murmelte: »Tut mir leid, es ist sicher nicht einfach für Sie, darüber zu sprechen.«

Sie zuckte mit den Schultern und entgegnete abwesend: »Geht schon!« Dann sah sie ihr Gegenüber an. »Bekomme ich jetzt Ärger?«

»Ich denke, dass der deutsche Staat heute andere Sorgen hat. Aber in Zukunft würde ich so etwas lassen. Mein junger Kollege hätte nämlich gerne Meldung gemacht.« Schließlich sah er sie ernst an. »Es wäre vielleicht gut, wenn Sie mit dem leitenden Ermittler von damals sprechen würden. War das nicht ...«

Er zögerte und sie sprach seinen Satz zu Ende.

»Christian Feinbach!«

Schmitt nickte, es war ihm wieder eingefallen. »Reden Sie mit ihm, ein guter Polizist. Und hören Sie auf, Dummheiten zu machen.«

Sie schenkte ihm ein entwaffnendes Lächeln und Schmitt dachte wehmütig: *So kann dich nur die Jugend um den Finger wickeln.*

»Ich rede mit Feinbach, versprochen«, sagte Lisa zum Abschied und fragte sich, um was es bei dem Gespräch zwischen ihrem Bruder und Waggert damals gegangen war.

Am nächsten Tag

Am nächsten Tag traf sich Lisa mit Antje. Es war bereits später Nachmittag, als sie gehetzt an der Stein-Pyramide auf dem Marktplatz in der Karlsruher Innenstadt ankam.

»Ich hätte dich mit dem Auto abholen können«, motzte Antje, die es hasste, wartend in der Fußgängerzone zu stehen.

Lisa bemerkte die schlechte Laune ihrer Freundin und hielt sich mit einem Kommentar zurück.

»Geht es dir wieder besser? Ich hörte, du warst krank. Warum hast du nicht angerufen?« Antje schien deshalb beleidigt.

»Weil ich mir selbst einen Schwarztee kochen und eine Packung Zwieback aufreißen kann, und du außerdem mitten in den Vorbereitungen für deine Geburtstagsparty steckst.«

»Ach, hör bloß damit auf«, entgegnete Antje übellaunig. »Ich frage mich wirklich, was jedes Jahr in mich fährt. Ich denke, es ist ein Konsum-Dämon, der mich dazu bringt, Hunderte von unsympathischen Leuten einzuladen, um sie mit teurem Kaviar und literweise Champagner abzufüllen.«

Lisa sah Feinbachs Frau überrascht an. Normalerweise war die ganz verrückt auf solche Feiern und eines war sie ganz bestimmt nicht, nämlich geizig. Diese Art von bitterer Schimpftirade passte überhaupt nicht zu ihr.

Sie waren die Kaiserstraße entlanggehetzt und schlängelten sich jetzt gerade um einen Bauzaun, als Lisa ihre Begleiterin am Arm festhielt und direkt fragte: »Ist alles in Ordnung?«

Antje blieb stehen. Für einen Moment fiel die Maske der selbstbewussten Frau, die locker allein gegen den Rest der Welt antreten konnte. Für diesen einen Moment wirkte Antje unglaublich traurig.

»He, blockieren Sie nicht den Weg!«, blaffte ein Passant hinter ihnen.

Lisas Freundin fing sich sofort wieder und warf dem Mann einen vernichtenden Blick zu. Dann lotste sie die Jüngere in ein kleines Bistro. Erst dort gab sie eine Erklärung: »Ich glaube, ich bin einfach gestresst. Christian kann vielleicht einen Job in Brüssel bekommen. Es geht um eine neue EU-Kommission, die sich um die grenzüberschreitenden Verbrechen kümmern soll, so was in der Art.« Sie machte eine wegwerfende Handbewegung. »Jedenfalls ist noch nichts entschieden und diese Geburtstagsparty soll eine Gelegenheit werden, ein paar Bäuche zu pinseln.«

»Wow, Brüssel!«, sagte Lisa beeindruckt. »Das ist doch toll!«

»Ja, vielleicht«, seufzte Antje. »Ich denke, dass uns beiden eine Luftveränderung guttun würde.« Plötzlich sah sie besorgt zu der Jüngeren. »Ich habe überlegt, dass du doch mitkommen könntest. Dort gibt es so viele Möglichkeiten. Eine Sprachenschule, Kunst oder Musik.«

Lisa lachte: »Ich kann ja noch nicht einmal singen!«
Antje fand zurück zu ihrer alten Form. »Das hält die meisten nicht davon ab, es trotzdem zu tun. Jedenfalls möchte ich dich in meiner Nähe wissen. Das wäre sicher fantastisch und du kämst mal raus. Christian soll dir dort einen Job besorgen. Die werden in dieser Kommission sicher auch jemanden für das Sekretariat brauchen. Diese Kerle können sich ja nicht einmal selbst einen Kaffee holen, geschweige denn, eine Telefonverbindung herstellen. Ich kenne das von meinem Vater, völlig unfähig, was solche Dinge angeht.«

»Wir werden sehen«, antwortete Lisa diplomatisch und verkniff sich ein Schmunzeln. Ihre Freundin gab sich vorerst damit zufrieden.

In Wirklichkeit wollte Antje überhaupt nicht fort, aber es schien ihr die einzige Möglichkeit, ihre Beziehung mit Christian zu retten. Hoffentlich konnte sie Lisa davon überzeugen, sie zu begleiten. Das Mädchen alleine hier zurückzulassen widerstrebte ihr sehr.

In den letzten Jahren hatte sich Antje verändert. Sie übernahm heute Verantwortung und steckte für die, die sie liebte, gerne zurück. In letzter Zeit stellte sie immer häufiger fest, dass sie besonders was Lisa anging, so langsam zur wachsamen Glucke mutierte, etwas, das sie sich vor zehn Jahren niemals hätte vorstellen können.

Der Einkaufsbummel mit Antje dauerte nicht allzu lange, deshalb beschloss Lisa, heute noch etwas anderes zu erledigen. Das Gespräch mit dem Vollzugsbeamten Schmitt hatte sie sehr nachdenklich gestimmt. Plötzlich erfuhr sie Dinge, von denen sie bisher nichts gewusst hatte, wie zum Beispiel Thomas' Besuch bei Waggert. Vielleicht gab es noch mehr Informationen. Womöglich würden die ihr helfen, besser zu verstehen, warum er sich in jener Nacht so leichtsinnig verhalten hatte.

Deshalb dachte sie, es wäre das Beste, mit denjenigen zu sprechen, die vor zehn Jahren dabei gewesen waren. Feinbach schied vorerst aus, er würde sie davon abhalten wollen, in der Vergangenheit zu graben, und ihr ohnehin nichts Neues sagen können. Daher schien es ihr nur logisch, mit denen zu beginnen, die neben Jan Zeiler auf der Verdächtigenliste gestanden hatten. Als Erstes wollte sie mehr über den Zuhälter Ralf Hortland in Erfahrung bringen.

Sie wusste dank netter Kollegen von der Streife und einer aktuellen Datenbank im polizeiinternen Computersystem, dass sich der Mann längst aus dem Geschäft zurückgezogen hatte. Statt eines Bordells betrieb er heute kurioserweise einen Kiosk. Für Lisa sprach nichts dagegen, dort ein paar Zeitschriften und eine Tüte Knabberzeug zu kaufen. Vielleicht konnte sie ja etwas Interessantes aufschnappen.

Der Kiosk, der sich nicht am Bahnhof, sondern in der Nähe einiger Nachtklubs befand, erinnerte an die Verkaufsräume großer Tankstellen. Man konnte hineingehen und an drei Stehtischen einen Automatenkaffee oder eine Flasche Bier trinken. Außerdem gab es heiße Würste und belegte Brötchen. Lisa kaufte ein paar Zeitschriften, bestellte eine Bockwurst und gesellte sich ein wenig unsicher zu den anderen Gästen. Die drei Männer machten ihr Platz, beachteten sie aber nicht weiter. Stattdessen führten sie eine lebhafte Diskussion über Fußball. Die Frau, die den Kiosk betrieb, wurde von ihnen mit Liz angeredet.

Lisa erinnerte sich an den Namen. Es hatte damals eine Liz gegeben. Sie war sowohl mit Nana als auch mit Hortland befreundet gewesen. Konnte das *diese* Liz sein? Die Frau wirkte krank und aufgeschwemmt und sah wesentlich älter aus als dreißig. Der Grund dafür wurde Lisa bald klar.

Als sich Liz unbeobachtet fühlte, schnappte sie sich eines der kleinen Schnapsfläschchen und goss den Inhalt in ihren Kaffee. Gerade als sie dabei war, sich das Zeug einzuverleiben, hörte man aus dem hinteren Teil des Ladens ein ungeduldiges Rufen.

»Liz, verdammt, wo steckst du?«

»Komme gleich!«, krakeelte sie ungehalten zurück.

Man hörte ein Rumoren und kurz darauf schob sich ein Mann in einem Rollstuhl mühsam durch die Tür. Seine Knie zitterten und sein Gesicht war verzerrt wie bei einem Schlaganfallpatienten. Einer der Gäste hob die Hand zum Gruß und rief: »Na, Ralf, alles klar?«

Der Angesprochene gab ein giftiges »Was glaubst du?« zurück und Liz sah sich genötigt, einzugreifen, indem sie nach hinten eilte, den Rollstuhl umdrehte und den Mann wieder in das Hinterzimmer schob. »Du vergraulst mir noch die ganzen Kunden«, hörte man sie schimpfen.

Die drei Männer, die neben Lisa standen, schüttelten bedauernd den Kopf.

Die junge Frau sah ihre Chance und fragte: »War das Ralf Hortland? Was ist mit ihm passiert?« Manchmal war es einfach besser, direkt zu sein, als umständlich um den heißen Brei herumzureden. Entweder man gab ihr die Auskunft oder man scheuchte sie davon.

Einer der Fremden schien angetan von der hübschen jungen Frau und ließ sich nicht lange bitten: »Kennst du den etwa?«

»Nee«, antwortete Lisa und versuchte dabei, möglichst badisch zu klingen. »Aber ich habe Geschichten von ihm gehört.« Die Erklärung genügte ihrem Gegenüber, um weitere Informationen preiszugeben. Dazu rückte er Lisa allerdings unangenehm auf die Pelle. Sie musste sich zusammenreißen, als sie seinen Bieratem in ihrem Gesicht spürte.

»Der Hortland war früher eine große Nummer im Milieu, aber dann hat er es übertrieben.« Er machte eine Handbewegung, die das Benutzen einer Spritze nachahmen sollte.

»Heroin?«, fragte Lisa überrascht.

»Nein«, die beiden Kumpels ihres Gesprächspartners lachten, »der Ralf war Bodybuilder.«

»Was ist passiert?«, hakte sie neugierig nach.

»Zu viele Anabolika. Irgendwas mit seinen Muskeln und da oben«, er berührte mit dem Zeigefinger seine Schläfe, »da stimmt seither auch etwas nicht mehr.«

»Wie lange ist er denn schon krank?«

»Lass mich überlegen, Schätzchen.« Der Mann blickte zur Decke und murmelte Zahlen vor sich hin.

Einer seiner Begleiter kam ihm zur Hilfe. »Weihnachten 2009, da kam er ins Krankenhaus.«

»Stimmt«, erinnerte sich jetzt auch Lisas Gegenüber. »Seit 2009. Bevor alles den Bach runterging, hat die kleine Liz dann diesen Kiosk aufgemacht. Der Hortland kann zwar nicht mal mehr alleine aufs Klo, aber der ist und bleibt ein Tyrann, das kannst du mir glauben. Eine Schande! Das Mädchen geht hier doch vor die Hunde, patente Frau!«, sagte er noch bewundernd.

Lisa hatte genug gehört. Die beiden würden ihr kaum eine Hilfe sein. Und irgendwie machten sie ihr auch Angst. Außerdem brächte sie nie den Mut auf, diesen unangenehmen Hortland direkt anzusprechen. Auch Liz' beeindruckender Blutalkoholspiegel würde bei einem Gespräch über zehn Jahre alte Ereignisse nicht gerade hilfreich sein. Lisa nahm sowieso nicht an, dass einer der zwei Theo Waggert ermordet hatte. Da war es doch wahrscheinlicher, dass sich die beiden eines Tages gegenseitig umbringen würden, zumindest, wenn es nach dem Geschrei ging, das gerade im Hinterzimmer einsetzte.

Sie wollte dieser privaten Tragödie nicht länger beiwohnen. Deshalb verabschiedete sie sich und stopfte beim Hinausgehen artig den Pappteller, auf dem die Bockwurst serviert worden war, in den Mülleimer.

Am nächsten Tag in Lisas Büro

Als Lisa in der Verwaltung der Dienststelle angefangen hatte, war sie anfangs erschrocken darüber gewesen, wie viele Personen innerhalb eines Jahres als vermisst gemeldet wurden. Noch mehr hatte es sie schockiert, dass eine bestimme Anzahl dieser Menschen gewöhnlich für immer verschwunden blieb. Aber mit der Zeit waren Meldungen dieser Art für sie zur traurigen Routine geworden. Sie sah die Aufrufe, die sich an die Bevölkerung richteten, registrierte das Gesicht darauf und vergaß es meist wieder schnell. Aber heute starrte sie wie gebannt auf das Foto einer jungen Frau. *Carolina Juskov* stand auf dem Flugblatt und darunter der Hinweis, dass sie bei ihren Eltern lebte, die gerade als Fahrgeschäftbetreiber am FeierMit-Event teilnahmen. Gebannt las sie das Datum ihres Verschwindens: Es war die Nacht, in der laut Obduktionsbericht Theo Waggert ermordet worden war.

Fieberhaft überlegte sie, wen von den zuständigen Beamten sie persönlich kannte. Dieses Mal kam Lisa ihre Kollegin Vanessa zur Hilfe, die gerade den Gang entlangmarschierte.

»Was liest du denn da?«, fragte die neugierig und blieb neben Lisa stehen, um auch einen Blick auf die Vermisstenmeldung am Schwarzen Brett zu werfen. »Wieder eine!«, sagte die Kollegin und schnalzte mit der Zunge. »Vermutlich abgehauen und jetzt hält sie den ganzen Laden auf.«

»Und wenn ihr etwas passiert ist?«, erwiderte Lisa mitfühlend.

»Ach was, die ist auf und davon. Der Vater ist so ein super strenger, lebt hinterm Mond. Das Mädchen war fast achtzehn und er hat ihr alles verboten.«

»Woher weißt du das?«, fragte Lisa interessiert.

Ihr Gegenüber legte ein breites Grinsen auf. »Habe in letzter Zeit ein paar Kontakte geknüpft ...«

Lisa ließ das unkommentiert. Sie wusste, dass Vanessa erstens nicht schüchtern und zweitens ständig verliebt war. Dieses Mal hatte sie ihr Herz an einen jungen Kommissaranwärter verloren. Allerdings wollte sie nichts über das Liebesleben ihrer Kollegin erfahren, sondern mehr von der verschwundenen Carolina Juskov.

»War das nicht die Nacht, in der es diesen Toten im Gruselkabinett gab?«

»Was interessiert dich das überhaupt?«, fragte nun Vanessa überrascht, wartete aber nicht auf eine Erklärung, sondern gab generös alle Informationen weiter, die sie besaß. »So wie ich gehört habe, gibt es da keinen Zusammenhang. Das wurde alles schon in großer Runde diskutiert. Feinbach hat sich höchstpersönlich eingeschaltet und mit dem Vater gesprochen. Danach schien auch er die Theorie zu vertreten, dass die Kleine irgendwo ihre Freiheit genießt.«

»Und was passiert jetzt?«

Vanessa zuckte mit den Schultern. »Sie suchen noch, aber wenn es keine Hinweise auf ein Verbrechen gibt ... Ist doch auch egal, komm, ich muss dir unbedingt von gestern Abend erzählen.«

Damit ergoss sich über Lisa eine wahre Flutwelle romantischer Spekulationen und Lobpreisungen bezüglich jenes jungen Beamten und am Ende schwelgte Vanessa, wie gewöhnlich, in Heiratsfantasien. Lisa hielt es für das Beste, mitzuspielen, denn umso schneller wäre das Ganze dann vorbei. Erst fünfzehn Minuten später konnte sie die Akte von Carolina Juskov am Bildschirm aufrufen.

Am nächsten Tag

Für den Abend hatte Lisa Pläne. Deshalb kniete sie vor ihrem Rüden Boller, der gemütlich auf der Couch lag und dem sie jetzt erklärte, warum heute Sonia vorbeikam, die Hundesitterin. Sonia war eine Sportstudentin, die sich nebenher ein bisschen Geld verdienen wollte. Sie kam mit Hunden hervorragend zurecht, und Lisa vertraute ihr voll und ganz. Nur Boller sah dieser getroffenen Übereinkunft ohne Freude entgegen. Lisa fühlte sich schlecht, als er den Kopf wegdrehte. Sie redete sich ein, dass der Vierbeiner nun enttäuscht von ihr war, und hatte ein schlechtes Gewissen. Außerdem zog Sonia immer ein kleines Sportprogramm mit dem Hund durch, etwas, das er offensichtlich nicht besonders schätzte.

Es klingelte an der Tür. Es war die Hundesitterin, die voller Tatendrang am Eingang stand. »Wo ist denn mein Liebling?«, rief sie frohgemut und störte sich nicht daran, dass der Rüde jegliche Form von Begrüßung ablehnte.

Als Lisa den beiden nachsah, Sonia im Joggingschritt und ihr Hund viele Meter mit hängendem Kopf dahinter, da wäre sie am liebsten zu Hause geblieben. Sie hatte jedoch keine Wahl, wenn sie das, was sie sich vorgenommen hatte, auch erledigen wollte.

Das FeierMit-Event war trotz der Vorfälle immer noch im vollen Gange und die Besucher kamen auch weiterhin zahlreich. Die ersten Minuten streifte Lisa ziellos zwischen den Buden und Fahrgeschäften umher. Dann begann sie sich zu orientieren. Das »Haus der 666 Qualen« war geschlossen. In der Nähe entdeckte sie den Stellplatz für die Wohnwagen.

An einem Stand kaufte sie eine Portion Zuckerwatte und fragte vorsichtig nach Maria Juskov. Die Frau, die heute einen Kunden nach dem anderen mit dem süßen Gespinst versorgen musste, wirkte nicht misstrauisch. »Drüben bei den Losen. Sie ist heute für den Alten eingesprungen.« Und schon wandte sie sich von Lisa ab und wickelte die nächste Portion rosagefärbte Zuckerwatte auf ein Stäbchen.

Lisa war sich sofort sicher, Maria, die Schwester der verschwundenen Carolina gefunden zu haben. Es gab nämlich eine starke Ähnlichkeit zwischen der Jüngeren und dem Bild auf der Vermisstenanzeige. Als sie nun näher herantrat, konnte sie deutlich erkennen, dass das Mädchen geweint hatte.

»Ich bin Lisa Braul und arbeite bei der Polizei«, sagte sie mit schlechtem Gewissen.

Sofort reagierte Maria und rief einem jungen Mann am anderen Ende des Standes zu, dass er kurz übernehmen sollte. Atemlos kam sie hinter der Theke hervor.

»Gibt es etwas Neues? Hat man Caro gefunden?«

Lisa tat es fast körperlich weh, die Enttäuschung in dem Gesicht des Teenagers zu sehen. Maria war vierzehn Jahr alt und wirkte sehr verletzlich.

»Tut mir leid«, murmelte sie deshalb, »ich weiß, wie das ist, ich habe meinen Bruder verloren.« Eigentlich war es gar nicht ihre Art, über solche persönlichen Dinge zu sprechen, aber irgendwie hatte sie den Eindruck, dem Mädchen wäre es ein Trost zu wissen, dass es da jemand gab, der verstand.

»Wirklich?«, fragte sie mit großen Augen.

»Ja, er ist gestorben. Ich war damals siebzehn!«

»Das tut mir leid«, flüsterte Maria und fing an zu weinen. »Caro ist auch tot«, fügte sie verzweifelt an. »Ich weiß es. Alle sagen, sie ist abgehauen, aber das ist sie nicht.«

Lisa kannte die Aussagen bereits, die die einzelnen Familienmitglieder und Freunde gemacht hatten. Schließlich hatte sie aufmerksam die Datei von Carolina Juskov gelesen. Der Vater hielt es für ausgeschlossen, dass seine Tochter einfach abgehauen wäre. »Sie ist ein gutes Mädchen!«, hatte er während der ganzen Vernehmung betont. Die Mutter äußerte sich auf die gleiche Weise! Die Eltern glaubten deshalb an eine Entführung. Alle Bekannten von Carolina hielten es hingegen durchaus für möglich, dass sie durchgebrannt war. Sie nannten als Grund den strengen Vater. Die Polizei tendierte dazu, Letzteren zu glauben, da die nächsten Angehörigen meist kein realistisches Bild des Vermissten hatten.

Lisa war hierhergekommen, um mit der Schwester zu sprechen. Unter Geschwistern herrschte nämlich meistens eine besondere Vertrautheit.

»Was denkst du, was passiert ist?«

Maria zögerte.

»Warum glaubst du, dass Caro nicht abgehauen ist? Ich habe gehört, dein Vater ist sehr streng. Vielleicht hatte sie einfach genug davon, bevormundet zu werden.«

Sie standen etwas abseits der Menge, aber trotzdem war der Geräuschpegel sehr hoch. Nur mit Mühe konnte sie verstehen, was das Mädchen zu ihr sagte: »Es ist wegen mir!« Jetzt hob Maria den Kopf und blickte Lisa mit großen, traurigen Augen an. »Es ist wegen mir, sie hätte mich nie zurückgelassen. Nie, im ganzen Leben nicht!«

Und mit einem Mal war sich auch Lisa sicher, dass Carolina etwas Schreckliches zugestoßen war.

Nur ungern stellte sie deshalb ihre nächste Frage: »Hast du irgendeine Ahnung, was in der Nacht, als sie verschwand, passiert ist? Ihre Freunde wollten zusammen mit ihr nach Baden-Baden fahren, wusstest du das?«

»Ja, natürlich und dann kam mein Vater und hat es ihr verboten.« Soweit stand es in den Protokollen.

»Und was, denkst du, hat sie dann gemacht?«

»Weiß nicht!«, gab das Mädchen trotzig zurück.

»Was hatte Carolina mit dem ›Haus der 666 Qualen‹ zu tun?«, es war ein Schuss ins Blaue, weil Lisa ansonsten nichts mehr einfiel.

Am Gesicht des Mädchens erkannte sie, dass sie einen Treffer gelandet hatte, nun ließ sie nicht mehr locker.

Obwohl sich Maria anfangs sträubte, sie wollte ihre Schwester nicht verpetzen, seufzte sie schließlich und fing an zu reden. »Sie ist meistens dort hingegangen, um heimlich ihre Haschischzigaretten zu rauchen. Auf der Rückseite ist man ungestört. Sie hat immer gesagt, das würde ihr helfen, zu entspannen, vor allem, wenn es Streit gegeben hatte«, sagte sie schließlich.

»Denkst du, sie war an dem Abend, als sie verschwand, auch dort?«

»Möglich. Wäre das denn wichtig?«

»Ich hoffe es«, antwortete Lisa ehrlich und fragte sich, wie Feinbach auf diese Information reagieren würde. Immerhin wurde es dadurch möglich, dass es doch einen Zusammenhang zwischen dem Verschwinden der jungen Frau und Waggerts Tod gab.

Maria schluchzte plötzlich laut. »Sie fehlt mir so, was soll denn nun werden?«

Lisa nahm das Mädchen spontan in den Arm, nicht in der Lage, etwas Tröstendes zu sagen, außer: »Gib die Hoffnung nicht auf!«, und selbst das kam ihr verlogen und gefühllos vor.

Nachdem sich Lisa von Maria verabschiedet hatte, überquerte sie den Platz auf der Suche nach dem Ort, an dem sich heute Abend Hans von Dreistatt die Ehre gab. Aus der Zeitung wusste sie, dass der bekannte Psychologe und Autor zuerst einen Vortrag über seine Stiftung und die Arbeit mit Suchtkranken halten wollte und dann anschließend zu einer Signierstunde einlud.

Lisa hatte sich extra dafür sein neustes Buch gekauft und betrat nun mit einem eigenartigen Gefühl, einer Mischung aus Neugier und Nervosität, das aufgestellte Festzelt.

Der Vortrag war zum Glück schon vorbei, denn sie hätte nicht die nötige Geduld aufgebracht, ruhig auf einem Stuhl zu sitzen und zuzuhören.

Die Schlange vor dem Pult hatte eine beträchtliche Länge. Offensichtlich zählten vor allem die Damen zu den Fans des Psychologen. Lisa hielt den Mann bisher nur für einen Wüstling, der sich hinter der Forschung versteckte, um seine eigenen sexuellen Begierden zu befriedigen. Wer die Akte gelesen hatte, konnte es kaum anders interpretieren. Aber wenn sie sich hier nun umsah, die glühenden Wangen der Zuhörerinnen registrierte, deren entzücktes Quieken vernahm, wenn er sie mit einem charmanten Lächeln verabschiedete, dann musste sie ihre Meinung noch einmal überdenken. Von Dreistatt war nicht nur einfach ein Wüstling, nein, er war ein Wüstling, der es meisterhaft verstand, andere zu täuschen und zu manipulieren. Nervös fuhr sie sich mit der Zunge über die Lippen. Anfangs hatte sie geplant, irgendeine Geschichte zu erfinden und ihn vielleicht so zum Reden zu bringen, aber mittlerweile wurde sie unsicher.

Lisa hatte sich abseits gehalten und die anderen vorbeigelassen. Einmal dachte sie, von Dreistatt hätte es bemerkt, aber das konnte natürlich Einbildung gewesen sein. Jedenfalls wartete sie, bis auch die letzte begeisterte Dame sich aus dem Zelt bewegt hatte, und trat nun selbst zu dem Mann, der sich mit einem gewinnenden Lächeln an sie wandte. »Interessant«, sagte er unvermittelt. »Sie haben alle anderen vorbeigelassen. Warum? Weil Sie ein freundlicher Mensch sind oder weil Sie etwas geplant haben?«

Scharfsinnig war er, das musste Lisa zugeben. Und sehr aufmerksam, er hatte sie also tatsächlich beobachtet. Außerdem war da noch etwas anderes. In Natura sah der Mann gar nicht so übel aus, wie in ihrer Vorstellung oder auf den Zeitungsbildern. Was auch immer er vor zehn Jahren gewesen sein mochte – heute, mit Ende dreißig, wirkte er zumindest äußerlich sehr smart. Die Brille gab ihm einen intellektuellen Touch und sein glattrasiertes Gesicht mit den ersten Falten um die Augen hatte beinahe etwas Anziehendes.

Er sah sie immer noch an und die junge Frau erinnerte sich daran, dass er ihr eine Frage gestellt hatte.

»Ich würde sagen, dass beides zutrifft!«, entgegnete sie so gelassen wie möglich und schob das Buch über den Tisch.

»Sie haben sich also mein Buch gekauft«, fast ehrfürchtig öffnete er mit seinen langen Fingern den Deckel. Lisa sah den Ehering und dachte an Thomas' Notizen.

»Werden Sie es auch lesen?«, fragte er amüsiert.

»Vielleicht«, antwortete Lisa herausfordernd. Die Art des Mannes fing an, sie zu provozieren.

»Für wen soll ich es signieren?«, entgegnete er daraufhin.

»Lisa Braul, die Schwester von Thomas Braul ...«

Von Dreistatt stutzte und zog die Augenbrauen zusammen. Es war schwer zu sagen, ob er überlegte, woher er den Namen kannte, oder sich längst erinnert hatte und lediglich verwundert war, damit konfrontiert zu werden.

»Lisa Braul«, sagte er leise zu sich selbst, dann änderte sich sein Gesichtsausdruck. »Thomas Braul!«, rief er bestimmt. »Der Polizist, jetzt entsinne ich mich.« Er betrachtete sie eingehend und legte den Kopf schräg. »Sie sind also seine Schwester!«

Er schloss den Buchdeckel, stand auf und kam um den Tisch herum. Als Nächstes reichte er ihr die Hand. »Es freut mich, Sie kennenzulernen. Wie ist es Ihnen ergangen?«

Lisa beäugte den Mann voller Misstrauen und ermahnte sich, vorsichtig zu sein. Sie wollte schließlich etwas von ihm erfahren und nicht etwas von sich preisgeben.

Er hielt immer noch ihre Hand, als er weitersprach: »Vermutlich sind Sie nicht hier, um mir etwas über sich zu erzählen?«

Es war geradezu unheimlich, wie von Dreistatt sie durchschaute. Sie hasste das. Wieso sahen Ärzte sie immer so an, als wäre ihr das Geheimnis allen Seins auf die Stirn tätowiert? Lisa entzog ihm ihre Hand und zwang sich, seinem Blick standzuhalten.

Er lachte und sie hätte ihn dafür gerne geohrfeigt. Gleichzeitig wünschte sie sich, er würde erneut nach ihrer Hand greifen.

»Ich wollte Sie keinesfalls aus dem Konzept bringen«, hörte sie seine Stimme, die einen Hauch überheblich klang.

»Haben Sie nicht«, gab sie giftig zurück.

Er betrachtete die Frau erneut mit diesem Blick, der an das Lauern eines Raubtiers erinnerte, und setzte zu einer Erwiderung an, wurde aber unterbrochen.

Eine Mitarbeiterin der Stiftung betrat den Raum. Sie sah müde, aber zufrieden aus. »Brauchst du noch etwas?«, fragte sie und blickte erstaunt zu Lisa, offensichtlich hatte sie nicht mehr mit Publikum gerechnet.

»Nein, ihr könnt Feierabend machen!«

Sie nickte und verschwand wieder.

»Ihre Frau?«, rutschte es Lisa heraus und sie hätte sich dafür am liebsten die Zunge abgebissen.

Er lachte auf und brachte sie dadurch noch mehr in Verlegenheit. »Meine Frau? Nein, das ist Reggi, eine Stütze für unsere Arbeit. Sie war früher zwar eine meiner Patientinnen, aber sie ist weder meine Frau noch meine Lebenspartnerin oder meine Geliebte. Ich bin zurzeit nicht liiert.«

»Glauben Sie, dass mich das interessiert?«

Von Dreistatt trat einen Schritt zurück und verschränkte die Arme vor der Brust, bevor er ihr antwortete: »Sie hätten mein Buch lesen sollen. Alles, aber wirklich alles, was auf dieser Welt geschieht, dreht sich um die Frage, wer mit wem!«

»Unsinn!«, entgegnete sie brüsk.

Er lachte wieder dieses charmante Lachen, das sie ihm aber nicht abnahm. »Ist es das? Was denken Sie zum Beispiel, wenn Sie einen Mann sehen?«

Lisa wollte nicht antworten, aber gleichzeitig konnte sie ihm auch nicht die Genugtuung bereiten, ihr zu unterstellen, dass sie nicht mit dem nötigen Selbstbewusstsein ausgestattet war zu reagieren, deshalb sagte sie schroff: »Ich frage mich, ob er nett ist.«

»Oh nein«, rief von Dreistatt nun theatralisch, »tun Sie mir das nicht an. Entpuppen Sie sich nicht als eines dieser biederen Mädchen, das nicht ausspricht, was es wirklich denkt. Sie leben doch nicht im Kloster.«

Lisa hatte genug. »Was wollen Sie denn von mir hören? Dass ich mich frage, wie lang sein Penis ist? Dass ich darüber sinniere, wie es mit ihm im Bett wäre? Und selbst wenn ich das denken würde«, fauchte sie nun wütend, »was spielt es für eine Rolle? Denn wenn der Typ nicht nett ist, wird in diese Richtung nie irgendetwas passieren!«

Für eine Sekunde starrte er sie ausdruckslos an, dann klatschte er langsam in die Hände und entgegnete begeistert: »Das ist der beste Kommentar, den ich jemals auf diese Frage bekommen habe. Eine ehrliche Antwort, deshalb vollkommen unmoralisch, gepaart mit dem schrecklich biederen Zusatz vom Nettsein, der Ihre Ehre wiederherstellt. Sie sind eine sehr interessante Frau, Lisa Braul!«

Für einen Moment war sie versucht, sich einfach umzudrehen und zu gehen, nicht weil sie sich über den Mann ärgerte, sondern über sich selbst, denn seine Reaktion hatte ihr geschmeichelt und nun hoffte sie, er würde das nicht merken.

Wieder schien er ihre Gedanken zu lesen. »Grübeln Sie nicht darüber nach, wie Sie sich weiter verhalten sollen. Vergessen Sie es und stellen Sie mir stattdessen einfach Ihre Fragen.«

Ihr überraschter Gesichtsausdruck ließ ihn weitersprechen. »Sie sind doch hier, um mir Fragen zu stellen, oder? Sehen Sie mich nicht so an. Man hat mir schon in frühen Jahren eine überdurchschnittliche Intelligenz bescheinigt. In Ihrem Fall musste ich nur eins und eins zusammenzählen. Ich nehme an, Sie haben den Tod Ihres Bruders immer noch nicht verwunden. Irgendetwas hat Sie nach all den Jahren eingeholt. Was ist passiert?« Er schaute sich um und bot ihr einen Stuhl an.

Lisa setzte sich. »Darum geht es nicht. Ich wollte nur …« Sie brach ab. Eigentlich wusste sie gar nicht, was sie wollte. War es Thomas' Todestag, der sich erst vor Kurzem zum zehnten Mal gejährt hatte, oder einfach der Wunsch, es besser zu verstehen, um endgültig damit abzuschließen, der sie antrieb, nach all der Zeit wieder in der Vergangenheit zu graben. Alles hatte mit der Meldung von Theo Waggerts Tod begonnen.

Von Dreistatt erwartete keine weitere Erklärung von ihr, sondern begann zu erzählen: »Ich wurde vernommen, was Sie sicher wissen, sonst wären Sie nicht hier.«

Lisa nickte.

»Ihren Bruder habe ich nur ein Mal gesehen. Er war bei einem Verhör dabei, hat aber nichts gesagt. Von daher bin ich kaum in der Lage, Ihnen eine Einschätzung zu geben. Damals war alles sehr verworren. Dieser Feinbach war ein gerissener Kerl, deshalb habe ich auch bis heute nicht verstanden, warum er mit mir seine Zeit verschwendet hat.«

Lisa behielt es für sich, ihn darauf hinzuweisen, dass man einen Verdächtigen nicht von der Liste streichen konnte, nur weil der zu Protokoll gab, unschuldig zu sein.

»Ich habe mich natürlich schon aus beruflichem Interesse mit dem Fall befasst. Es stellte sich schließlich heraus, dass es dieser Spanner gewesen war. Wie hieß er noch mal?«

»Jan Zeiler«, half Lisa aus.

»Ja richtig, Zeiler. Wer hätte das gedacht?«, fügte er zweideutig an.

»Wieso? Alles sprach gegen ihn.«

Er schürzte die Lippen und blickte sie nachdenklich an. »Sie überraschen mich schon wieder. Ich dachte, Sie wären hier, weil Sie der fixen Idee nachhängen, der wahre Mörder Ihres Bruders sei noch auf freiem Fuß. Aber darum geht es Ihnen gar nicht, oder? Was treibt Sie um?«

»Ich möchte es einfach nur verstehen!«

»Was?«

Sie kämpfte mit den Tränen. Keinesfalls wollte sie vor diesem Mann die Fassung verlieren. Er hatte sie sowieso schon dazu gebracht, mehr zu sagen, als sie ursprünglich geplant hatte.

Als Lisa nichts erwiderte, lehnte er sich auf dem Stuhl zurück. »Sie denken, es wird einfacher, wenn Sie das Warum beantworten können?«

Sie riss sich zusammen. »Ist das denn nicht normal, dass man sich fragt, warum so etwas einem geliebten Menschen passiert?«

Bedächtig antwortete er: »Aber Sie kennen die Antwort doch bereits. Ihr Bruder wurde während der Ausübung seines Berufes getötet.«

Plötzlich sprang Lisa wütend auf. »Das weiß ich alles, sparen Sie sich das. Ich will wissen, warum er so etwas Leichtsinniges getan hat.« Ihre Stimme überschlug sich. »Ich will wissen, warum er alleine an diesen verfluchten Ort ging? Warum hat er sich darauf eingelassen? Warum hat er etwas getan, das nicht zu ihm gepasst hat …?«

Von Dreistatt war ebenfalls aufgestanden. »Ich weiß, was Sie meinen, aber gibt es auf solche Fragen denn überhaupt eine Antwort? Menschen machen die verrücktesten Dinge. Für gewöhnlich nennt man das: Fehler!« Sein feines Lächeln hatte etwas Mitfühlendes, obwohl Lisa den Kerl immer weniger ausstehen konnte. »Ich würde Ihnen empfehlen, sich einen guten Arzt zu suchen, der sich mit Trauerbegleitung auskennt.«

»Ach ja«, erwiderte Lisa gereizt, »und wer soll das sein? Sie vielleicht?«

Ihr Gegenüber sah sie nun ernst an. »Nein, ich würde Sie niemals als Patientin annehmen! Das wäre ethisch nicht vertretbar.«

»Und warum nicht?«, schnappte sie.

»Weil ich an Ihnen interessiert bin, sehr sogar.«

Nun war Lisa vollends irritiert. Sie hatte nichts erfahren. Stattdessen war sie von dem Psychologen aus der Reserve gelockt worden, und jetzt baggerte er sie auch noch an.

Wenn ich ihm ins Gesicht schlage, dann wird ihn das vermutlich antörnen, dachte sie aufgebracht und unterdrückte diesen Impuls.

»Das ist nicht Ihr Ernst!«, sagte sie angewidert, drehte sich um und verließ mit hoch erhobenem Kopf das Zelt.

»Ruf mich an und pass gut auf dich auf, kleine Lisa!«, rief er ihr hinterher. Dann betrachtete er mit einem eigenartigen Gesichtsausdruck das Buch, das sie vergessen hatte mitzunehmen. »Vielleicht sollte ich dir das bei Gelegenheit vorbeibringen.«

* * *

KAPITEL 14

Zwei Tage später am frühen Nachmittag

Saskia Trensch lebte seit fast zehn Jahren wieder in Pforzheim. Als es an der Tür klingelte, schnappte sie sich ihren Zweijährigen, der gerade eine Phase durchlebte, in der er sich täglich in Gefahr brachte und man ihn keine Sekunde unbeaufsichtigt sein lassen konnte, und ging zum Eingang.

Die Frau, die sie nun hoffnungsvoll anblickte und fragte: »Saskia Trensch?«, kam der Polizistin zwar irgendwie bekannt vor, aber mehr auch nicht.

»Ja, das bin ich und Sie sind?«

»Lisa Braul ...«

An Saskias Gesicht erkannte die Besucherin, dass sich die andere erinnerte.

»Kommen Sie rein«, bat Saskia nun freundlich und rief nach ihrem Mann.

Der eilte ein wenig widerwillig die Treppe herunter, vermutlich ahnte er schon, dass er vorübergehend den Nachwuchs beaufsichtigen musste.

Die Polizistin schien eine sehr harmonische Ehe zu führen, denn ein Blick und wenige Worte genügten, um bei ihm eine verständige Reaktion auszulösen. Er schnappte sich den Kleinen, rief nach zwei weiteren Kindern und verkündete, dass er nun mit der ganzen Truppe zum Eisessen wollte.

Endlich waren die Frauen allein. »Ich habe meinen Nachnamen nach der Hochzeit behalten«, sagte Saskia, nur um irgendetwas zu sagen.

Lisa nickte. »Sie fragen sich sicher, warum ich hier einfach so auftauche?«

Die Gastgeberin kam näher und umschloss die Hände der jungen Frau.

»Ich bin froh, dass Sie hier sind. Damals, nach der Beerdigung, wollte ich immer mal nach Ihnen sehen, aber dann ...«

»Ich weiß, dass Sie meinen Bruder gemocht haben, und er hat Sie ebenfalls sehr geschätzt.«

Saskia schluckte und konnte eine Träne nicht verhindern. »Es tut mir leid«, entschuldigte sie sich schnell.

»Muss es nicht. Es ist schön zu sehen, dass Thomas nicht vergessen ist.«

Die Polizistin lächelte. Dieses Mädchen hatte die gleiche sanfte Art wie ihr Bruder.

»Ich bin mit einer Bitte hier«, lenkte Lisa das Gespräch nun auf den Grund ihres unangekündigten Besuchs. »Ich wäre Ihnen sehr dankbar, wenn Sie mir alles erzählen könnten, was damals passiert ist.«

Saskia blickte sie erstaunt an.

»Keine Sorge, die Akten kenne ich, jedes Protokoll, jede Notiz. Ich habe bereits mit allen möglichen Personen gesprochen, die damals dabei waren.« Lisa erzählte Saskia von ihren letzten Unternehmungen, auch von Waggerts Tod und dem Verschwinden von Carolina Juskov. Nur den Besuch im Gefängnis, den behielt sie weiterhin für sich, stattdessen fragte sie unschuldig: »War mein Bruder eigentlich auch im Gefängnis bei Theo Waggert? Oder wollte er dort hin?«

Saskia schüttelte den Kopf. »Davon weiß ich nichts, warum?«

»Nur so ein Gedanke«, lenkte Lisa ab und bat Thomas' ehemalige Kollegin zu erzählen, was sich aus ihrer Sicht damals ereignet hatte.

Die Polizistin kam der Bitte gerne nach und am Ende angelangt sagte sie: »Vieles habe ich natürlich vergessen, nach dem Tod Ihres Bruders wollte ich von Mordermittlungen nichts mehr wissen, obwohl mich

Feinbach gerne behalten hätte. Aber er hat es verstanden und mir geholfen, hier in der Abteilung für Wirtschaftskriminalität unterzukommen. Es freut mich zu hören, dass es ihm gut geht.«

Mehr konnte Saskia der jungen Frau nicht berichten und obwohl sie Lisa bat, doch noch zu bleiben, wollte diese kurz darauf aufbrechen.

Die Verabschiedung der beiden Frauen fiel sehr herzlich aus. Saskia drückte Lisa an sich und ermahnte sie zur Vorsicht: »Auch wenn Jan Zeiler der Täter war, heißt das nicht, dass alle anderen Verdächtigen ungefährlich sind. Sie müssen achtgeben, bei wem Sie da einfach so aufkreuzen. Sie sollten wirklich mit Christian Feinbach über Ihre heimlichen Nachforschungen sprechen.«

Lisa verzog das Gesicht. »Ich bin vorsichtig. Wenn ich mit Christian spreche, wird er mir verbieten, jemanden aufzusuchen, und sich Sorgen machen.« Sie bemerkte Saskias skeptischen Blick und fügte eilig hinzu: »Außerdem habe ich längst mit allen gesprochen, es ist ohnehin vorbei.«

»Ich weiß, das klingt abgedroschen, aber Sie müssen nach vorne sehen. Ihr Bruder hätte nicht gewollt, dass Sie es sich so schwer machen.«

Die junge Frau nickte und verschwand so schnell, wie sie gekommen war, während ihr Saskia mit einem unguten Gefühl hinterhersah.

Geburtstagsparty von Antje Feinbach

Der Abend schien perfekt. Antje hatte sich, was die Organisation, aber auch ihr Outfit anging, selbst übertroffen. Sogar das Wetter spielte mit und bescherte den Gästen einen unerwartet lauen Aprilabend. Allerdings hatte Antje auch die wechselhaften Temperaturen bedacht und so fand der größte Teil der Veranstaltung in dem weitläufigen Haupthaus des Anwesens statt.

Kurt Jelot war nur allzu gerne bereit gewesen, sein Domizil für die Feier zur Verfügung zu stellen. Alles wirkte sehr stylish, selbst die Kellner und Kellnerinnen in Livree, die mit beladenen Tabletts zwischen den Gästen hin und her eilten.

Antje stand mit Christian im Eingangsbereich, um die Gäste in Empfang zu nehmen. Liebevoll hatte er seinen Arm um ihre Taille gelegt und streichelte immer wieder sanft über die Hüfte seiner Frau.

»Du siehst toll aus. Lass die Feier ausfallen, wir gehen in eines der Schlafzimmer!«, flüsterte er ihr gerade ins Ohr und Antje war fast versucht zu glauben, es hätte sich nichts verändert.

Aber die Idylle war trügerisch. Als Holger mit Nadine im Schlepptau durch die Tür trat, änderte sich Christians Haltung. Für eine Sekunde hatte sie sogar das Gefühl, dass er seinen Arm von ihrem Körper wegziehen wollte. Zorn wallte in ihr auf, als Nadine sich ihnen kichernd näherte. Die künstlichen Brüste der verhassten Rivalin standen wie startbereite Raketen nach oben, und der tiefe Ausschnitt verdeckte kaum die Brustwarzen. Antje hätte ihr liebend gern mit einem stumpfen Messer hier und jetzt die Silikonkissen herausgeschnitten und genoss für einen Moment diese Vorstellung, bevor sie herzlich rief: »Nadine, Holger, wie schön, dass ihr kommen konntet!«

»Aber um nichts in der Welt hätte ich das verpassen wollen«, flötete Holgers Frau und Antje bemerkte sofort, dass sich Christian unbehaglich fühlte. Er konnte Nadine fast nicht ansehen und vermied auffällig Holgers Blick.

Sie hatte das Gefühl, jeder könnte ihr anmerken, dass sie sich zum Lächeln zwingen musste. Ihre Wangen schmerzten bereits. Endlich mischten sich Nadine und

Holger unter die anderen Gäste und Antje widmete sich pflichtschuldig den nächsten Gratulanten. Erst Lisas Eintreffen entlockte dem Geburtstagskind einen Ausruf echter Freude. Liebevoll nahm sie ihre Freundin in die Arme und flüsterte: »Gott sei Dank, dass du da bist!«

Lisa hatte es längst aufgegeben zu verstehen, was Antje manchmal tat oder sagte, aber heute hatte sie den Eindruck, dass etwas nicht stimmte. Sie wollte nachfragen, aber schon trat ein Ehepaar heran und nahm die Gastgeberin in Beschlag.

Die Party kam langsam in Schwung. Man hatte mit Bedacht eine hervorragende Musikauswahl getroffen, die die Stimmung anheizte. Nach dem spektakulären Büfett fingen die Gäste an zu tanzen. Es wurde gesungen und gelacht, und jeder schien sich zu amüsieren.

Antje hatte gerade eine weitere Runde Small Talk hinter sich gebracht und war sehr zufrieden. Auch die Herren und Damen, die über Christians berufliche Zukunft in Brüssel entscheiden würden, amüsierten sich prächtig. Ihr Vater hatte sich sehr für seinen Schwiegersohn eingesetzt, auch das würde sich bezahlt machen.

Sie ließ den Blick auf der Suche nach ihrem Mann durch den Raum schweifen. Automatisch hielt sie auch nach Nadine Ausschau, die sie nirgendwo entdecken konnte. Würde es Christian wirklich wagen, sich auf ihrer Geburtstagsparty mit einer anderen davonzustehlen?

Warum sollte er davor zurückschrecken, beantwortete sie sich selbst die Frage.

Damals bei Franz Blachs Feier hatte er schließlich auch keine Hemmungen gehabt. Sie hatten es quasi vor Sybilles Augen, seiner damaligen Frau, getrieben.

Die Vernunft sagte ihr, es dabei zu belassen. Was auch immer er gerade tat, ihn jetzt, vor all den Menschen zur Rede zu stellen, wäre das Dümmste, was sie tun könnte. Aber der Stachel, der sich immer weiter in ihr Herz bohrte, wollte gezogen werden. Deshalb machte sie sich, obwohl sie es eigentlich besser wusste, auf die Suche nach ihm und Nadine.

Im hinteren Teil des Hauses, der nicht zur Partyzone gehörte, gab es einen Wintergarten. Wie an unsichtbaren Fäden gezogen, bewegte sich Antje dorthin. Sie hatte schon überall nachgesehen, nur noch nicht da.

Mit angehaltenem Atem näherte sie sich der Glastür und spähte hindurch. Die sanfte Beleuchtung zwischen dem kräftigen Grün der üppig wuchernden Pflanzen schaffte eine wunderbare mediterrane Atmosphäre in dem Raum. Gerade wollte sie sich erleichtert abwenden, weil sie niemand entdecken konnte, da nahm sie im Augenwinkel eine Bewegung wahr. Antje stockte. Ihr Körper spannte sich an und ihr Herz hämmerte wild gegen die Brust. Sie erkannte Christian, er stand mit dem Rücken zu ihr und dann sah sie die fremden Hände, die sich um seinen Hals geschlungen hatten. Es musste ein inniger Kuss sein, denn die beiden blieben eine ganze Weile in dieser Position. Antjes Hand lag auf dem Türgriff, aber irgendwas hielt sie in letzter Minute davon ab, in den Raum zu stürmen und die beiden eng aneinandergeschmiegten Körper auseinanderzureißen. Die Gestalten lösten sich voneinander. Es war nicht die Vernunft, die Antje weiterhin zurückhielt, sondern der Schock. Sie sah Christians glückliches Lächeln und dann das Gesicht dieser hinterhältigen Person, die ihr den Ehemann stehlen wollte.

Sie hatte es befürchtet, schon seit Wochen – doch was sie hier gerade sah, überstieg ihre Vorstellungen. Es war anders und viel schmerzlicher, als in ihrer schlimmsten Fantasie, und es machte sie zur Verliererin. Für Antje fühlte es sich an wie ein brutaler Schlag ins Gesicht.

Warum fielen ihr ausgerechnet jetzt die Worte von Christians Exfrau ein: »Nehmen Sie ihn mit all dem Unglück, das er über Sie bringen wird.« Ja, so musste sich Unglück anfühlen. Antje zwang sich, einige Schritte rückwärts zu gehen. Sie musste weg von hier.

Endlich gehorchte ihr der eigene Körper wieder, und sie stürmte die Treppe nach oben, bevor sie jemand sehen konnte, und stürzte in eines der Badezimmer.

Mit flatternden Händen schaufelte sie sich kaltes Wasser ins Gesicht. Ihr Make-up war zerstört, so wie ihr Leben. Kurz lachte sie bei diesem Gedanken schrill auf.

»Haltung bewahren, nur nichts anmerken lassen, du kriegst das hin!«, flüsterte sie ihrem Spiegelbild aufmunternd zu.

Dann tupfte sich Antje Feinbach mit einem Handtuch ab, versuchte ein Lächeln, was kläglich scheiterte, und machte sich wieder auf den Weg zu ihren Gästen.

Schnell wechselte sie hier und da ein paar Worte und schließlich gelang es ihr sogar, einen der Entscheidungsträger, was Christians Job bei der EU-Kommission anging, mit ein paar witzigen Äußerungen zu unterhalten.

Ihr werdet euch für meinen Mann entscheiden, dachte sie grimmig. *Christian wird mit mir nach Brüssel gehen und dann wird alles wieder normal.*

Als ihr kurze Zeit später eine wie gewöhnlich harmlos dreinblickende Nadine über den Weg lief, konnte sie sich sogar einen neutralen Gesichtsausdruck abringen. Fast hatte sie ein wenig Mitleid für die Frau übrig, die sich offensichtlich der Illusion hingab, das Glück auf ihrer Seite zu haben. Aber da sollte sich Nadine täuschen.

* * *

Eine halbe Stunde später schlenderte Feinbach zwischen den Gästen hindurch. Er verdrängte, was da eben im Wintergarten passiert war, und versuchte, sich nichts von seiner eigenartigen Stimmung anmerken zu lassen. Nadine und Holger würde er für den Rest des Abends aus dem Weg gehen.

Da kam es ihm nicht ungelegen, dass Lisa zu ihm trat und fragte: »Kann ich dich kurz sprechen? Es ist wichtig!«

»Natürlich, komm, wir gehen in Kurts Arbeitszimmer.«

Lisa folgte ihm nervös, denn vermutlich würde er gleich nicht mehr so freundlich sein, wenn sie ihm erst einmal alles gebeichtet hatte.

»Also, was gibt es?«, forderte er sie zu sprechen auf.

Sie druckste herum und wusste plötzlich nicht mehr, wie sie anfangen sollte, obwohl sie sich bereits im Vorfeld alles fein säuberlich zurechtgelegt hatte. »Ich habe erfahren, dass Theo Waggert tot ist. Ermordet!«, fügte sie noch hinzu, damit er erst gar nicht versuchen würde, sie abzuwiegeln.

Feinbach seufzte. »Und das hat dich an die Sache von damals erinnert?« Er sah sie besorgt und verständnisvoll an.

Sie wich seinem Blick aus. »Ja, natürlich. Außerdem habe ich mich gefragt, wer ein Interesse daran hätte, den Mann umzubringen.«

Nun hob Feinbach fast ein wenig amüsiert die Augenbrauen. »Der Mann war kriminell, seit er laufen konnte. Kannst du dir vorstellen, wie viele Feinde so jemand hat?«

»Schon, das ist mir klar, aber da ist noch etwas anderes. Dieses verschwundene Mädchen Carolina Juskov.«

»Das hat dich betroffen gemacht?«, wieder war er sehr mitfühlend.

Sie griff seine Worte dankbar auf. »Ja, sehr sogar. Als ich ihrer Schwester begegnet bin, Maria, da habe ich etwas Interessantes erfahren. Sie sagte ...«

Er unterbrach sie schroff. »Moment! Was hast du mit der Schwester der Vermissten zu schaffen?« Alles Mitgefühl war verschwunden und seine Stimme klang mühsam beherrscht.

»Ist doch egal, jedenfalls hat die mir erzählt, dass Caro für gewöhnlich hinter dem ›Haus der 666 Qualen‹ ihre Joints rauchte. Vielleicht hat sie das auch in der Nacht getan, in der Waggert ermordet wurde, und man hat sie deshalb entführt oder Schlimmeres.«

Feinbachs Gesichtsausdruck war hart. »Ich frage dich noch einmal: Was hast du mit dieser Maria zu schaffen?«

Lisa wurde rot und kam sich vor wie ein Kind, das ausgeschimpft wurde. »Ich war zufällig auf diesem Event und sie hat an einem der Stände gearbeitet. Wir kamen ins Gespräch und da hat sie mir von Caro erzählt.« Lisa hatte mit fester Stimme gesprochen, aber Feinbach merkte, dass das nicht die ganze Wahrheit war.

Trotzig blickte sie ihn an.

»Was soll der Quatsch, ich glaube dir kein Wort. Du hast herumgeschnüffelt! Stimmt doch, oder?«

»Und wenn schon«, antwortete sie gereizt.

»Hast du eigentlich eine Ahnung, wie gefährlich so etwas sein kann?« Er sprach zwar mit sorgenvollem Gesicht, aber die Wut war aus seinen Worten herauszuhören.

»Was ist daran gefährlich?«

»Jemand könnte das mitbekommen und sich dadurch bedroht fühlen. Wir können ein Verbrechen im Fall Carolina Juskov immer noch nicht ausschließen. Wie denkst du, wäre das für Antje oder mich, wenn dir etwas passieren würde? Falls du es noch nicht gemerkt hast, du gehörst zur Familie.«

Jetzt hatte er es geschafft, dass sie sich schuldig fühlte. Deshalb verschwieg sie ihm auch ihren Besuch im Kiosk von Hortland und die Gespräche mit von Dreistatt und Saskia Trensch. Und schon gar nicht erwähnte sie die Unterhaltung mit dem Vollzugsbeamten Schmitt.

»Wenn es dir nicht gut geht, dann solltest du mit deiner Therapeutin sprechen. Dieses ewige Wühlen in der Vergangenheit, das ist doch nicht gesund. Herrgott, Lisa, das bringt doch nichts.«

Sie schnaufte laut: »Ich weiß, jeder sagt mir das, aber manchmal reichen mir die Antworten, die ich habe, einfach nicht.«

Er sah sie aufmunternd an und nahm sie freundschaftlich in die Arme. »Es tut mir leid, ich wollte nicht unsensibel sein!«

»Warst du nicht. Schon in Ordnung«, erwiderte sie tapfer. Unvermittelt fiel ihr das Gespräch mit von Dreistatt ein und etwas, das er gesagt hatte. Sie wusste selbst nicht, warum sie die nächste Bemerkung machte, wahrscheinlich saß dieser Gedanke seit ihrer Begegnung mit dem Psychologen in ihrem Unterbewusstsein fest und wartete nur auf einen Augenblick wie diesen. »Bist du eigentlich hundertprozentig davon überzeugt, dass Jan Zeiler damals die Morde begangen hat?«

Feinbach ließ sie abrupt los. »Lisa, was redest du denn da?« Er klang aufgebracht. »Glaubst du, wir verstehen nichts von unserer Arbeit?« Feinbach wurde so sauer, dass Lisa glaubte, er würde sie gleich anschreien.

»Nein, das habe ich nicht gesagt. Es tut mir leid, ich wollte dich nicht verärgern.«

Er antwortete ihr nicht, sondern starrte voller Zorn auf die Wand. »Es ist nicht einfach, einen Kollegen zu beerdigen«, sagte er schließlich leise.

Sie entschuldigte sich erneut und Feinbach entgegnete versöhnlich: »Schon vergessen, aber du versprichst mir, mit deiner Therapeutin zu reden.« Scherzhaft fügte er an: »Sonst hetze ich dir Antje auf den Hals!«

Sie war erleichtert, dass er eingelenkt hatte, und entgegnete spöttisch: »Oh nein, bitte nicht, ich werde auch ganz brav sein.«

Er lächelte ihr zu und sie ging wieder zurück zur Party. Für einen Augenblick fixierte er seine Schuhspitzen, dann fuhr er herum, als hinter ihm die Stimme seines Schwiegervaters erklang.

»Ich dachte, diese Scheiße von damals ist vom Tisch?« Kurt Jelot nippte an seinem Glas. Er hatte in einem der großen Ohrensessel gesessen, verdeckt von dessen hoher Rückenlehne und das Gespräch heimlich mit angehört. »Was meint die Kleine mit ihrer Bemerkung über Jan Zeiler. Zweifelt da etwa jemand daran?«

Feinbach betrachtete Antjes Vater und stellte mit einer gewissen Genugtuung fest, dass diesem das Thema immer noch Angst einjagte.

»Warum? Hast du etwas zu befürchten?«, entgegnete er deshalb schnippisch.

Jelot kniff die Augen zusammen und zischte: »Vorsicht, mein Junge! Wer nach Brüssel will, sollte nur wasserdichte Fälle in der Schublade haben!«

»Kümmere dich um den Inhalt deiner eigenen Schubladen«, erwiderte Feinbach gehässig, drehte sich um und verließ ohne ein weiteres Wort den Raum.

* * *

Am nächsten Abend

Es war schon nach zweiundzwanzig Uhr, als er sie endlich sah. Eine ganze Weile hatte er in seinem Auto gewartet. Was für eine Nacht – es schüttete wie aus Eimern, man konnte kaum die eigene Hand vor Augen sehen und auf den Straßen bildeten sich bereits kleine Bäche.

Ungeduldig sah er zum x-ten Mal auf die Uhr. Sie musste doch irgendwann auftauchen. Und dann, als wären seine Wünsche erhört worden, öffnete sich die Haustür. Viel war nicht zu erkennen, aber der Hund, der sich nun äußerst widerwillig von der Frau im Trenchcoat aus dem Gebäudeeingang ziehen ließ, reichte ihm als Erkennungszeichen vollkommen aus. Es war immer gut, wenn man über seine Opfer informiert war. Ihr Gesicht lag im Dunkeln, als sie jetzt den roten Schirm aufspannte und eilig die Fahrbahn nur wenige Meter von seinem Parkplatz entfernt überquerte.

Er wartete eine halbe Minute, dann stieg er aus und folgte ihr. Sie wählte den Weg zu einer nahe gelegenen Parkfläche, das würde es einfach machen. Dort gab es keine vorbeifahrenden Autos und bei diesem Wetter auch keine neugierigen Passanten. Er hielt sich dicht an den Häuserwänden, so lange, bis sie abbog. Der Regen klatschte laut auf das Pflaster, er musste also nicht befürchten, dass man seine Schritte hören konnte. Seine Kleidung, die Schuhe und auch sein Haar waren durchnässt, aber dem schenkte er keine Beachtung. Er wollte es nur schnell hinter sich bringen, damit endlich wieder Ruhe einkehrte.

Warum musste das überhaupt passieren? Es war wie ein schlechter Scherz des Schicksals, dass heute alles wieder von vorne losging. Zuerst diese verfluchte Lust, die er für immer vergessen geglaubt hatte, dann waren Waggert und die durchgeknallte Caro aufgetaucht und zu guter Letzt hatte Brauls Schwester plötzlich angefangen, sich einzumischen. Er hätte sie lieber nicht getötet, aber Lisa Braul war vom Weg abgekommen und hatte dabei den seinen gekreuzt. Arme, dumme Lisa, jetzt würde sie bald wieder mit ihrem geliebten Bruder vereint sein.

An dem kleinen Park angekommen, löste sein Opfer die Leine und gab dem Hund mit einem Zeichen zu verstehen, dass er nun seine Bedürfnisse erledigen konnte. Während der Vierbeiner hinter einem Gebüsch verschwand, suchte sie Schutz unter den ausladenden Ästen einer alten Tanne.

Perfekter hätte sie sich nicht in Position bringen können. Als er sie so da stehen sah, den Rücken ihm zugewandt, überkam ihn plötzlich eine ungeheure Wut. Wieso zwang sie ihn, das zu tun? Warum konnte sie die Vergangenheit nicht einfach ruhen lassen? Der Zorn, der ihn ab jetzt antrieb, machte das Folgende wesentlich einfacher. Fast bereitete es ihm Vergnügen, das Messer aus der Jackentasche zu ziehen und damit auf die Frau loszustürmen.

Sie hörte ihn nicht einmal kommen. Das schmatzende Geräusch seiner Schritte, als er den Weg verließ und über die aufgeweichte Wiese hastete, konnte sich nicht gegen das Trommeln des Regens durchsetzen. Ohne auch nur eine Sekunde an eine mögliche Gefahr zu denken, stand sie da, die Schultern hochgezogen, den Griff des Schirms mit beiden Händen umschlossen und den Blick auf die Silhouette des Rüden gerichtet, der ein ganzes Stück entfernt an einem Erdloch schnupperte.

Dann ging alles ganz schnell. Das Messer wurde ihr zuerst in den Rücken gerammt, anschließend folgten kräftige Stöße in die Hüfte. In dem Moment, in dem sie den Schirm losließ, der sich daraufhin in einem Ast verfing, drang die Klinge in ihren Nacken ein.

Er war immer noch wütend, riss deshalb das Messer brutal zurück und stach weiter auf sein Opfer ein, als hätte er jede Kontrolle über sich verloren. Selbst als ihr Körper auf den Boden stürzte, das Gesicht im Schlamm, konnte er nicht von der Frau ablassen. Das dunkle Blut durchtränkte den hellen Stoff des Mantels, floss auf die Erde, vermischte sich mit dem Regen und färbte die Pfützen rosa. Der schwache Schein einer einsamen Laterne tauchte die Szene in ein gespenstisches Licht: Ihn, der nicht aufhören konnte, wieder und wieder zuzustechen, und die traurige, einsame Gestalt auf dem Boden, völlig reglos wie eine umgestürzte, gesichtslose Kleiderpuppe.

Erst das Bellen des Hundes ließ ihn innehalten. Das Tier stand in einiger Entfernung und kläffte nach ihm. Vermutlich roch der Vierbeiner das Blut und die Gefahr, die von dem Mann mit dem Messer ausging.

»Verschwinde, du Mistvieh!«, rief er aus voller Kehle, dann besann er sich und schnappte keuchend nach Luft.

Umständlich schob er das nasse Haar seines Opfers etwas zur Seite und fühlte den Puls. Er hätte sie umdrehen und genauer untersuchen können, aber es widerstrebte ihm, in ihr Gesicht zu blicken. Ohne weitere Zeit zu verlieren, richtete er sich auf, sah sich um, entdeckte niemanden und beeilte sich, von hier fortzukommen.

Auf dem Rückweg bildete er sich ein, er würde immer noch das leise Winseln des Hundes hören, aber als er in seinem Wagen saß, war auch das vorbei. Er hatte es wieder einmal geschafft.

Boller lief nun, als der Mann verschwunden war, zu dem leblosen Körper, stupste mit der Nase dagegen und gab einen kläglichen Laut von sich. Das war seine Art zu betrauern, dass hier gerade gewaltsam ein Leben genommen worden war.

Zur gleichen Zeit

Antje lief unruhig im Haus auf und ab. Sie hatte den ganzen Abend schon versucht, Lisa zu erreichen, aber bis jetzt hatte die sich nicht zurückgemeldet. Kurz hatte sie überlegt, Christian anzurufen, der noch arbeitete, aber da der sie mit Sicherheit für hysterisch halten würde, hatte sie den Gedanken verworfen. Lisa war schließlich erwachsen. Vermutlich amüsierte sie sich in einer Disco und hörte ihr Handy nicht. Eine weitere halbe Stunde tigerte Antje durch die Räume ihrer Villa, dann verlor sie die Geduld. Da sie viel zu nervös zum Fahren war, bestellte sie sich ein Taxi. Ohnehin wäre es kein Vergnügen, bei diesem Wetter selbst ein Fahrzeug zu steuern.

Ungeduldig bestieg sie den Wagen, der ihrer Meinung nach viel zu lange gebraucht hatte, einen Eindruck, den sie dem Taxifahrer nicht vorenthielt, und gab schließlich Lisas Adresse als Ziel der Fahrt an.

Ihre Unruhe wuchs, warum hätte sie nicht sagen können, aber manchmal wusste man einfach, wenn irgendetwas nicht stimmte. Als das Taxi vor dem Haus zum Stehen kam, sah Antje sofort, dass ihre Sorge nicht unbegründet gewesen war.

»Warten Sie hier«, rief sie dem Taxifahrer zu und stürzte aus dem Auto.

Vor dem Haus saß zitternd Boller, Lisas Rüde. Niemals hätte die ihren Vierbeiner hier draußen vergessen.

Antje rannte zu dem Hund, schloss ihn einem plötzlichen Impuls folgend in die Arme und merkte sofort, wie verängstigt das Tier war.

Sie drückte vehement auf die Klingel von Lisas Wohnung, keine Antwort. »Himmelherrgott!«, fluchte sie laut.

»Soll ich noch warten?«, hörte sie von der Straße die Stimme des Taxifahrers.

»Verfluchte Scheiße, ja!«, schnauzte sie und läutete weiter Sturm. Der Mann, der jetzt neugierig geworden war, tauchte plötzlich am Hauseingang auf und blickte fragend auf den Hund.

Antje verlor die Nerven und schluchzte: »Der gehört meiner Freundin, sie würde ihn nie hier alleine lassen. Da ist etwas passiert, sie meldet sich nicht!«

»Probieren Sie es bei den Nachbarn«, schlug der Mann ruhig vor.

Antje fragte sich, warum sie nicht selbst auf die Idee gekommen war, und warf ihrem Fahrer einen dankbaren Blick zu. Nach mehreren Versuchen öffnete endlich jemand die Tür. Antje rannte zwei Stufen auf einmal nehmend die Treppe hinauf. Sie ignorierte die ungehaltenen Bemerkungen der Frau, die sie aus dem Bett geklingelt hatte, und hämmerte gegen Lisas Wohnungstür. Nichts passierte.

Auf der gegenüberliegenden Seite wurde die Tür einen Spalt aufgezogen. »Was ist denn hier los?«, krächzte eine verschlafene Stimme.

»Ich suche Lisa Braul, meine Freundin, ihr Hund saß unten vor der Tür, ich befürchte, dass etwas passiert ist.«

»Ich habe mitbekommen, wie sie mit dem Hund fortging«, sagte die ältere Frau, die jetzt im Morgenrock aus der Wohnung trat. »Man hört das Klackern seiner Krallen auf dem Holzboden bis in mein Bad«, erklärte sie mit einem Lächeln und blickte zu dem nassen Rüden, der unsicher die vielen Menschen anstarrte, die mittlerweile aus ihren Wohnungen kamen.

»Wann?«

»Kurz nach zehn. Ich dachte bei mir, die arme Frau Braul, bei dem Sauwetter noch raus!«

»Passen Sie bitte auf den Hund auf, ich fahre zum Park!«, rief Antje der Frau zu und raste die Treppe wieder nach unten.

Ihr Fahrer stellte keine Fragen, als sie ihn völlig aufgelöst bat, zu der Grünanlage um die Ecke zu fahren. Antje wusste, dass Lisa für gewöhnlich dort die letzte Runde mit ihrem Vierbeiner drehte.

Während der kurzen Fahrt durch den strömenden Regen sagte sie nichts, sondern flehte im Stillen: »Lass ihr nichts passiert sein! Bitte lass ihr nichts passiert sein!«

Das Taxi fuhr dicht an den Parkeingang heran. Der Fahrer schaltete die Scheinwerfer nicht aus und reichte seinem ungewöhnlichen Fahrgast eine große Taschenlampe.

Antje rannte los und sah als Erstes den roten Schirm, der in den Ästen hing und im Wind hin und her schaukelte. Sofort erinnerte sie das an die Beerdigung von Thomas Braul.

Eine Sekunde später erfasste der Strahl der Taschenlampe den Leichnam am Boden.

* * *

Er hoffte, dass nun endlich Ruhe einkehren konnte. Das Problem mit Lisa Braul hatte er aus der Welt geschafft, jetzt galt es nur noch, diese andere Sache in Ordnung zu bringen. Dann wäre bald wieder alles so wie früher. Ein weiterer unvermeidlicher Mord, ein allerletztes Mal töten und er bekäme sein Leben zurück.

Immer wieder stellte er sich die Frage, was er übersehen hatte, wo ein Fehler begangen worden war. Seine Taten gaben den Ermittlern Rätsel auf und trotzdem kam man ihm manchmal gefährlich nahe. Aber so war das eben bei diesem Spiel. Nicht eine Gerade führte zum Ziel, nein, es gab viele verschlungene Pfade, die man beschreiten musste. Kein Wunder also, dass sich gelegentlich zufällige Begegnungen mit den Mitspielern ergaben. Er seufzte und dachte: *Nur noch einen Mord, dann ist es geschafft.*

* * *

Antje blickte wie hypnotisiert auf den leblosen Körper. Plötzlich begann sich das Licht der Taschenlampe, schnell hin und her zu bewegen. Es war das Zittern ihrer Hand, das dieses unruhige Wackeln verursachte.

»Lisa?«, stammelte sie leise, dann wurde ihre Stimme schrill und sie schrie voller Schmerz: »Lisa!«

Der Taxifahrer wollte sie zurückhalten, aber die Frau riss sich los. Ohne auch nur einen Gedanken an die polizeilichen Untersuchungen zu verschwenden, stürzte sie zu Boden und drehte den Leichnam auf den Rücken.

Mit weit aufgerissenen Augen starrte sie in das fremde Gesicht.

Noch bevor sie reagieren konnte, vernahm sie eine vertraute Stimme. Jemand hinter ihr rief: »Antje, wo bist du?«

Es war Lisa, die die kurze Strecke von ihrer Wohnung zum Park gerannt und jetzt bis auf die Knochen durchnässt war.

Lisa hatte sich von Vanessa zum Besuch eines Klubs überreden lassen. Laute Musik und kein Empfang, deshalb hatte sie das Handy einfach ausgestellt und vergessen, wieder anzuschalten. Als sie dann nach Hause gekommen war, hatte sich die ganze Nachbarschaft in Aufruhr befunden. Man hatte ihr kurz geschildert, was passiert war, und dass Antje zum Park gefahren sei. Ohne nachzudenken, war sie daraufhin losgespurtet, in voller Sorge um Sonia, die Hundesitterin, die heute Abend auf Boller aufgepasst hatte.

Antje sprang auf und warf beinahe hysterisch ihre Arme um Lisa. »Oh mein Gott! Du lebst«, schluchzte sie und zitterte am ganzen Körper.

* * *

Der Taxifahrer war so umsichtig gewesen, sofort die Polizei zu verständigen. Eine halbe Stunde später saß auch er, zusammen mit den beiden Frauen in Lisas Wohnung, um die Fragen der Beamten zu beantworten. Irgendwer hatte für alle Tee und Kaffee gekocht. Vielleicht die beiden Kollegen, die Christian Feinbach abgestellt hatte. Lisa wusste es nicht. Sie war nicht in der Lage, klar zu denken. Selbst die sonst so resolute Antje stand unter Schock.

Sonia, Lisas Hundesitter, war brutal ermordet worden. Christian Feinbach begutachtete den Tatort. Notdürftig hatte man versucht, den Bereich abzudecken, aber wie es schien, hatten der Regen und auch Antjes Eingreifen etwaige Spuren verwischt.
Einer von Feinbachs Ermittlern erstattete ihm gerade Bericht.
»Sieht schlimm aus. Der Gerichtsmediziner sagt, dass mehrere der Stichverletzungen tödlich gewesen sind.«
Feinbach, der klatschnass war, wirkte angespannt. »Sie wissen, wer Lisa Braul ist?«

Der Mann nickte. »Natürlich!«

»Sie sollten vielleicht noch wissen, dass ich und vor allem meine Frau seit damals eine Art Ersatzfamilie für Lisa sind. Und umgekehrt ist sie ein Teil unserer Familie. Also sagen Sie mir, dass es irgendeine Spur gibt.«

Der Beamte verstand die Erregung seines Chefs. Hätte Lisa heute Abend selbst diesen Spaziergang gemacht, dann wäre sie womöglich dem Mörder in die Hände gefallen. Grimmig entgegnete er: »Wir werden alles tun, um dieses Schwein aus dem Verkehr zu ziehen.« Und etwas zögerlich fügte er an: »Wir müssten trotzdem mit Frau Braul sprechen.«

»Ja, natürlich sprechen Sie mit ihr. Womöglich gibt es eine Verbindung zwischen dem Opfer und dem Täter. Lisa könnte wissen, ob Sonia Probleme mit jemand gehabt hatte.« Er blickte den Beamten dankbar an. »Ich weiß, dass ich mich auf Sie verlassen kann!«

Feinbach wandte sich ab und dachte an sein letztes Gespräch mit Lisa. Sie hatte sich mit Waggerts Tod befasst. Aber konnte man als Ermittler deshalb wirklich ernsthaft annehmen, dass sie dabei auf etwas gestoßen war? Auf etwas, das einen Mörder auf den Plan rufen würde? Und dass sie heute Abend das Opfer hätte sein sollen? Keinesfalls wollte er, dass die Ermittlungen in die falsche Richtung liefen. Er war nicht erpicht darauf, den alten Fall erneut zu öffnen. Sein Unbehagen wuchs. Auch weil er längst wusste, dass er sich dem, was getan werden musste, nicht entziehen konnte.

Die Beamten sprachen sehr verständnisvoll mit Lisa, die ihnen aber keine Auskunft geben konnte. Sie wusste nichts von irgendwelchen Problemen, die Sonia hatte, und auch nichts von Streitigkeiten oder Drohungen, die gegen die Hundesitterin ausgesprochen worden waren.

»Sie hatte eine so herzliche Art und liebte es, zu lachen«, war alles, was Lisa sagen konnte, und die Polizisten hatten schließlich das Verhör beendet.

Vehement wehrte sie sich dagegen, mit Antje und Christian nach Hause zu fahren. Sie wollte allein sein, ihre Gedanken sortieren und zur Ruhe kommen. Also lehnte sie auch Antjes Angebot ab, bei ihr zu übernachten.

»Ich bin hier in meiner Wohnung, die Nachbarn sind alarmiert und Boller ist bei mir. Außerdem bin ich erwachsen und möchte jetzt lieber für mich sein.«

Antje wollte widersprechen, jedoch schob sie Christian sanft, aber bestimmt aus der Tür. »Ich werde die Jungs von der Streife bitten, heute Nacht ein Auge auf das Haus zu werfen«, beruhigte Feinbach seine Frau.

Als er Lisa zum Abschied in die Arme nahm, flüsterte er ihr zu: »Ich rufe dich später noch einmal an, nur zur Sicherheit.«

Sie gab sich geschlagen und ließ seine Fürsorge über sich ergehen. »In Ordnung, aber ansonsten kein weiteres Babysitting«, erwiderte sie leise, um Antje, die keinen Hehl daraus machte, dass sie Lisa ungern allein ließ, nicht zu verärgern.

»Morgen früh um acht bin ich wieder hier, egal, ob dir das passt oder nicht!«, blaffte die ihre Freundin nun an, bevor sie sie fest an sich drückte und auf beide Wangen küsste.

Boller, der knurrend die Verabschiedung beobachtet hatte, war offensichtlich genau wie sein Frauchen erleichtert, dass endlich alle fort waren.

Sorgfältig schloss Lisa nun die Wohnungstür ab. Sie war nicht ganz ehrlich gewesen. Es stimmte, sie brauchte Zeit zum Nachdenken, aber es war nicht so, dass sie ohne Angst hier alleine zurückblieb. In Wirklichkeit war Lisa mehr als verunsichert.

Sie dachte an die Warnung von Saskia Trensch. War da vielleicht etwas dran? Hatte sie tatsächlich in dem sprichwörtlichen Wespennest gestochert und dabei einen gefährlichen Mörder aufgeschreckt? Sie hastete in Thomas' Zimmer, schnappte sich den Schuhkarton unterm Bett und breitete zum hundertsten Mal alles vor sich auf dem Boden aus. Auf einem Stück Papier notierte sie die Dinge, die sie erfahren hatte. Waggert, Carolina Juskov, der Kiosk von Hortland, Hans von Dreistatt und der Vollzugsbeamte Schmitt.

Die Ermittler waren nicht davon ausgegangen, dass der Mörder es eigentlich auf Lisa abgesehen hatte. Wieso auch? Die wussten ja nicht, wie intensiv sie in der Vergangenheit gegraben hatte. Unglücklich dachte sie an Sonia. Die Hundesitterin hatte sich Lisas Schirm und Trenchcoat ausgeliehen. Eine Welle von Schuldgefühlen überrollte sie und erneut liefen ihr Tränen über die Wangen.

»Aber was hätte ich denn herausfinden können? Der Fall ist abgeschlossen, der Name des Mörders lautet Jan Zeiler!«, sagte sie mit fester Stimme, so als würde sie sich vor einem größeren Publikum rechtfertigen.

Wieder erinnerte sie sich an Hans von Dreistatt. Er hatte gesagt: *»Ich dachte, Sie wären hier, weil Sie der fixen Idee nachhängen, der wahre Mörder Ihres Bruders sei noch auf freiem Fuß.«*

Wäre das denn möglich? Alles hatte für Jan Zeiler als Täter gesprochen. Sollte den Beamten damals ein Irrtum unterlaufen sein? Mit hektischen Bewegungen suchte sie die Kopien der Zeugenaussagen. Alle Befragten schienen sich einig, dass Zeiler nur ein harmloser Spanner gewesen war. Hatten die am Ende recht gehabt? Aber das würde bedeuten, der wahre Mörder wäre noch irgendwo da draußen, und natürlich käme damit jeder, der sich der Wahrheit nähert, in Gefahr. So wie ihr Bruder Thomas, wie möglicherweise Waggert oder sie selbst. Hatte Sonia deshalb sterben müssen? Aufgrund einer einfachen Verwechslung?

»Ich muss mit Christian sprechen«, keuchte sie atemlos. Im gleichen Moment klingelte ihr Handy.

»Gott sei Dank! Du bist es«, rief sie erleichtert, als sie am anderen Ende Feinbachs Stimme erkannte.

»Ich sagte doch, dass ich anrufe. Alles in Ordnung?«

»Nein, nichts ist in Ordnung. Ich glaube, ich bin schuld, dass Sonia nicht mehr lebt!«, verlor sie die Fassung.

»Unsinn«, wollte er sie beruhigen, aber Lisa ließ sich nicht besänftigen.

»Schwöre mir, dass du ausschließt, dass man Sonia mit mir verwechselt hat.«

Sein Zögern am anderen Ende der Leitung war ihr Antwort genug. »Du denkst also auch, dass man eigentlich mich umbringen wollte?«

»Pass auf«, begann er und sie hörte, wie er schwer durchatmete, »ich bin in Gedanken alles noch einmal durchgegangen. Und ich habe lange über deine Frage nachgedacht.«

»Wegen Jan Zeiler?«

»Genau!«, er suchte nach den richtigen Worten, »mir ist da so eine Idee gekommen. Vielleicht ist es nichts, aber …«

Lisas Puls raste, Feinbach begann also zu zweifeln.

»Wir müssen uns treffen. Ich will dir etwas zeigen, ich glaube, das ist wichtig!«, sagte der Hauptkommissar gehetzt.

»Wann?«

»Sofort«, er machte eine Pause und erhielt keine Antwort. Deshalb fuhr er eindringlich fort: »Ich weiß, du hattest einen langen Tag, aber ich möchte keine Zeit verlieren.«

»Natürlich«, sagte sie schnell. »Mir geht es gut, wo treffen wir uns?«

* * *

Vor zehn Jahren war es, als würde sich das Schicksal mit ihm verbünden. Alles war reibungslos abgelaufen, selbst diese unschöne Geschichte mit Thomas Braul endete mit einem Sieg für ihn. Und heute? Er hatte das Gefühl, durch Matsch zu waten und von unsichtbaren Hände zurückgezogen zu werden. Nichts klappte, nichts fügte sich zusammen. Heute war ihm ein schwerwiegender Fehler unterlaufen. Im Fall von Lisa Braul hatte er versagt. Nun musste er schnell handeln. Zu improvisieren konnte gelegentlich ein Vorteil sein, aber in seiner jetzigen Situation wäre ihm ein weniger risikoreiches Vorgehen tausend Mal lieber gewesen. Allerdings konnte er sich das nicht aussuchen. »Ich werde zu allem bereit sein«, sagte er sich immer wieder. Womöglich musste er auch weitere Opfer in Kauf nehmen.

* * *

Lisa kam vor Christian auf dem kleinen Parkplatz an. Sie kannte diese Gegend natürlich. Nicht weit von hier war vor zehn Jahren ihr Bruder getötet worden. Das Gelände war längst nicht mehr so wie damals. Heute befanden sich dort, wo einst Jan Zeilers notdürftige Behausung gestanden hatte, große Lagerhallen. Vom Parkplatz aus gab es mittlerweile eine Fußgängerbrücke, die über die Gleisanlage führte.

Ungeduldig sah die junge Frau auf die Uhr, als auch schon sein auffälliger Sportwagen um die Ecke bog.

»Tut mir leid, dass du warten musstest. Ich weiß, hier ist es nicht gerade sehr gemütlich. Aber ich hätte dich nicht hergebeten, wenn es nicht unbedingt notwendig gewesen wäre.«

»Das weiß ich doch, mach dir keine Sorgen. Ich bin froh, dass du mich nicht ausschließt. Du kannst dir denken, wie wichtig mir das ist.«

Gespannt sah sie ihn an.

»Komm, ich zeige dir, was ich meine«, sagte er und hakte sie unter.

»Wir müssen auf die Brücke, dann wird es klarer. Ich glaube, ich habe damals etwas übersehen.«

Lisa war aufgeregt. All die Jahre hatte sie das Gefühl gehabt, dass ihr Antworten fehlten, vielleicht würde das heute Nacht endlich vorbei sein. Christian schien genauso angespannt wie sie selbst. Er machte große Schritte und sie hatte Mühe, ihm zu folgen, aber er zog sie mit sich.

Außer Atem fragte sie schließlich: »Was hast du übersehen, hat es mit Thomas zu tun?«

»Ich bin mir fast sicher.«

Sie rannten beinahe und er rief: »Schnell weiter!«

Lisa befreite sich aus seinem Griff und blieb stehen: »Was ist es, sag es mir«, keuchte sie ungeduldig.

»Er muss etwas erfahren haben«, antwortete Feinbach ungeduldig und zog an ihrem Arm, woraufhin sie wieder neben ihm herlief.

»Und was?«

»Waggert hat es ihm am Tag seines Todes gesagt und Thomas hat daraufhin Zeiler aufgesucht!«, erklärte er hastig.

»Natürlich«, erwiderte Lisa und verlangsamte erneut das Tempo. Sie dachte an die Aussagen bezüglich Jan Zeiler und an Thomas' Notiz: »Verbirgt etwas«.

Sie runzelte die Stirn, ihr kam eine Idee.

Thomas hatte vielleicht gar nicht gemeint, dass Zeiler seine Schuld verbergen wollte, sondern womöglich geglaubt, dass der Mann Informationen besessen hatte. »Was, wenn Zeiler ein Zeuge gewesen war?«, rief sie aufgeregt. »Deshalb kam Thomas in der Nacht hierher. Er wollte ihn nicht stellen, sondern lediglich befragen …«

»Genau«, antwortete Feinbach. »Komm, wir müssen bis zur Mitte der Brücke.«

Lisa folgte ihm die wenigen Meter, blieb dann aber abrupt stehen. »Moment!«, schrie sie auf. Und dann überschlugen sich ihre Gedanken. Da stimmte etwas nicht, sie spürte ganz deutlich die Bedrohung. Was passierte hier gerade, wieso war sie mit einem Mal in Panik? Es war etwas, das Christian gesagt hatte. Sie starrte ihn an. Er war ebenfalls stehen geblieben und kam nun auf sie zu.

»Woher wusstest du, dass er mit Waggert gesprochen hat?« Sie klang misstrauisch.

»Stand in der Akte«, antwortete er leichthin.

»Nein«, sie wich einen Schritt zurück. »Es steht nicht in der Akte. Ich kenne jedes Papier, das es zu dem Fall gibt in- und auswendig.«

Er machte ein überraschtes Gesicht. »Dann weiß ich es von Saskia Trensch.«

Lisa wich wieder einen Schritt zurück. »Ich habe mit ihr gesprochen, sie hatte keine Ahnung, dass mein Bruder den Mann im Gefängnis aufgesucht hat.«

Feinbach trat dichter an sie heran. »Herrgott, Lisa, dann hat es mir eben jemand anderes gesagt, was spielt das denn für eine Rolle?«

»Es stand nicht in der Akte«, beharrte sie.

»Dann stand es eben nicht in der blöden Akte. Wir hatten damals weiß Gott genug anderes zu tun.«

»Wer hat es dir gesagt?«

»Lisa, es reicht! Was soll das denn jetzt? Lass uns lieber weitergehen.«

Aber sie bewegte sich nicht von der Stelle, sondern sah Feinbach ungläubig an. Ihre Stimme war dünn, als sie weitersprach. »Woher weißt du es?«, wisperte sie.

Sein Gesichtsausdruck wurde hart.

Sie hoffte, er würde widersprechen, eine plausible Erklärung liefern, aber stattdessen griff er an den Gürtel und zog seine Pistole.

»Wenn du es unbedingt wissen willst«, er sprach so beiläufig mit ihr, als säßen sie beim Sonntagnachmittagskaffee zusammen, »Waggert hat es mir gesagt, als er mich erpressen wollte. Ich hatte bis zu diesem Zeitpunkt keine Ahnung gehabt, dass dein Bruder seine Infos von diesem schmierigen Zuhälter hatte.«

»Was für Infos?«, hakte Lisa nach und er wusste, dass sie so Zeit gewinnen wollte.

»Wir werden jetzt bis zur Mitte der Brücke gehen«, presste er zornig zwischen den Lippen hervor und packte sie brutal am Arm.

»Warum?«, schrie sie und versuchte, sich loszureißen, doch er schleifte sie mit eisernem Griff weiter. Schließlich stieß er sie gegen das Geländer und baute sich vor ihr auf.

»Dein toller Herr Bruder musste sich ja unbedingt einmischen!«, geiferte er wütend. Der einst so charmante Mann hatte die Maske fallen lassen und zeigte sein wahres, grausames Gesicht. Speichel spritzte aus seinem Mund, als er fauchte: »Warum hat er sich auch eingemischt?«

»Du hast ihn umgebracht? *Du* hast ihn umgebracht?«, schrie Lisa verzweifelt. »Wie konntest du das tun?« Sie ballte die Fäuste und wollte auf ihn einschlagen, aber sofort richtete er die Waffe auf ihre Stirn.

Tränen liefen ihr über die Wangen, nicht aus Angst, sondern aus Zorn. »Du warst auf seiner Beerdigung, du hast an seinem Grab gestanden und geweint.« Sie betonte jedes ihrer Worte, spie sie ihm voller Verachtung entgegen. »Du hast geweint, du hast schmutzige Tränen geweint, du verdammtes, verlogenes Schwein!«

»Dieselben Tränen, die ich auch um dich weinen werde nach deinem Selbstmord. Wir wissen ja, wie labil du in der Vergangenheit gewesen bist.«

Unter Lisa donnerten die Züge über die Gleise; lautes Rattern, durchdringendes Quietschen, niemand würde ihre Schreie hören. Sie sah, wie er mit der Waffe ausholte, dann spürte sie den Schmerz, als das kalte Metall sie an der Schläfe traf. Sie taumelte benommen zu Boden und nahm nur schemenhaft wahr, wie er sich über sie beugte.

Er zog sie in die Höhe und schob ihren Oberkörper über das Geländer. Ihr Haar flatterte im Wind, als ein Güterzug unter der Brücke durchraste. Sie öffnete die Augen, bemerkte, wie sie langsam nach vorne rutschte, sah die Lichter unter sich und wusste, dass er sie töten würde.

* * *

Antje hatte ihn telefonieren hören. Er hatte leise gesprochen und sie hatte nicht geglaubt, dass er mit dem Büro verbunden gewesen war. Als er sich dann aus dem Haus schlich, war sie alarmiert. Fassungslos zog sie sich in Rekordgeschwindigkeit an und folgte ihm mit ihrem eigenen Wagen. Der Regen hatte nachgelassen, außerdem waren die Straßen um diese Uhrzeit fast leer. Problemlos entdeckte sie daher nach einigen Minuten sein Fahrzeug. Wie konnte er es wagen, sich an so einem Tag davonzustehlen, um sich mit seiner Affäre zu treffen?

Genug war genug, heute wollte Antje eingreifen.

Als Christians Weg Richtung Bahnhof führte, vermutete sie, dass das amouröse Stelldichein in einem der Hotels stattfinden sollte. Jedoch entwickelte sich plötzlich alles vollkommen anders.

In sicherer Entfernung hielt sie den Wagen an. Mit einem Mal erkannte sie auf dem Parkplatz Lisa und verstand nichts mehr. Was ging hier vor? Die beiden drohten aus ihrem Sichtfeld zu verschwinden, deshalb schnappte sie sich schnell die große Stabtaschenlampe unter dem Beifahrersitz und folgte ihrem Mann und der jungen Frau. Eigentlich nahm sie an, die beiden würden hinter ihrem Rücken recherchieren. Ihr war nicht entgangen, dass sie sich an dem Ort befanden, an dem vor zehn Jahren Thomas Braul ermordet worden war. Warum zog Christian das Mädchen in irgendwelche Polizeiarbeit hinein? Lisa hatte schließlich schon genug durchgemacht. Und dann dieses Herumgeschleiche mitten in der Nacht.

Antje hatte die zwei fast eingeholt, als sie begriff, dass es zum Streit gekommen war. Es brannte nur jede dritte Laterne, aber das Licht reichte aus, um die Waffe in Christians Hand zu erkennen. Sie fing an zu rennen und rief seinen Namen, aber er konnte sie nicht hören. Die Züge verschluckten ihre flehenden Schreie.

Sie sah, wie er Lisa niederschlug und über das Geländer werfen wollte. Sie rannte, als würde es um ihr eigenes Leben gehen, und als sie ihn endlich erreichte, schlug sie gnadenlos zu. Die Taschenlampe krachte mit voller Wucht auf ihn nieder, er stürzte zu Boden und Antje setzte nach.

Sie hätte ihn gerne totgeschlagen. Auch wenn sie das später niemals laut aussprechen würde, es wäre ihr in diesem Moment leichtgefallen. In letzter Minute fassten ihre Hände Lisas Mantel.

Sie konnte ihre Freundin gerade noch zurückziehen, dann schnappte sie sich die Pistole. Lisa sackte neben ihr in die Knie und weinte, Christian stöhnte und fing an, sich zu bewegen.

»Rühr dich nicht von der Stelle, oder ich drücke ab!« Mehr sagte sie nicht und er wusste, dass sie es vollkommen ernst meinte.

* * *

KAPITEL 15

Am frühen Morgen

Auf dem Revier herrschte eine düstere Stimmung. Die Menschen, die hier arbeiteten, waren nicht nur betroffen, sondern fassungslos. Die Nachricht von Feinbachs Verhaftung hatte sich wie ein Lauffeuer über die Flure verbreitet. Man wusste noch nichts Genaues, aber ein Wort wiederholte sich immer wieder: Mörder!

Als der Notruf von Antje Feinbach einging, rechnete niemand mit so etwas. Die Ehefrau des allseits geschätzten Kommissariatsleiters gebrauchte nicht viele Worte, als sie wiedergab, was sich da auf der Brücke ereignet hatte.

Die Beamten sahen den Mann auf dem Boden, seine Ehefrau mit der Waffe und die schluchzende Lisa Braul, die sich ein Taschentuch gegen die blutende Kopfwunde drückte. Zögerlich nahmen sie Christian Feinbach in Gewahrsam, dann erst erfuhren sie, dass er der Mörder von Thomas Braul war. Aber das sollte nur ein Teil der schrecklichen Wahrheit sein. Denn natürlich stellte sich damit automatisch die Frage, inwiefern Jan Zeiler überhaupt eine Rolle bei den damaligen Verbrechen gespielt hatte.

* * *

Christian Feinbach sagte zuerst kein Wort. Man belehrte ihn über seine Rechte, bot ihm einen Anwalt an und informierte den nächsthöheren Beamten, die Staatsanwaltschaft und die Richter. Die Aussagen von Lisa Braul und Antje bestätigten die schlimmsten Befürchtungen der Mitarbeiter.

Irgendwann rief Feinbach in seiner Zelle nach dem Diensthabenden und teilte diesem mit, er werde aussagen, ein Geständnis ablegen.

Es war ausgeschlossen, dass das einer von Feinbachs ehemaligen Kollegen beziehungsweise Untergebenen machen würde, zumal man das keinem der Männer und Frauen zumuten konnte.

Auf der anderen Seite drängte die Zeit. Wer wusste schon, wie lange Feinbach bereit war, zu kooperieren. Denn eines war allen klar, am dringlichsten war jetzt eine lückenlose Aufklärung. Man wollte Antworten.

Gegen sieben Uhr morgens traf Hauptkommissar Rolf Heerse aus dem vierzig Kilometer entfernten Baden-Baden ein. Er kannte Feinbach nicht persönlich – mit ein Grund, warum man ausgerechnet ihn gebeten hatte, das Verhör zu leiten. Heerse war ein erfahrener Beamter und ungefähr im gleichen Alter wie Christian Feinbach. Optisch hätten die beiden Männer nicht unterschiedlicher sein können: Während Feinbach eher die Aura eines Filmstars hatte, wirkte Heerse gemütlich und gutmütig mit seinem kleinen Bauchansatz, dem schütteren Haar und der unauffälligen Art sich zu kleiden. Insider wussten jedoch, dass der Mann einen messerscharfen Verstand besaß und absolut vertrauenswürdig war.

Man stellte ihm alle Unterlagen zur Verfügung und er sprach mit Feinbachs ehemaligen Mitarbeitern, vor allem mit Saskia Trensch, die man auf dem schnellsten Weg aus Pforzheim nach Karlsruhe geholt hatte.

Geschockt saß die heute Fünfunddreißigjährige vor Heerse und konnte kaum einen klaren Gedanken fassen.

»Feinbach soll das getan haben?« Sie schüttelte wieder und wieder den Kopf. »Unmöglich«, hauchte sie und dachte an den Abend, als man den Leichnam von

Thomas Braul gefunden hatte. Saskia wurde wütend. »Er hat uns alle benutzt, verarscht, dieses Schwein!«

Neben Rolf Heerse saßen unter anderem ein Mitarbeiter der Staatsanwaltschaft und weitere hochrangige Beamte, die man aus dem Bett geklingelt hatte und die alle schockiert waren.

»Er hat mich ausgewählt. Ich habe mich damals geschmeichelt gefühlt, dass er mir eine Chance gibt, dabei wollte er nur jemand Unerfahrenes an seiner Seite haben, den er für seine Zwecke manipulieren konnte!«, mutmaßte Saskia zornig.

Auch der ehemalige Vorgesetzte von Feinbach, Franz Blach, saß bleich und erschüttert auf dem Stuhl und beantwortete abgehackt die ihm gestellten Fragen. »Ich dachte, er wäre mein Freund«, sagte er immer wieder wie eine hängen gebliebene Schallplatte. »Er hatte von Beginn an Jan Zeiler im Visier. Und er schien im Recht zu sein. Ich weiß noch, dass Oberkommissar Braul diese Meinung nicht unbedingt geteilt hat. Aber laut Feinbachs Aussage hat sich Brauls Haltung in der Nacht, in der er ermordet wurde, geändert. Zumindest haben wir das angenommen. Wir konnten ja nicht wissen, dass uns Feinbach über den Inhalt von Brauls letztem Telefonat belogen hat ...« Er sah bedauernd zu Hauptkommissar Heerse, der verständig nickte.

Die Aussage von Lisa Braul lieferte konkrete Hinweise. Sie erzählte den Beamten alles, was sie über die Verbindung ihres Bruders zu Theo Waggert herausgefunden hatte. Parallel dazu wurde der Vollzugsbeamte Schmitt befragt. Außerdem erfuhren sie von Lisa, dass Feinbach ihr gegenüber zugegeben hatte, von Waggert erpresst worden zu sein.

Es fügte sich eines zum anderen, nur das Warum war immer noch nicht klar.

Heerse sprach schließlich mit Antje. Die Frau blickte ihn trotzig an. Sie würde sich nicht bemitleiden lassen und unglückliche Tränen weinen. Nicht hier, vor all den Menschen. Sie wollte sagen, was es zu sagen gab, und dann hocherhobenen Hauptes nach Hause gehen. Dort konnte sie dann von Heulkrämpfen geschüttelt zusammenbrechen und sich mit Beruhigungsmittel und Alkohol die Sinne betäuben, bis sie den Schmerz nicht mehr fühlen würde. Aber jetzt musste sie stark sein und diese Sache hinter sich bringen.

Heerse bewunderte die Frau, die mit so viel Haltung bereit war, die Fragen, die gestellt werden mussten, zu beantworten. Er wollte vorsichtig die Themen ansprechen, aber sie kam ihm zuvor.

»Ich weiß, dass das erste Opfer ein Mann war, ein männlicher Prostituierter, wenn ich mich recht entsinne«, sagte sie mit belegter Stimme.

Dem Hauptkommissar wurde ein Papier aus der Akte gereicht und der Beamte neben ihm flüsterte: »Joachim Lisske!«

Antje fuhr fort. Es fiel ihr sichtlich schwer, das Folgende in Worte zu fassen, aber nun gab es kein Zurück mehr. »Mein Mann«, sagte sie so neutral, wie es ihr eben möglich war, »hatte immer sehr viel Spaß an der ... Sexualität. Wenn Sie sich im Revier umhören, dann wird es sicher ein paar Kollegen geben, die Ihnen bestätigen werden, dass Christian Feinbach in dieser Hinsicht stets sehr umtriebig war.« Dieses Mal konnte sie den Zynismus aus ihrer Stimme nicht heraushalten. »Christian ist ein Lebemann, er hat gesoffen, gespielt und gehurt!« Ihre Züge verhärteten sich. »Sie müssen wissen, dass ich sehr reich bin.«

Heerse entgegnete: »Verstehe!« Sein Gesichtsausdruck war schwer zu deuten.

»Christian liebte dieses Leben. Teure Autos, schicke Anzüge, Luxusreisen. Außerdem genoss er es, beruflich Erfolg zu haben. Er gefiel sich in der Rolle des Stars, und mir gefiel es, an seiner Seite zu sein. Bei unserer Hochzeit habe ich ihm unmissverständlich klargemacht, dass ich keine Affären dulden werde, also riss er sich zusammen und ...« Sie hielt kurz inne, eine leichte Röte überschattete ihr Gesicht. Sie wandte den Blick jedoch nicht ab, als sie weitersprach: »Ich sorgte dafür, dass es in dieser Hinsicht genug Abwechslung gab.«

Heerse hakte nicht nach, er wusste, dass das Entscheidende noch kommen würde.

»Vor wenigen Wochen habe ich bei ihm eine Veränderung bemerkt.« Sie schluckte und ballte die Hände zu Fäusten. »Wir sind mit einem Pärchen befreundet, Holger und Nadine. Jedenfalls vermutete ich, dass er eine Affäre mit Nadine angefangen hätte. Auf meiner Geburtstagsparty habe ich ihn dann erwischt. Er hat es nicht einmal bemerkt.«

Sie sah zu dem Beamten ihr gegenüber, der sie nicht drängte, sondern geduldig wartete, bis sie fortfuhr.

Ein nervöses Räuspern folgte, bevor sie die Geschehnisse wiedergab: »Ich beobachtete ihn im Wintergarten, er war nicht allein, sondern in inniger Umarmung. Es war eindeutig ein leidenschaftlicher Kuss, wenn Sie verstehen. Aber es war nicht Nadine, die er so glückselig in seinen Armen hielt.« Jetzt huschte ein bitteres Lächeln über ihr Gesicht. »Es war Holger!«

Während Heerse seine Überraschung kaum zeigte, gelang es den anderen, vor allem denen, die Feinbach kannten, nicht, ein Aufstöhnen zu unterdrücken.

Antje ignorierte sie und wandte sich nur an den Mann aus Baden-Baden. »Ich vermute deshalb, dass das die Verbindung zu dem ersten Opfer ist. Christian hat eine Schwäche für andere Männer und ist offensichtlich damit nicht klargekommen.« Der letzte Satz klang kaltschnäuzig. Aber Heerse entging nicht, dass sich die Zeugin verstellte.

Als man sie endlich gehen ließ, traf Antje im Gang auf ihren Vater. Er nahm sie in die Arme und es war das erste Mal seit langer Zeit, dass es zwischen ihnen nur Mitgefühl und Zuneigung gab.

»Wir schaffen das zusammen«, sagte er zu seiner Tochter und konnte kaum den Zorn unterdrücken, den er für seinen Schwiegersohn empfand. All die Jahre hatte der ihn an der Angel gehabt wie einen zitternden Wurm. Christian hatte keine Skrupel besessen, Kurt Jelot in dem Glauben zu lassen, man könnte ihn für den Mörder halten. Und jetzt? Er hing immer noch am Haken und konnte nur hoffen, dass Feinbach ihn wenigstens Antje zuliebe aus den folgenden Ermittlungen heraushielt. »Ich werde ihm einen Anwalt besorgen«, sagte er zu seiner Tochter, weil er annahm, dass sie das wollte.

Die riss sich daraufhin abrupt los. »Einen Anwalt?«, zischte sie. »Bist du verrückt geworden. Ja, besorge einen Anwalt, und zwar für mich. Ich will sofort geschieden werden. Am besten noch heute!«

»Natürlich«, stotterte Jelot, »ich dachte nur, ein Anwalt könnte die Sache besser unter dem Deckel halten.«

»Die Sache?«, schrie sie hysterisch auf. »Er hat Menschen umgebracht, wollte Lisa töten ...« Antje nahm sich zusammen. Ihr Blick wurde hart. »Wir haben mit diesem Mann nichts mehr zu schaffen.«

Vor dem Verhör mit Feinbach beriet man sich und folgte schließlich Heerses Empfehlung, der vorschlug, den Mann zuerst einmal anzuhören. Seine langjährige Erfahrung sagte ihm nämlich, dass jemand, der einen Weg wie Christian Feinbach beschritten hatte, am Ende nur noch eines wollte, und das war, alles zu erzählen.

Christian Feinbach sah zugegebenermaßen müde aus, aber Rolf Heerse erkannte sofort all das in ihm, was Antje seine Ehefrau in ihrer Beschreibung geäußert hatte. Umgekehrt begutachtete Feinbach sein Gegenüber und nickte schließlich.

»Man hat also jemand gefunden, der Manns genug ist, mit mir zu sprechen.«

Heerse stellte sich vor und ging nicht auf die letzte Bemerkung ein.

»Sie wissen natürlich, dass wir die Regularien einhalten müssen.«

Feinbach nickte und Heerse nahm die nötigen Belehrungen vor und stellte die Fragen zur Person. Danach war es an Christian Feinbach zu schildern, was sich ereignet hatte.

Heerse hatte den Eindruck, dass der Mann sich durchaus im Klaren darüber war, was er getan hatte, aber wenig Reue empfand. Allerdings war das nur eine persönliche Einschätzung.

Feinbach lehnte sich zurück, sah auf die Gesichter im Raum, die er nicht alle kannte, dann blickte er mit einem wissenden Lächeln auf die verspiegelte Scheibe. »Ich vermute, da steht der Rest der Truppe wie die Kinder im Zoo.«

Heerse zuckte mit den Schultern. »Sie kennen die Abläufe«, sagte er nur und wartete darauf, dass Feinbach begann.

»Sie haben mit meiner Frau gesprochen?« Als er Heerses Gesicht sah, fügte er hastig an: »Verstehe schon, *Sie* stellen hier die Fragen.«

»Herr Feinbach«, antwortete Heerse bedächtig. »Ihnen werden schwere Verbrechen zur Last gelegt. Man beschuldigt Sie, mehrere Menschen getötet zu haben.

Wir sollten vielleicht zuerst über Joachim Lisske, genannt Jo, sprechen. Sie erinnern sich noch an den Mann?«

Feinbach besann sich, jetzt war es also so weit. Keine Geheimnisse mehr, kein Verstecken; das Spiel war zu Ende.

»Er hat mich provoziert. Hat meine Taschen durchsucht, den Dienstausweis entdeckt und sich meinen Ehering an den Finger gesteckt. Da musste ich ihn töten. Er hätte mich ansonsten erpresst!«

Das entsetzte Stöhnen und die »Oh mein Gott«-Rufe hinter der verspiegelten Scheibe hörte er zwar nicht, genauso wenig, wie er die vor Fassungslosigkeit aufgerissenen Augen seiner ehemaligen Kollegen sehen konnte, aber Feinbach wusste auch so, was dort vor sich ging.

Was er gesagt hatte, klang emotionslos und auch die folgenden Erklärungen verstärkten diesen Eindruck.

»Ich habe den Ring nicht abbekommen, da musste ich ihm den Finger abschneiden.«

»Und die lackierten Fußnägel?«, schob Heerse eine Frage dazwischen.

»Das hat er selbst gemacht. Später fand ich die Idee interessant, so zu tun, als sei das ein Ritual!«

»Später?«

»Diese Nutte, Nana, sie hätte mein Leben zerstört.«

»Sie kannten Sie also?«, fragte Heerse.

»Ja, leider. Dieses Miststück hat mich beschissen. Sie wollte mir ein Kind anhängen und nicht nur das. Plötzlich erfahre ich, dass diese Schlampe noch minderjährig war, als sie sich von mir hat vögeln lassen.« Er sagte das voller Entrüstung, so als wäre er das Opfer gewesen. Dann erzählte er bereitwillig von dem Mord an Nana und auch von seinem Plan, davon abzulenken, indem er ein weiteres Opfer präsentierte.

»Robita war leicht auszusuchen. Es gab eine Akte von ihr, dort fand ich sogar ihre Handynummer.«

»Und um die Verbindung zwischen den Morden herzustellen, haben Sie jedes Mal die Finger der vorangegangenen Opfer platziert?«

»Ja, außerdem hatte die Kollegin Trensch«, er sah mit einem freundlichen Lächeln zum Spiegel, was Saskia dahinter das Blut in den Adern gefrieren ließ, »eine scharfsinnige Bemerkung wegen des Ringfingers gemacht. Deshalb habe ich danach immer einen anderen Finger mitgenommen, um so davon abzulenken. Nennen Sie es eine Vorsichtsmaßnahme.«

»Und dann töteten Sie Thomas Braul. Warum?« Heerse gelang es, sich nach außen hin völlig ruhig zu geben, obwohl er genauso betroffen war wie alle anderen.

»Braul war unvermeidlich gewesen. Er hat mich an jenem Abend angerufen. Ich wusste also, dass man das später feststellen würde. Die Verbindungsnachweise werden in so einem Fall natürlich angefordert. Also musste ich mir etwas einfallen lassen. Ich habe behauptet, er wolle sich mit mir in dieser Kneipe treffen, weil er auf etwas im Zusammenhang mit Jan Zeiler gestoßen war.«

»Aber so war es nicht?«

»Nicht ganz so. Braul hat mich angerufen, weil er tatsächlich auf etwas gestoßen war. Er wollte sich am nächsten Morgen mit mir außerhalb der Dienststelle treffen und alles durchsprechen.« Erklärend fügte Feinbach an: »In einem Café, damit niemand auf dem Revier etwas von dem Gespräch mitbekommen konnte. Als Nächstes sollte dann Franz Blach informiert werden. Ich hatte also nicht viel Zeit. Überraschenderweise hat mir Braul zumindest teilweise vertraut. Er hat während der ganzen Ermittlungen der Suche nach dem Vater von

Nanas Kind große Aufmerksamkeit geschenkt. Was das anging, war er richtig verbissen. Dann kam sein Anruf. Er erzählte mir, er habe den Verdacht, ein Polizist könne der heimliche Freund von Nana und damit auch der Vater ihres Kindes sein. Natürlich habe ich ihn gefragt, woher er das wüsste. Daraufhin hat Braul mir lediglich mitgeteilt, dass er auf Jan Zeilers Aussage hoffen würde, was die Identität des Mannes angehe, mehr nicht. Zugegeben, im Nachhinein war das vielleicht eine recht einsilbige Antwort, aber zu diesem Zeitpunkt dachte ich, dass Braul den Hinweis von Zeiler bekommen hätte. Ich vermutete, dass er an dem besagten Nachmittag noch einmal mit diesem miesen Spanner Kontakt aufgenommen hatte. Zumindest stellte es sich für mich so dar. Zudem fielen mir Zeilers merkwürdige Äußerungen beim letzten Verhör ein. ›*Sie verfolgen mich, Sie und Ihre Kollegen, stimmt doch, oder? ... Ich sehe die bösen Dinge, aber ich mache sie nicht ...*‹. Erst hielt ich das für blödes Gequatsche, aber dann war da ja noch Zeilers gelegentliche Mitarbeit in Robitas Folterkeller. Womöglich hatte dieser Wicht tatsächlich etwas gesehen und wollte nun weiter auspacken, nachdem er Braul bereits den Hinweis mit dem Polizisten gegeben hatte. Jedenfalls stand für mich fest, dass mir Braul auf der Spur war und Zeiler für mich zur Gefahr werden konnte. Also sah ich mich gezwungen, beide *Probleme* zu lösen. Deshalb überredete ich Braul noch in der gleichen Nacht, Zeiler mit mir zusammen aufzusuchen, um ihn dann irgendwo sicher unterzubringen. Ich warnte ihn davor, damit bis zum nächsten Tag zu warten. In einer Nacht konnte schließlich viel passieren und wer wusste schon, ob dieser angebliche Polizist nicht längst etwas ahnte oder Zeiler auf die Idee kam, unterzutauchen. Was bedeutet hätte, dass uns wichtige Informationen flöten gegangen wären. Braul ließ sich überzeugen. Alles lief wie geplant, er kam zum alten Bahnhofsgelände, um sich dort mit mir zu treffen.« Feinbach erzählte mit einem Anflug von Stolz, wie er Braul überlistet, dann getötet und die Schuld für sämtliche Morde Zeiler in die Schuhe geschoben hatte, nachdem dieser vom Zug überfahren worden war.

»An der Stelle habe ich einen Fehler begangen«, fügte er nun an und Heerse wusste sofort, dass er nicht die Taten als solches meinte.

»Ich hätte genauer nachfragen müssen, woher Brauls Informationen stammten, aber der Zeitdruck machte mich unaufmerksam. Dummerweise kam ich nicht auf den Gedanken, dass er sich mit Theo Waggert unterhalten hatte, sondern glaubte tatsächlich, der Tipp mit dem Polizisten stammte von Zeiler. So war ich felsenfest davon überzeugt, dass niemand sonst infrage kam. Und dann erfahre ich zehn Jahre später, dass Theo Waggert Brauls Informant gewesen war. Nana, diese verfluchte Kröte. Sie hat ihrem Zuhälter erzählt, dass der Vater ihres Kindes ein Polizist ist. Und obwohl sie keine Namen genannt hat, fand Waggert schließlich den Weg zu mir. Braul hätte dazu sicher auch nicht lange gebraucht, er war schließlich nicht dumm. Von Waggert wusste er, dass er nach einem Beamten suchen musste. Dann fiel ihm Zeiler als eventueller Zeuge ein. Von ihm erhoffte er sich den entscheidenden Hinweis auf die Identität des Polizisten.« Feinbach fuhr sich erschöpft durch die Haare. »Jedenfalls fing mit Waggerts Auftauchen alles wieder von vorne an. Dieser Schweinehund wollte mich erpressen.«

Man hätte vermuten können, er würde Mitleid erwarten, dafür, dass er sich gezwungen sah, Theo Waggert und Carolina Juskov umzubringen. Geschockt lauschte Heerse den Ausführungen des Mannes.

»Sie sollten uns sagen, wo Sie die Leiche des Mädchens versteckt haben. Es wäre für die Familie leichter.«

Feinbach hatte zwar keine Lust, es irgendwem leichter zu machen, lenkte aber ein und nannte die Stelle, an der er Carolina verbrannt hatte.

Heerse wusste, dass man sofort ein Team dorthin schicken würde.

»Und dann hat Lisa Braul angefangen, Fragen zu stellen, nicht wahr?«

Für einen Moment sah es so aus, als würde Feinbach zusammenbrechen, aber das war ein Irrtum. Er verzog lediglich sein Gesicht voller Wut und rief: »Diese dumme Kuh! Hat nicht aufhören können, in der Vergangenheit zu wühlen. Als hätte das ihren Bruder wieder lebendig gemacht.«

»Sie haben die Freundin von Frau Braul getötet.«

»Das war ein Versehen. Ich konnte schließlich nicht ahnen, dass diese Hundesitterin in Lisas Sachen herummarschiert. Außerdem war es dunkel und hat geregnet.«

»Und dann haben Sie es gleich noch einmal versucht?«

Auch dieses Mal schilderte Feinbach bereitwillig, wie sich alles zugetragen hatte. »Dieses kleine Miststück wurde im letzten Moment noch misstrauisch, aber ich hätte es hinbekommen, wenn ...«

»Wenn Ihre Frau nicht aufgetaucht wäre«, beendete Heerse seinen Satz.

»Antje«, sagte Feinbach plötzlich. »Wie geht es ihr?«

Der Baden-Badener Beamte gab ihm keine Antwort, sondern fragte stattdessen: »Wer ist *Holger*?«

»Was?«

»Ihre Frau hat uns von Holger erzählt!«

»Sie weiß es also.« Er lächelte matt. »Typisch Antje!« Dann änderte sich sein Tonfall.

»Es war nur dieser eine Nachmittag in dem Hotel«, verteidigte er sich. »Sie ist selbst schuld. Warum hat sie sich auch eingemischt. Ich hätte das alles geregelt.«

»Und wie?«, hakte Heerse interessiert nach.

Feinbach zuckte mit den Schultern und antwortete genervt: »Na, ich hätte Holger getötet, dann wäre es vorbei gewesen.«

»Sie denken, ein Mord hätte Ihre natürlichen Neigungen unterdrücken können ...«

Jetzt verzog sich das Gesicht des Befragten vor Zorn. »Das sind keine natürlichen Neigungen«, kreischte er aggressiv. Im nächsten Moment war er wieder völlig ruhig. »Es hätte funktioniert, vor zehn Jahren hat es das auch.«

Dann sah er zu Heerse. Offensichtlich wollte er noch eine Erklärung abgeben. »Wissen Sie, manchmal, wenn ich gespürt habe, wie sie ihren letzten Atemzug taten, wie das Zappeln und die Gegenwehr nachließen, da hatte ich das Gefühl, dass alles möglich wäre. Dass mich nichts aufhalten könnte. Es war eigenartig, hinterher wieder in mein anderes Leben zurückzukehren. Es gab Momente, da dachte ich, ich hätte mich selbst wie in einem Film gesehen und fühlte mich großartig! Ja, großartig und ich hätte es verdient gehabt, zu gewinnen!«

Heerse beendete das Verhör. Sie hatten die Wahrheit erfahren, und wie so oft war sie weder wohltuend noch beruhigend, sondern einfach nur schmerzhaft.

Man führte Christian Feinbach ab. Auf dem Flur traf er Antje. Sie hatte gewartet, tapfer und gewappnet, der schrecklichen Wahrheit entgegenzutreten.

Feinbach sah sie an. »Antje!«, sagte er überrascht.

Sie drehte sich nicht weg, obwohl ihr Vater sie zur Seite ziehen wollte, sondern hielt Christians Blick stand und betrachtete ihn voller Abscheu. Ihre Augen füllten sich mit Tränen, als sie schrie: »Du verfluchter Unmensch, besitze wenigstens so viel Anstand und bring dich um!«

»Antje!«, rief Feinbach schockiert über ihre Reaktion.

Das versetzte sie so sehr in Rage, dass sie auf ihn zustürmen und ihm ins Gesicht schlagen wollte. Kurt Jelot hielt sie zurück und die Beamten brachten den mehrfachen Mörder Christian Feinbach zurück in seine Zelle.

* * *

Er war wieder allein. So wie es aussah, gab es kein Entkommen für ihn. Wütend holte er aus und schlug mit der geballten Faust so stark auf die Betonmauer, dass seine Hand schmerzte.

Christian Feinbach sank schließlich auf die Pritsche und starrte auf die kahle Wand gegenüber. Direkt unter der hohen Decke gab es ein vergittertes Fenster. War das der Ausblick, den er den Rest seines Lebens genießen durfte?

Ungerecht, dachte er.

Erneut loderte der Zorn auf. Es war schließlich nicht seine Schuld gewesen. Und wäre Antje nicht auf der Brücke aufgetaucht ... Vielleicht hätte er sie vor Lisa töten sollen. Warum war er nicht früher auf diese Idee gekommen? Obwohl ... Er dachte an den Sex mit ihr, die Besuche auf den Swinger-Partys und die Befriedigung, die sie ihm gegeben hatte. Zehn Jahre hatte es funktioniert. Antje war es gelungen, seine verfluchte Lust im Zaum zu halten, bis Holger aufgetaucht war. Der Gedanke an den Mann bereitete ihm plötzlich Unbehagen. Er wollte das alles vergessen. Dann erinnerte er sich daran, dass Kurt Jelot ebenfalls auf dem Gang gestanden hatte.

Feinbach grinste zufrieden. Er hatte seinen Schwiegervater in dem Verhör bisher nicht erwähnt. Jelot war ihm vor zehn Jahren wie ein Geschenk in den Schoß gefallen. Vermutlich zitterte er jetzt erst recht vor Angst. Immerhin konnte er nicht wissen, ob Feinbach dessen damalige Kontakte zu Nana Jakt und der Domina Robita hinausposaunen würde.

Wie sollte es jetzt weitergehen? Er hasste es, der Verlierer zu sein. Man würde ihn vor Gericht zerren und ihm die Wörter im Mund herumdrehen. Er hatte das oft genug selbst getan, wenn er einen Verdächtigen in der Mangel gehabt hatte. Natürlich bedeutete das, dass niemand die Wahrheit erfahren würde.

Verflucht noch mal, schoss es ihm durch den Kopf, er hatte doch keine andere Wahl gehabt. Die Morde waren notwendig gewesen und jetzt wollte man ihn deshalb verurteilen? Oh nein, nicht mit ihm. Es gab doch noch einen Ausweg. Er dachte an Antjes Worte. Mit Anstand würde das allerdings nichts zu tun haben. Hier ging es nur darum, zu gewinnen.

Kurz hob er den Kopf und lauschte. Alles war still. Dann zog er seine Hose aus und hielt sie unter den Wasserhahn, bis sich der Stoff vollgesaugt hatte. Das machte das Material reißfester. Er hatte das einmal bei einem Inhaftierten gesehen und er wusste genau, was er tun musste. Um nicht vorzeitig entdeckt zu werden, arbeitete er schnell.

Schließlich war es so weit. Der nasse Stoff lag um seinen Hals und schnürte ihm die Kehle zu. Er würde sterben. Der Druck auf den Kehlkopf wurde immer stärker und der Sauerstoff erreichte kaum noch sein Gehirn. Feinbach sah seine Opfer vor sich, spürte das Ersticken und fühlte sich für einen Moment wie damals, als er ihnen das Leben genommen hatte. Jetzt entschied er über sein eigenes, das würde ihnen allen eine Lehre sein.

Ich bin unbesiegbar, dachte er sogar noch während der letzten Sekunden seines Todeskampfes.

* * *

»Holt ihn runter«, schrie Heerse und die Beamten beeilten sich, die nasse Hose, die Feinbach als Strick verwendet hatte, von den Gittern des kleinen Fensters zu lösen. Einer der Polizisten versuchte, den Hängenden von unten zu stützen, aber es war bereits zu spät.

Als er nun reglos vor ihnen auf dem Boden lag, die Zunge aus dem Mund quellend, hatte sein Gesicht trotzdem einen triumphierenden Ausdruck.

Einer der jüngeren Polizisten flüsterte: »Das ist ja unheimlich. Sieht aus, als würde er grinsen ...«

Rolf Heerse erhob sich und atmete leise aus. Er wusste, was das bedeutete. Christian Feinbach wollte ihnen auf diese Weise zeigen, dass er bis zum Schluss die Kontrolle behalten hatte. Allerdings würden das die Angehörigen der Opfer anders sehen und seinen Tod mit Befriedigung zur Kenntnis nehmen. Für sie hatte der Mörder seine gerechte Strafe erhalten – etwas, das ihnen zumindest ein wenig Trost spenden konnte.

* * *

EPILOG

Drei Wochen später

Als es an der Tür klingelte, war Lisa abfahrtbereit. Sie hatte zwei überdimensionale Koffer gepackt und eine große Reisetasche mit Bollers Spielzeug, Futter und Kissen.

Antje trat durch die Tür und sah ihre Freundin forschend an. »Alles in Ordnung?«

Lisa lächelte und sagte: »Ja, bestens, ich will dir etwas zeigen.« Sie nahm Antje bei der Hand und zog sie hinter sich her in Thomas' altes Zimmer. Der Raum war leer.

»Was ist passiert?« Antje umschloss Lisas Finger fester, als wollte sie damit sagen: »Gut gemacht!«

»Ich habe alles ausgeräumt. Eine Wohltätigkeitsorganisation hat die Kleider und Möbel abgeholt. Ich habe nur ein paar Erinnerungsstücke behalten. Es war plötzlich nicht mehr so schwer, jetzt ...« Sie brach ab, wollte nicht in der frischen Wunde rühren.

Die beiden Frauen sahen sich an. Sie verstanden einander auch ohne Worte.

Schließlich bugsierten sie mühsam Lisas Gepäck nach unten. Boller, der aufgeregt um sie herumlief, nahm wie selbstverständlich seinen Platz auf der Rückbank von Antjes Limousine ein, als ihm der Chauffeur die Tür öffnete. Sie wollten eine Zeit lang ins Ausland, dem ganzen Medienrummel entkommen.

Antje hatte darauf bestanden. »Wir können unmöglich länger hierbleiben und uns die Augen aus dem Kopf weinen«, waren ihre Worte gewesen.

Lisa warf jetzt einen verstohlenen Blick auf ihre Freundin. Die letzten Wochen waren nicht, ohne Spuren zu hinterlassen, vorbeigegangen. Antjes Gesicht hatte einen harten Zug bekommen. Viele Stunden hatten sie über alles, was passiert war, gesprochen; erst verzweifelt, dann voller Wut und schließlich war nur noch diese unendliche Trauer da gewesen.

Die Wahrheit blieb für Lisa trotzdem eine Hilfe. Sie hatte nun endlich alle Antworten. Thomas war nicht leichtsinnig gewesen in jener Nacht, sondern voller Vertrauen in einen Mann, der in Wirklichkeit ein Monster gewesen war. Sie hasste Christian Feinbach aus tiefstem Herzen und daran würde sich niemals etwas ändern.

»Wir werden das schaffen, oder?«, wandte sie sich plötzlich ängstlich an Antje.

»Das werden wir«, antwortete ihr diese voller Zuversicht. »Und weißt du auch warum?«

Lisa sah sie fragend an.

»Weil wir an einem Punkt angekommen sind, an dem es nur noch besser werden kann. Von nun an gibt es keine Tränen mehr.«

Ende

SCHLUSSWORT UND ANMERKUNGEN

Alle Personen, Institutionen und Handlungen in meinem Buch, nebst Namen und Bezeichnungen, sind frei erfunden. Ähnlichkeiten mit lebenden oder toten Personen und deren Handlungen oder mit bestehenden oder ehemaligen Institutionen sind rein zufällig und nicht beabsichtigt.

Der Psychothriller »Schmutzige Tränen« spielt in Karlsruhe und Umgebung. Einige Schauplätze sind real, auch wenn ich gelegentlich kleine Veränderungen vornehmen musste.
So gibt es zum Beispiel die genannten Stadtteile Weststadt oder Durlach, die Kaiserstraße oder den Marktplatz mit seiner berühmten Stein-Pyramide wirklich. Manche Örtlichkeiten musste ich aber, zugunsten der Geschichte, erfinden. Das betrifft vor allem die beschriebene Dienststelle der Polizei und das Personal, aber auch das »FeierMit-Event« und das Suchtzentrum. Auch das von mir erwähnte Vergnügungsviertel, in dem einige der Szenen spielen, hat keinen realen Hintergrund.
Das im Buch immer wieder erwähnte »alte Bahnhofsgelände« mit den verfallenen Hütten und den abgestellten Waggons ist eine Erfindung von mir; auch die später erwähnte Bebauung mit Lagerhallen und die Fußgängerbrücke gibt es nur in meiner Fantasie.
Ich kann übrigens einen Ausflug nach Karlsruhe nur wärmstens empfehlen. Die Stadt ist beeindruckend und es gibt viel zu entdecken. Ich genieße meine Besuche jedenfalls immer sehr, schließlich ist es von Baden-Baden nach Karlsruhe nur ein Katzensprung.

Vielen lieben Dank, dass Sie sich für meinen Psychothriller »Schmutzige Tränen« entschieden haben. Ich hoffe, ich konnte Ihnen damit ein besonderes Lesevergnügen bereiten!

Ihre Ilona Bulazel

WEITERE TITEL DER AUTORIN

Lautloser Hass (Psychothriller, Band 4)
http://www.amazon.de/dp/B01CTAO28E

Sepsis – Showblut (Psychothriller, Band 3)
http://www.amazon.de/dp/B01ADMWI8G

Sepsis – Das Schandmaul (Psychothriller, Band 2)
http://www.amazon.de/dp/B015WUW2QM

Sepsis – Verkommenes Blut (Psychothriller, Band 1)
http://www.amazon.de/dp/B00V0R616E

Projekt Todlicht (Thriller)
http://www.amazon.de/dp/B011AKKO22

Die Akte Aljona (Thriller)
http://www.amazon.de/dp/B00Q5KOL2M

Operation Castus (Thriller)
http://www.amazon.de/dp/B00IDI70R2

world: reset – Nach den Aschentagen
(Krimi/Science-Fiction-Thriller)
http://www.amazon.de/dp/B00CG8G79W

Mystery-Geschichten (Kurzgeschichten)
http://www.amazon.de/dp/B00LOVB5K8

Scifi-Geschichten (Kurzgeschichten)
http://www.amazon.de/dp/B00M4E48P8

Alle Titel erhalten Sie als E-Book (die Shops finden Sie auf der Website der Autorin unter http://www.autorib.de) oder als Taschenbuch über Amazon!

Printed in Poland
by Amazon Fulfillment
Poland Sp. z o.o., Wrocław